◎山东省社科理论重点研究基地齐文化研究基地重大项目

淄博古代文献丛刊
王志民　主编

U0807480

王象艮集　王象明集　王与玟集

（明）王象艮　王象明　王与玟　撰
贺　琴　整理

山东大学出版社
SHANDONG UNIVERSITY PRESS
·济南·

图书在版编目（CIP）数据

王象艮集 /（明）王象艮撰；贺琴整理. 王象明集 /（明）王象明撰；贺琴整理. 王与玟集 /（明）王与玟撰；贺琴整理. -- 济南：山东大学出版社，2024.1
（淄博古代文献丛刊 / 王志民主编）
ISBN 978-7-5607-7979-9

Ⅰ. ①王… ②王… ③王… Ⅱ. ①王… ②王… ③王… ④贺… Ⅲ. ①中国文学—古典文学—作品综合集—明清时代 Ⅳ. ①I214.81

中国国家版本馆 CIP 数据核字（2023）第 203169 号

责任编辑 朱若翌
封面设计 张 荔

王象艮集 王象明集 王与玟集
WANG XIANGGEN JI WANG XIANGMING JI WANG YUWEN JI

出版发行 山东大学出版社
社 址 山东省济南市山大南路 20 号
邮政编码 250100
发行热线 （0531）88363008
经 销 新华书店
印 刷 山东蓝海文化科技有限公司
规 格 710 毫米 ×1000 毫米 1/16
17.5 印张 334 千字
版 次 2024 年 1 月第 1 版
印 次 2024 年 1 月第 1 次印刷
定 价 61.00 元

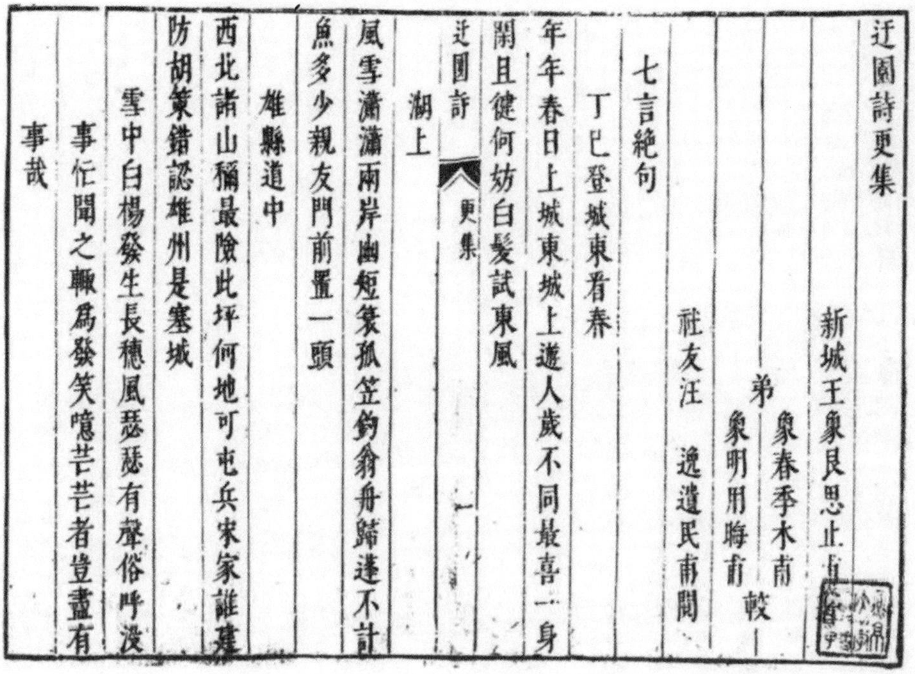
迂園詩更集

新城王象艮思止甫著

弟　象春季木甫　象明用晦甫　較

社友汪　逸遺民甫閲

七言絶句

丁巳登城東看春

年年春日上城東城上遊人歲不同最喜一身閑且健何妨白髮試東風

迂園詩　更集　一

湖上

風雪瀟瀟兩岸幽短簑孤笠釣翁舟歸逢不計魚多少親友門前置一頭

雄縣道中

西北諸山稱最險此坪何地可屯兵宋家誰建防胡策錯認雄州是塞城

雪中白楊發生長穗風瑟瑟有聲俗呼沒事忙聞之輒爲發笑噫芸芸者豈盡有事哉

王象艮《迂园诗》（明刻本）书影

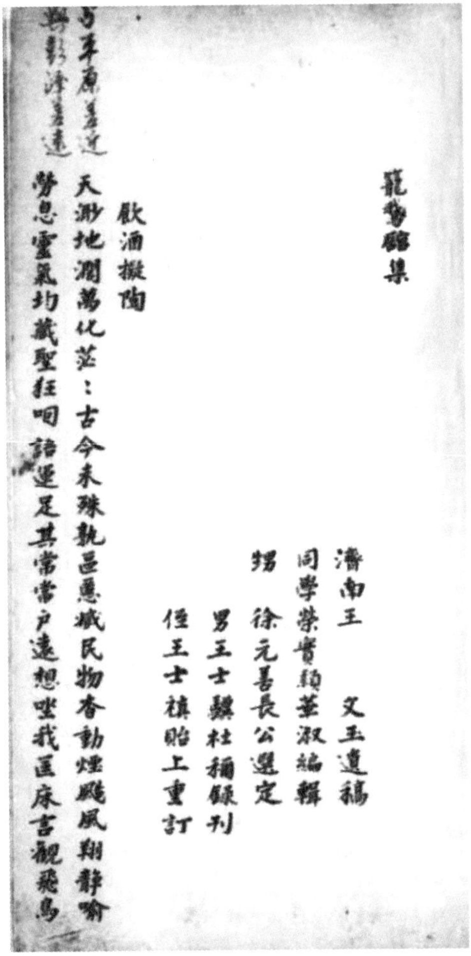

王与玟《笼鹅馆集》抄本书影

（国家图书馆藏）

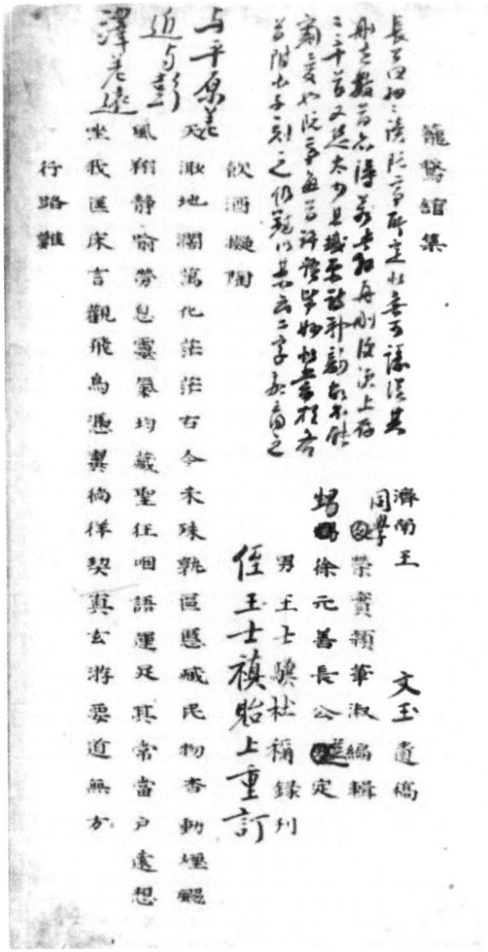

王士禛批点本《笼鹅馆集》书影

（国家图书馆藏）

《淄博古代文献丛刊》编委会

总 序

淄博是齐文化的发祥地，有着源远流长的著述传统。先秦时期，齐地沃土孕育了诸多文化经典，包括我国第一部手工业技术专著《考工记》、齐文化的百科全书《管子》、“无传记之名，实传记之祖”的《晏子春秋》、兵学圣典《孙子兵法》以及《孙膑兵法》《司马法》《六韬》等兵学著作，还有《慎子》《尹文子》《鲁仲连子》等稷下诸子文献。战国秦汉间，齐人在经学方面成就突出，《易》《书》《诗》《春秋》今文经学的传承，均与齐人有密切关系。魏晋以后，淄博文献众多，有史书方志、科技著作、笔记杂著、戏曲小说、诗集文集等，各呈风采。西晋左思《三都赋》曾令洛阳纸贵，北魏崔鸿《十六国春秋》是研究魏晋南北朝历史的重要著作，贾思勰《齐民要术》标志着古代农书的成熟，唐代段成式《酉阳杂俎》和宋代王辟之《渑水燕谈录》是唐宋史料笔记中的代表性作品，元末明初贾仲明的杂剧“骈俪工巧，有非他人之所能及者”[①]。特别需要注意的是，明清时期，淄博文风兴盛，涌现出了众多文化名人，留下了大量的文献著述，其中很多被收入《四库全书》，如毕自严《石隐园藏稿》、薛凤祚《两河清汇》、孙廷铨《颜山杂记》、王士禛《居易录》《池北偶谈》《香祖笔记》《古夫于亭杂录》《分甘余话》《精华录》《渔洋诗话》《衍波词》等，而蒲松龄《聊斋志异》被誉为“短篇小说之王”，成为淄博文化发展史上耀眼的风景。

古籍文献是中华优秀传统文化的重要载体。淄博古代文献不仅是研究淄博地区历史文化的珍贵史料，也是中华优秀传统文化的宝贵遗产。党的十八大以来，传承、弘扬中华优秀传统文化成为国家重大文化战略。2017年1月，中共中央办公厅、国务院办公厅印发《关于实施中华优秀传统文化传承发展工程的意见》，要求“加强中华文化典籍整理编纂出版工作”。2022年4月，中共中央办公厅、国务院办公厅印发了《关于推进新时代古籍工作的意见》，指出：“做好古籍工作，把祖国宝贵的文化遗产保护好、传承好、发展好，对赓续中华文脉、弘扬民族精神、增强国家文化软实力、建设社会主义文化强国具有重要意义。”为发掘保护淄博文献资源，传承弘

---

① 无名氏：《录鬼簿续编》，《中国古典戏曲论著集成》（二），中国戏剧出版社1959年版，第292页。

扬优秀传统文化，推动中华优秀传统文化创造性转化、创新性发展，助力淄博文化强市建设，山东理工大学和淄博市政协决定联合编辑出版《淄博古代文献丛刊》（以下简称《丛刊》）。山东理工大学党委和行政领导高度重视，给予了多方面的关照与支持。淄博市政协专门召开党组会研究，将《丛刊》列为市政协文史工作重点项目；张延廷主席、朱正林副主席非常关心该项目的实施和进展，提出了许多推动措施和指导意见。山东理工大学齐文化研究院和淄博市政协文化文史和学习委员会具体负责项目实施。

淄博历代文献数量宏富，根据《中国古籍总目》《山东文献书目》《山东文献书目续编》等书目及各类方志资料，今天保存下来的淄博古代文献就有近1000种。《丛刊》的收录原则，一是水平高，具有重要文化、学术价值；二是未经过点校整理，或虽有整理但不够规范系统。根据这两项原则，在充分调查的基础上，《丛刊》选取了淄博古代23位文人著述进行整理，共16册（部分文人著述篇幅较小，进行了合并），总计700余万字。

《丛刊》项目酝酿于数年前。张宇声教授提出编纂整理《明清淄博文人别集丛刊》的建议被采纳，经过专家研讨，根据实际选目，后改为《淄博古代文献丛刊》。为做好整理工作，我们组建了四个编纂小组，分别由山东理工大学张宇声教授、巩曰国教授、上海交通大学朱丽霞教授、山东师范大学王培峰副教授担任组长，张宇声负责《孙廷铨集》《赵进美集》《张笃庆集》《高珩集》《王培荀集》，巩曰国负责《王象晋集》《王象艮集 王象明集 王与玟集》《王象春集》，朱丽霞负责《王教集 袁藩集》《刘一相集》《刘鸿训集》《毕自严集》，王培峰负责《段氏三代诗文汇编》《杨梦衮集》《何世璂集 王祖昌集》《张象津集》，延请上海交通大学、中国海洋大学、山东师范大学、重庆师范大学、山东理工大学、西安航空学院、商洛学院等高校相关学者组成了一支水平较高的整理队伍。《丛刊》编纂日常工作由山东理工大学齐文化研究院执行院长巩曰国教授负责。

整理过程中，我们统筹组织，多次召开会议，制定具体措施，严把质量关。各集整理者广泛搜集各种版本，科学选定底本与校本，严格执行整理体例和古籍整理规范。初稿完成后，各组成员之间对书稿进行了互审，各组组长对所负责的书稿进行了通审并提出修改意见，书稿汇总后，王志民、巩曰国、耿振东等又组成终审小组，分别审阅了书稿并对各集的前言进行了统一审稿，逐一提出修改意见。各集整理者根据修改意见对书稿进行了修改完善。2022年8月，《丛刊》书稿交付山东大学出版社。山东大学出版社对《丛刊》的出版非常重视，王赔社总编、刘旭东副社长、刘森文主任统筹协调，精心组织编校，保证了《丛刊》的出版质量。

《丛刊》学术价值主要有以下几个方面：

其一，首次对淄博古代文献特别是明清时期淄博文人著述进行了较大规模的整理，填补了学术空白。文献整理是文化建设的基础工作，历来为人所重视。省一级的文献整理，前有《畿辅丛书》《云南丛书》，今有《齐鲁文库》《荆楚全书》《湖湘文库》《江苏文库》等。近些年来，地市一级的文献整理也不断推出，如《金陵全书》《苏州文献丛书》《金华丛书》等。淄博文化底蕴深厚，文献资源丰富，古代文献虽有整理，如《管子》《晏子春秋》《考工记》等先秦齐文化典籍，左思、王士禛、蒲松龄、赵执信、徐夜等文人的著述以及部分方志，但零散不成系统。《丛刊》作为第一种淄博古代文献整理丛书，弥补了淄博文化建设的这一缺憾。《丛刊》16 册中，有 11 册的全部内容均为尘封数百年后首次整理面世。

其二，注重规范、全面挖掘整理，为淄博地方历史文化研究提供了详实资料。《丛刊》各集，对原著者的各类著述尽可能全面收录，如《张笃庆集》，不仅收录其诗集《昆仑山房郢中集》《昆仑山房诗集》，还收录传记类著作《先相国少保公年谱》《两汉高士赞》以及史评类著作《班范肪截》《五代史肪截》。每一种集子，书前都有前言，介绍作者的生平、著述及贡献，书后附录详列相关传记材料、诗文唱和、诸家评论、著录题跋、诗文辑佚以及作者年谱（年表）。这样一册在手，即可全面了解其生平、著述及各方面贡献。文献作者均为淄博人，他们有关当时历史地理、风土民情、名人掌故、名胜古迹的记述，是研究淄博历史文化的宝贵资料。如《张象津集》中《新城水利四议》包含了小清河、孝妇河、郑潢沟、乌河等河流的诸多信息，是研究淄博历史地理的重要文献。《孙廷铨集》中的《颜山杂记·琉璃志》全面、系统地记述了当时中国北方美术琉璃生产中心颜神镇（今博山）的琉璃生产工艺，包括烧造琉璃的原料、呈色、火候、配色、产品、做工、工具、吹制等，对研究名闻中外的“淄博陶琉”具有重要史料价值。

其三，整理发掘诗文、戏曲创作资料，有补于中国古代文学研究。《丛刊》的文献作者均为富有才情的文人，有很多在诗文、戏曲创作方面卓有建树。如王象春是公认的晚明山左诗坛巨擘，主张“重开诗世界，一洗俗肝肠”，推动了山左诗风的转变以及“济南诗派”在清代的繁荣；张笃庆诗歌创作不拘一格，各体兼擅，《四库全书总目》称其“才藻富有，洋洋洒洒，动辄千言，风发泉涌”；毕自严博通经史，雅好文学，高珩誉其文章可比韩愈和苏轼，《四库全书总目》认为“虽乡曲之言，未免稍溢，而以经济兼文章，则自严要不愧也”；赵进美是明末清初诗坛上由“前后七子”的格调说至王渔洋神韵说之间的一位重要诗人，同时也有《瑶台梦》《立地成佛》等戏曲作品；高珩诗文丰富，其诗“近元、白《长庆集》体”，又有通俗弹词《醒梦戏曲》。《丛刊》各集，全面呈现相关作家的诗文、戏曲创作成果，其中包含了一些稀见的稿本、抄本，为丰富拓展古代文学特别是明清时期山左文坛的研究，提供了重要的文献依据。

需要指出的是，《丛刊》文献的作者多出自文化世家，与国内著名文学家、政治家广泛交游，其活动与当时全国的政治局势、文化创造颇有关联，其意义不局限于淄博一地。像毕自严是关涉明末政局的人物，王象春、高珩、赵进美的文学活动都与明末清初文坛发展有很大关系，段成式家族在唐代全国的地位更具代表性。因此，《丛刊》的出版不仅有益于淄博地方文化建设，对于推动山东乃至全国的文史研究和文化建设，也有积极的学术意义。

整理古代文献，弘扬中华优秀传统文化，是我们的历史使命。《丛刊》首次对淄博古代文献进行较大规模的整理，我们深知责任重大。整理中，我们尽管力求严格学术规范，严把学术质量，但校书如扫落叶，疏误在所难免，且《丛刊》是集体项目，出自众人之手，各卷质量不尽相同，恭请专家读者批评指正。

王志民

2023 年 10 月 16 日

定稿于山东理工大学齐文化研究院

王象艮集

王象艮与《迂园诗》

新城王氏在明清时期科甲相继，文化鼎盛，人才辈出，在文学上影响甚远，王象艮正是明代王氏文学成就的代表之一。

一

王象艮（1565 ~ 1642），字伯石，小字澄瀛，号定宇，始祖王贵元末明初由山东诸城迁至新城（今山东桓台），曾祖王麟以毛诗起家，官颍川王府教授。祖父王重光为明嘉靖二十年（1541）进士，官至贵州布政司左参议，因平蛮督木卒于任上，嘉靖帝为之赦建忠勤祠，后世称为“忠勤公”。父王之城为王重光第六子，恩贡生，曾任温州府同知、通州知州、淮安同知。王象艮为王之城长子，行八，少时与从兄王象晋、王象斗、王象节、王象恒一同读书家塾，才名相颉颃，后王象晋、王象斗、王象节皆成进士，而王象艮独以明经终，历官南国子监典簿、颍上、雒南知县、姚安府同知。

王象艮一生科举不顺，沉沦下僚，有《迂园诗》十二卷，根据其诗作，可大致勾勒出其生平行迹。《迂园诗》中时间可考者，最早的作于万历三十九年（1611），最晚则作于崇祯七年（1634），其经历可分为游历济南、求官京师和外放为官三个时期。

万历三十八年（1610）到万历四十七年（1619）近十年的时间，是王象艮游历济南的时期。他曾几次至济南，寓居王象春所购白雪楼，与之同游倡和，“寄居鹊桥下，大明湖水隈。独眠风雨夜，寒向客边来”（《壬子寓鹊湖》）。与王象春一样，王象艮对乡贤李攀龙有着敬仰之情，一再吟咏其故居白雪楼，“构成草阁鹊桥边，犹见先生字宛然。几易主人桑海变，诗名白雪自年年”（《白雪楼有感》）；“历下有楼书岁月，华泉无裔遂躬耕”（《己未仲冬同邢会泉住历下白雪楼》），对李攀龙、边贡两位诗人身后的沧桑之变感慨不已。

万历四十七年（1619）至崇祯三年（1630）是王象艮在京城求官、为官时期。万历四十七年，王象艮以贡生入京参加廷试，《迂园诗》中有他对廷试、观礼、朝见、游览西山、与京城文人交游倡和的记述。《庚申庭试至午大雷震天》《观礼大内，游鸳鸯亭，湖上雨中望北台》《六月六日朝见，因仰瞻寿皇殿》等诗皆作于此时。廷试毕，王象艮在京候选，与京中文人交游倡和，从《庚申廷试久留都门，夏日同张履桥诸冲阳观画，偶见西山出云之奇》《癸亥立秋三日，饮苗稷初寅丈湖上园亭，同谢恒初、葛振寰、梁照有、顾崇观、张岱舆、蒋对寰、戴春寰、陈明庵、党慎宇、鲍日葵、刘云从诸寅丈》《和云从刘寅丈雨后望西山韵》《雨后看西山和刘太微首句韵》《都中喜遇公浮来》等诗可以看出，王象艮在京城的交游比较广泛。王象艮在京城期间，从弟王象明、王象晋、王象奎、王象恒、王象曾等先后至京，或做官，或求官，或读书，或游历，兄弟相聚、倡和、别离等情境在《迂园诗》中都有反映。王象艮后来在京官国子监典簿，虽然品秩低微，但也标志着其仕途理想的实现。然而，他在京城的大多数时间是困顿的，被病痛折磨，"功名自觉浮生苦，寒馁无如客况多。一岁抱愁仍抱病，百年如梦复如波"(《困顿都门，疟几一月，七兄自楚中以诗见忆，感极而悲，谨和来韵》)，又备尝世态炎凉、人情冷暖，"营营朝与暮，谁可谓真交。薄俗从人弃，浮名感自嘲"(《都中即事》其二)，在这样的处境下，对功名、宦途感到失望。

崇祯三年（1630）以后，王象艮外放为官，先后历颍上、雒南知县、温州府同知，在安徽、陕西、浙江为官。这一时期，王象艮游历山水，在山西过雁门关、上谷，在陕西游蓝田、商山、华阴、鸿沟、雁塔、华山、终南山、秦岭等地，在浙江游江心寺、西湖等处，吟咏甚多。

王象艮虽长期沉沦下僚，名位不著，但交游广泛，新城王氏作为海内望族的影响力和王象艮自身的诗歌才华提高了他社会交往的层次。《迂园诗》卷前有《师友姓氏》，著录了王象艮师友二十人，有李维桢、董其昌、蔡毅中、马之骐、邵可立、施邦曜、王潆、王衮、公鼒、公鼐、汪逸、方应选、陈九鼎等人，《迂园诗》中也有大量的与诸人的赠答之作。王象艮广泛的交游与丰富的创作使明代新城王氏文化更为繁荣。

二

王象艮是新城王氏第六代成员中诗歌创作较多的成员，他与王象春在诗坛上的活动都主要集中在万历后期至崇祯年间，这时的诗坛，后七子的复古运动已然落潮，而公安、竟陵相继而起，方兴未艾。前后七子的文学复古一方面处在被非议、否定的阶段，另一方面仍具有一定的影响力，山左诗坛也处在继承并反思复古的过程中。作为山左诗人，王象艮与王象春一样，对乡贤李攀龙十分敬仰，在诗学上也浸染了复古之风，同时，也在有意识地反思和创新。

王象艮在诗歌创作上受到复古思潮的影响，同时也开始偏离复古派的诗学轨道，从初盛唐向着中晚唐转移，李维桢、董其昌、施邦曜、公鼐、王象春序《迂园诗》时，都表达了相近的观点。他们评价王象艮诗多从李攀龙、王象春说起，前者是后七子的领袖人物，后者继承复古，又自辟门庭，都与王象艮的诗歌创作有千丝万缕的联系。山左诗人公鼐对王象艮、王象春赞赏有加，认为二人继承了于鳞诗道，“于鳞之后，而有二子，二子之后，且复为于鳞”。

对于王象艮的诗学路径，董其昌等人较为一致的指出其宗法中唐，学习韦应物、白居易等高雅闲淡一派的倾向，董其昌所谓“错出大历、长庆之间”①，公鼐所谓“白真韦淡，贺怪籍恬”②，及王象春“洒然物外，野鹤不群，则大类韦苏州、白香山韵响”③的评价都对王象艮的诗歌宗法做出了较为中肯准确的判断。

王象艮的诗歌无论在内容还是艺术上，都与大历诗人十分相近。他的诗歌中的山水之美、田园之乐、羁愁旅思和对于乡园的留恋，对于个人仕途、人生的困惑、迷茫，对于独居迂园内心孤独寂寞的抒写，模山范水、忘却尘俗的归隐情结等内容，都体现出与大历诗人相近的情怀。

王象艮《迂园诗》绝大部分的内容写他的家乡新城。山水之美、田园之乐，是王象艮一生最为自得之事，迂园与鲁连陂是王象艮一生中两个重要的活动场所，也是他的精神家园。王象艮的文学生活，除了外出游历、为官，基本上围绕迂园和锦秋湖展开。

王象艮在新城独辟迂园，“园周数亩，幅褅如圭，株科蓊郁，有莳无薙。垣不蔽额，门不并肩，小塘不涸，竹蒲足以藏鹭，入径环曲，水湄如衣钩，邻叟巷稚咸得恣游其中”④。王象艮与王象春、王象明、王象益等兄弟饮酒品茗、赋诗倡和，并以“迂园”名其诗集，《迂园诗》中着墨最多的也是迂园，《迂园十咏》分咏绿雨楼、绿漪轩、卷石亭、青桐轩、妙香亭、爱菊轩、镜潭、钟葵轩、松涛阁、蕉雨斋十处园亭景致，《春日园居》四首、《冬日斋居》八首、《秋日园居》四首、《夏日雨中》四首、《春日》八首、《初夏》三首、《春日石甲馆》六首、《秋日斋居》三首等组诗，吟咏迂园的四时景物和阴晴变

---

① （明）董其昌：《王思止迂园诗序》，王象艮《迂园诗》，北京大学图书馆藏明崇祯间刻本。

② （明）公鼐：《王思止迂园诗叙》，王象艮《迂园诗》，北京大学图书馆藏明崇祯间刻本。

③ （明）王象春：《王思止迂园诗叙》，王象艮《迂园诗》，北京大学图书馆藏明崇祯间刻本。

④ （明）王象春：《王思止迂园诗叙》，王象艮《迂园诗》，北京大学图书馆藏明崇祯间刻本。

化，春日“花落添诗料，莺啼布酒条”（《春日园居》其三），“春山娇欲滴，晓雨细犹寒”（《春日》其二）；夏日“云暗山喷墨，溪喧浪拍沙”（《夏日雨中》其三），“鸟栖花欲堕，人过竹仍迷”（《初夏》其二）；秋日“露浥桐阴薄，风梳竹影攲”（《秋日斋居》其二），“恶风凌砌菊，霪雨打窗棂”（《秋日园居》其二）；冬日“青荧茅店火，飘渺竹林烟”（《冬日斋居》其二），“鸦鸣灯火暗，风急雪花明”（《冬日斋居》其三）。迂园四时花草繁茂凋谢，雨雪风霜、花鸟虫鱼等等都进入了王象艮的诗中，他细细捕捉着迂园的景物变换，体味书斋生活的悠闲自得和清冷寂寞。

迂园也是王象艮的精神家园，他的诗中常常描写自己书斋生活中的各种活动，如“呼童收早雨，乞火试新茶”（《春日园居》其二）；“客至茶初沸，诗成日未西”（其四）；“抱膝南窗下，谈诗共友生”（《冬日斋居》其三）；“书满床头几，杯空橐里钱”（《夏日雨中》其二）；“茶烹先避鹤，琴奏恰归鸿”（《春日》其六）；“积案诗新旧，丹铅好自删”（《春日石甲馆》其二）等等，这些是王象艮书斋生活的主要内容，他在这里进行的会友、品茗、饮酒、弹琴、作诗、静悟等活动，是他消解仕途失意的困惑和长期独居的寂寞的重要途径。

迂园的环境清幽秀丽，王象艮常邀兄弟子侄至此，或消暑，或品茗，或谈诗，他与从兄弟王象益、王象明、王象晋、王象春等相倡和，构成了新城王氏家族内部联珠谈艺的一道人文景观。王象春序《迂园诗》记载了他与王象艮在迂园中避暑谈诗的情形，每到盛夏，兄弟二人裸卧于石上避暑消夏，洒脱不羁，在迂园中汲泉煮茗，听百鸟细语，以诗歌相和，迂园之景致足以让人壮怀俱消。王象春对王象艮以迂园为居十分羡慕，同时，作为兄弟和诗友，王象春也十分了解王象艮辟园自居，并以“迂”命名的深意，他在《王思止迂园诗叙》中将其与元结之“漫”与柳宗元之“愚”相比，以为“迂诚有之，乐亦存焉”，迂园实则代表了王象艮的精神追求。王象艮以山水自娱的背后是寂寞与不甘，迂园是在他科举失利、出世理想难以达成的情况下，转而寻求的一个精神寄托，从心态上来说，与柳宗元被贬谪后的心态有相近之处。因此，在吟咏迂园秀美幽静的景致的同时，王象艮往往发出时光易逝，年华老去，而功名未著，壮志消磨的感慨，如“壮志消磨尽，孤怀与俗妨”（《冬日斋居》其六）；“岁月波无住，功名日易西”（《秋日园居》其三）；“世事愁逾淡，雄心老自休”（《夏日雨中》其四），正如王象春所言“耽玩岁月，壮怀俱消”，他一方面以迂园自乐，另一方面在长日悠闲中也发出了壮志俱消的感叹。

王象艮热爱山水园林，在他漫长的乡居时间里，除了迂园，新城的锦秋湖也是他的消遣之地，如果说迂园代表了王象艮的书斋生活，那么锦秋湖则是他走出书斋，走向自然，游冶山水的主要场所，反映了他乐游山水的精神向往。

锦秋湖是战国名贤鲁仲连的隐居之处，湖滨有鲁连陂，王象艮卜筑其上，题为“鲁连遗清”。他在《迂园诗》中描摹了锦秋湖的美丽风景，在《锦秋湖十二咏》中描写了“晴湖”“霜湖”“雨湖”“风湖”“月湖”“雪湖”“露湖”“星湖”“烟湖”“虹湖”“电湖”“雷湖”等锦秋湖四序六时的不同形态，在《锦秋湖十景》中分咏赵公闸、金刚堰、鲁陂、颜阘居、庞家泊、锦秋亭、华沟烟水、鹅鸭城、诸葛庙、青冢十处人文自然景观。王象艮以“迂”命园，也以“迂”命湖，他将锦秋湖命为“迂湖”，赋予锦秋湖自己的精神向往，锦秋湖在他的笔下变幻出千姿百态的美,《迂湖十咏》描写了“湖天春晓”“细雨归蓬”“澄水晴波”“秋庐听雨”“鹅横秋空”“雁落沙滩”“对鸥消暑”“雪蓑孤钓”“月照澄陂”“采莲晚归”十种湖滨美景,涵盖了锦秋湖的四季景物，身处这样的环境中，王象艮俗情渐消，以诗歌自娱。

王象艮在描写锦秋湖时，往往以愉悦的笔触，表达乐游山水的情怀。“当春冰初解，或荷芰散盛时，偕二三兄弟轻舟上下，南视长白、花、铁等山，隐隐浮水面”[①]，王象艮与兄弟、友人泛舟锦秋湖，赏荷食莼，吟啸游乐。《迂园诗》中有很多写出游的作品，他感叹锦秋湖水草肥美，“黄云丰岁兆，红藕暗香浮”“傍岸老莲堪摘子，上钩鲜鲤旋为羹”，抒发悠居田园，而有兄弟知己相伴的惬意：“不速弟昆皆老友，相迎鸥鹭即新诗”，“身世浮云惟钓叟，徜徉此处兴常新”。面对锦秋湖，王象艮抛却了仕途人生的不如意，展现出平和的心态。他在《锦秋庄记》中写道：

> 予生于斯，因卜筑于斯，有船可游，有稻可耕，有莲可采，有鱼可食，不求人世，而此湖饶焉。至若鸟语花香，山青水白，则又四时之清福也，予何幸得而领略厌饫于其中。嗟嗟！予命最蹇，予行最拙，万事坎坷，步步拂抑，独于此湖，若有夙缘，而为吾之菟裘，想亦上天怜我劳人而优之也。[②]

王象艮所耿耿于怀的是他仕途、人生的不得志，锦秋湖之富饶美丽可荡涤烦忧，忘却尘俗，因此即便后来王象艮外出做官，仍对锦秋湖念念不忘，在《雒南中秋忆锦秋湖》中写道：“去年病里过中秋，今日中秋在陇头。一

---

① （明）王象艮：《锦秋庄记》,《迂园诗》，北京大学图书馆藏明崇祯间刻本。

② （明）王象艮：《迂园诗》，北京大学图书馆藏明崇祯间刻本。

片锦秋湖上月，清光千里共悠悠。”

王象艮喜爱锦秋湖，不仅仅因为这里景致优美，锦秋湖对于他来说更是一种精神文化的象征。悠久的历史赋予锦秋湖以文化底蕴，鲁连陂、诸葛庄、锦秋亭等地经过时间的沉淀，已经成为一个个文化符号，给王象艮以精神洗礼。他歌咏这里的古代贤达，如鲁仲连、诸葛亮、苏东坡，“狄城避世人何在？千古烟波说鲁陂”（《鲁陂》）；“三分事业谁为主？日落荒祠野水边”（《诸葛庄》）；“江南烟景差相似，想像苏堤跨六桥”……王象艮追慕鲁仲连、诸葛亮、苏东坡三位贤达，他们都曾在锦秋湖畔留下足迹，或隐居，或流连，足见锦秋湖的独特魅力。王象艮对鲁仲连尤其景仰，他在鲁陂为其建祠，并卜居其旁，以表高山仰止之情。鲁仲连是战国高士的代表，古人建功立业、功成身退的人生理想在鲁仲连身上达到了统一，其高风亮节成为古代士大夫理想人格的代表，“吾慕鲁仲连，谈笑却秦军。当世贵不羁，遭难能解纷”（《咏史》其三）;“却秦振英声，后世仰末照。意轻千金赠，顾向平原笑”（《古风》其十）；作为一个文人，王象艮对自己的人生也有着这样的期待，然而，科举、仕途的坎坷使他不得不转而面向山水，向古代贤达寻求精神上的慰藉，所以他欣赏鲁仲连的贵重气节和飘然而去的潇洒：“宁忍蹈东海，谁思强帝秦。孤城一飞矢，六国有心人。侠气海山冷，孤坟湖水新。宁论五伯业，那减掷轻尘？”（《过鲁仲连墓在湖上》）

王象艮中年以后外出游历、求官、做官，先后至济南、京城、安徽、陕西、浙江，在济南与十七从弟王象春倡和于历下，在京城寓居慈恩寺、成均署中，与往来于京城的王象明、王象晋、王象恒等兄弟及京城文人交往，崇祯以后外放做官，至颍上、雒南、温州都有大量的诗歌创作。这些经历使王象艮走出书斋，走出新城，丰富了人生阅历，也使他的诗除了山水田园之乐，增加了更为丰富和深厚的人生体验。他奔波于宦途，遍尝世态炎凉、人情冷暖，在长期的行旅生涯中产生了愈加浓厚、迫切的归隐之心。从京城求官、为官到外放，王象艮都用诗歌记录了自己种种复杂的心态。

万历四十七年（1619），王象艮在京城参加廷试，这时的他虽已届中年，仍对于仕途、未来充满希望，《庚申廷试至午大雷震天》记录了廷试的情形：“题挥御墨淋漓下，香绕彤庭飘渺收。对策书生无忌讳，临轩圣主有深忧。”在京城待选期间与京中文人交游倡和，有“莫道长安为逆旅，迟贤原自出君恩”之句，对于长期困顿科场的王象艮来说，参加廷试之后对仕途有种迫切的期待。王象艮后官国子监典簿，对于这样的官职他还是颇为满意的：“传经博士沾微禄，食粟明时愧不才。披帙未慵常积案，煮茶多暇自倾杯。”（《领得俸米志感》）他时与友人游览西山，以诗倡和，“长安无地不飞尘，惟有西山最可人，几树鸟声娇细雨，一帘花影暗晴春”（《雨后看西山和刘太微首句韵》），颇为安闲自在。

然而，从整体上来看王象艮作于京城的诗歌，其色彩情调是晦暗消沉的。他在孤独寂寥的生活中体会到人情冷暖，诗中也往往渗透着一股冷意，在王象艮笔下，京城的雨天是凄冷的：“怀人秋色淡，对雨晚凉生”（《都中对雨》）；“空房凉雨使心遥，柳色含情送寂寥”（《都门雨中纪梦》）；京城的秋日是萧索的：“秋从连日老，寒比故乡多”（《都中看霜菊》）；“露冷风微秋气清，寥寥寒署酒杯倾”（《成均公署中秋写怀》）。虽然有王象明、王象恒、王象春等兄弟同在京城，但都奔忙于宦途，短暂的相聚之后又是别离，“如何命驾轻千里，不待新秋共我还？”（《都门煤市桥送十六弟东还》）“长途雪愈纷，马瘦迷归路。今夜寒滋甚，问兄止何处？”（《雪中别季木弟》）王象艮在一次次的送别中体味到宦途的无奈、人生的苦涩。客居京城在经济上的困窘、精神上的寂寥以及为功名利禄汲汲营营的疲惫，都使王象艮产生了对迂园生活的怀念。

王象艮外出做官，赴颍上、雒南、温州时，羁旅之思、行役之苦成为主调，他对于人生、对仕途的种种艰辛都有了深刻的体会，在诗中记述了行旅途中孤单、寒冷、疲倦、失望、迷茫等复杂感受，“骨傲难知己，途穷好赋归”（《雪中宿长店》）；“倦游兼兴尽，前路尚茫茫”（《晓行新城道中》）；“人向长途老，家同万里艰”（《长安道中》其八）；“乍寒趋古道，多累笑微官”（《夜行》其一）；“孤蓬寂寞长河雨，滴沥连宵直到明”（《泊舟东光阻风雨》），王象艮无奈于自己沉沦下僚，人微言轻的仕途，奔波于宦海，一生壮志傲骨消磨几尽，羁旅行役的疲劳使王象艮产生了回归家园的向往，表达着归隐的愿望。

三

王象艮《迂园诗》十二卷，为王象春、王象明校，友人汪逸阅。有李维桢、董其昌、邵可立、施邦曜、公鼐、王衮、王象春七人序，各卷不以卷次顺序命名，而以唐王维“桃红复含宿雨，柳绿更带朝烟”命名，并分体编次，桃集为五、七言古诗，红集、复集、含集为五言律诗，宿集、雨集、柳集、绿集为七言律诗，更集为七言绝句，带集为五言绝句，朝集为咏物体诗，烟集为杂著，收入各体诗歌 970 余首，杂著包括记、序、赞、词，完备地收录了王象艮的作品，也是目前惟一留存的王象艮别集。《迂园诗》所收诗歌创作时间可考者，时间最晚作于崇祯七年（1634）甲戌，故其刊刻时间当在崇祯间。《迂园诗》为王氏家藏，清康熙间朱彝尊选《明诗综》，王象艮从孙王士禛致书并附录象艮《迂园诗》十二卷，以备采择，最终仅选入二首。乾隆间宋弼辑《山左明诗钞》时，“仅得其‘雨’、‘柳’二集，皆七律”①,可见在清代流传不广。王象艮是明代新城王氏家族“象”字辈中创作成就较高的诗人,《迂园诗》十二卷完整地收录了王象艮的诗、词、文等作品，是王象艮一生行迹、情怀的记录，内容全面、丰富，反映了晚明山左诗坛的风气，具有较高的文献价值。现存明刻本《迂园诗》，藏于北京大学图书馆，收入《明别集丛刊》，但排列顺序以“更”集开头，杂而无章。本次整理以此本为基础，各卷排次依照原本“桃红复含宿雨，柳绿更带朝烟”的顺序，分体编排。《迂园诗》中未收的作品，作为补遗附录于后，并收录了王象艮的传记资料，以供参考。

贺 琴

2023 年 3 月

① （清）宋弼：《山左明诗钞》,《四库全书存目丛书·集部》第 412 册，齐鲁书社 1997 年版，第 314 页。

王象艮集目录

迂园诗

迁园诗

王思止《迁园诗》序

新城王氏自太仆公而下，子孙五世，起家科目，同时同朝，以德行、文学、政事知名者二十许，海内右族无二。《迁园诗》则诸孙中思止作也。董玄宰氏评其“风华秀绝，骨力沉雄，错诸长庆、大历之间”，公内史氏评其“春容淹雅，不大声色，富有日新”，阿弟季木评其“潇然物外，野鹤不群，大类韦苏州、白香山韵响”，可谓史不虚美，内不避亲。而伯兄司马先生复以属不佞评若何，伧父安足与言诗？且三君诗家宗匠，已深赏誉，更何加焉？窃有所私庆者，二江左姓望王、谢，谢氏诗屡收《文选》，而王不然，大令兰亭之会，至以不成诗受罚。宋、齐间四僧、融、俭、摛、均、微、藉辈，文学过谢，而诗不能二三，元长、元礼未起超绝，七叶重耀，人人有集，于今无闻矣。思止以诗称群从，虽贵不得敌，才倘所谓五世其昌，莫之与京者耶？此可以征门风家祚者也。唐诗自武德至开元为初九十五年，自开元至大历为盛五十三年，自大历至元和为中五十五年，而遂为晚唐。国家历数无疆，第就唐论，其年二百五十当咸通朝。思止诗不为晚，而能为中，且庶几盛声音之道与政通明，过唐远矣，此可以征世道国运者也。夫琅琊、太原诸王，在六朝偏安之代，易为雄伯，校之艺苑，犹未全美。今天下一统，文明如日中天，而王氏为齐诗、鲁诗者，不一而足，此于家国之盛，又可交相征者也。司马公承家开国，人才英拔，不在一诗，而余所论，复出诗之外，其以为丘言否？

大泌山人李维桢本宁父题

王思止《迂园诗》序

杜子美以长句归山东李白，山东之称诗旧矣。近代于鳞集行，而世无弗为于鳞者已，又无复能为于鳞者，而于鳞之诗始尊。以予所交，若东阿、临邑、北海，皆当代宗工，曾不规规历下，岂其家丘目之？亦惟是，染神涤秽，得之最征事于鳞者，以情不以貌耳。予尝抗此论，惟岭南区用孺宫赞以为然。忧患余生，此道已废，济南王思止忽以《迂园集》示予见，谓予可与言诗者，受而读之，风华秀绝，骨力沉雄，错出于大历、长庆之间，以自为一家，非世人之为于鳞，而东阿三君子之为于鳞也。君家季木序其诗曰:“天有清福，世有闲人，事有冷业，世人每弃而不收，造化若吝而不与，以此为思止迂。”予三复其言而悲之，夫诗歌之道，天动神解，其用甚钜，吾视思止诗，慷慨激昂，忧时悯俗，达于风谣而练于民事，非词人之靡也。假令一日而登朝，必有所立世吞火矣，不迂之以也，思止岂亦有味于迂，而引予为同味哉？则予不能当矣。

云间旧史董其昌撰

思止王公《迂园诗》叙

今中原望族最推轂新城王氏，不佞登籍以来，奉教于大君子，在东鲁如霁宇伯兄，精于边务，所款西虏，以一身系安危三十年，盖以虏羁虏，不欲开衅，扶此衰运，其大凡也。立宇季弟精于民务，所指吏治，注意安养，求民之瘼，盖以人治人，不欲重扰，培此根本，其大凡也。所传家谱，获上治民，一本于平和仁恕，不事刻礉，而屏翰循良，争耀一门，冠冕人寰，真大国风哉！独思止王公尚未青云步武，人亦时为扼腕，公不云乎“青荧书舍火，缥缈竹林烟”，此可以想风致也。一切不屑屑为意，虽五代鹊起，公屹然孤行，骚人为侣，其胸次恢扩，万钟何加，其制行冲淳，一真不挠。乃以迂园自得，一团冷素，万丈祥光，若兰亭之曲水，乐趣固妙；柴桑之黄花，赏心更适。盖薄于官，非薄于材，即不科名，殊不愧科名者，何也？白云先生第闻其善笔，不闻其重功名；玄晏先生第闻其尚清修，未闻其艳富贵。公以“迂”名园、名诗，潇洒物外，亦二公之流亚，与此必一腔有巢许，胸内有石渠，故笔下有吕梁耳。不然，何能谐律吕而通政治，肩中唐且庶几盛哉？夫公家五世二十辈，科名安攘，雄视海内，乃以贤良方正，艺林茂宰，并驾齐驱，辟之牛渚犀燃，幽怪靡遁，骊山冢发，珍贝俱献，信乎！甲第者，一时焜耀之显融；声诗者，千秋不朽之素业，而汇萃者，新城独擅之五星，故自人仆而下，若大司马、大中丞与季木辈，借是载锡之光多矣。不佞叨通谊，因问序，聊述家世云尔。公之诗，则缀化工而品风月，飞鸿舞鹤，随意所之，其雅俗不相远者，才人之高标也。不佞安敢言诗？王逸少曾以不成诗受罚，李以苦讥杜，杜亦以细之一字为李箴，以斯论诗，实不易言矣。

商山仕隐郃可立顿首撰

《迂园诗》叙

善乎，于鳞之论诗也，能为献吉者，乃能不为献吉者乎。自于鳞集行，而海内诗家靡不为于鳞，然卒未能有为于鳞者，其似则优孟之抵掌，不则邯郸之失步耳。余少而善病，即制举业，多从床褥间呻吟得之，又何暇言诗？偶从长安宦邸中遇济南王思止先生，先生称海内第一世家，五世蝉联，青紫伯仲，雁行鹓鹭，思止独以明经起家，吾咿欠伸，靡非诗态，间授余读之，若爰居之駭大吕，索笔于予，将无蒙诟，佛顶独异。夫李唐以诗赋取士，而青莲、少陵竟置格外，迄今两公名高日月，科目非能重，人人自重科目耳。国朝以制举义取士，非具兼人才力，未暇究此。而思止沉心雅韵，矢口金石，品在右丞、苏州间，第五之名，何必减骠骑？乃公家季木素以制举雄视词坛，而酬唱若埙篪，信王氏之多才也。诗以“迂园”名，思止自迂也。集中诗具在，试与《白雪楼集》并读之，海内又当诧两济南矣。余为之思一转语，能不为于鳞者，乃能为于鳞者乎！

勾余寅弟施邦曜书

王思止《迂园诗》叙

吾乡自于鳞先生没，诗道之废者，垂四十年，今始得一季木。季木，新城人，固济南支邑也已。复得一思止，思止又季木从兄也。华山片石，明湖掬水，何代生于鳞若此？因思于鳞以旷世轶才，语非古人，不以上口，当时庚桑，几编海内。近有里儿号嗄，炊无米之甑，以过屠门；饬委巷之音，以当韶镬，敝帚千金，殊不自见。季木称诗此时，不以心竞，不以舌争，运陡健之笔，发情至之文。思止日与唱和，而并驱中原，春容淹雅，不大声色，白真韦淡，贺怪籍恬，都来几字，富有日新，不可谓之补劓于鳞，亦庶几乎近日嚅矢矣。余诚齐人，知有管晏说者，见委忘源，守灯觅火，不自觉其言之支也。呜呼！文生之情，珠含泽媚；情生之文，曲奏云穿。十年小变，千古如新，于鳞之后，而有二子，二子之后，且复为于鳞，旦暮遇之，奚论余之为齐人否哉！

万历丙辰冬日东蒙社弟公鼐书于燕歌馆

王思止《迂园诗》序

窭士人母论策名难既去，而续言垂文为冷孤之业耳，其事亦且匪易，悲夫！世之好以位第诗也。受人一卷，则必拓而窥其卒，如其官大列上所，夸者馥舌，闻者适耳，不则哂而置之矣。其最忌者，则又伉其倍气，扞排既进，庶几天下之名，徬徨无属，而卒投于已，衎衎挈挈，所盗名之甚钝陋者乎。桓谭，宿世儒也，犹以为杨雄言貌、官位不谢中人，惧莫传其书，而况其朽劣之不可语也，亦信矣。

吾友王思止，位未通于世，流誉未嚣于群耳，而综总群书，罗络百氏，略言其诗，则高状而密理，丽则而气厚，假使掩思止之名，系而班之古人，谁能辨其当为思止者？思止有从弟季木，以文事号令一世，然世从知思止之有季木，不知季木之有思止，厥可哀也。且夫思止之业，固贯异代之后，以考期勃耳。当夫隆隆寂寂，电灭飙息，畴其读之，人我若一，盖势去则眯目者亡，世移而默以者失，是时当有以见思止哉！

友弟北海王衮幼迂父书于逃禅精舍

王思止《迂园诗》序

《迂园诗》乃余八兄思止之所为诗也。思止于邑南门治地，署之曰“迂园”，因有《迂园诗》。园周数亩，幅裷如圭，株科蓊郁，有莳无薙，垣不蔽额，门不并肩，小塘不涸，竹蒲足以藏鹭，入径环曲，水湄如衣钩，邻叟巷稚，咸得恣游其中。余每当盛夏，与思止裸僵石上，汲泉煮柏，听百鸟语，已而洒然诗成，相视大笑。即城柝已催，犹可戴星而入。余邑自此外求一尺地可着脚不得，然思止坐此，耽玩岁月，壮怀俱消。人每以迂思止，思止亦以自迂，又以迂其园、迂其诗。余谓之曰：迂诚有之，乐亦存焉，得失盖半耳，何也？天有清福，世有闲人，事有冷业，三者人方弃不愿取，天且吝不肯与，是以委顿狼藉，散而不收，彼何人斯又以大酒肥肉，滥施黔劓，坐使灵山韵水、快风慧月，总成顽蠢。天见暴殄如此，于是又怆然若不忍，择其人之资根相近，与夫中情乐此者，畀之以闲人之职，使之消清福而修冷业；又视夫人之器量酌取，如饮酒然，用物既宏，因而有酣然厌余，得趣不传者矣。此编之迂，亦犹之乎元之漫、柳之愚哉。读其诗，潇然物外，野鹤不群，则大类韦苏州、白香山韵响，岂其云烟供养有如斯夫？今又买一茅于邑北湖上，引水围其卧榻，宛在一方，自比于芦中之人，诗将益不胜纪，有欲问津思止者，吾但惧秋水灏淼，马牛莫辨，又并以迂吾湖矣，且奈何？

弟季木象春撰

师友姓氏

李维桢，字本宁，京山人。
董其昌，字思白，华亭人。
蔡毅中，字□弘，光山人。
马之骐，字时良，新野人。
邵可立，字泰宇，商州人。
方应选，字众甫，华亭人。
林茂钟，字德芬，障浦人。
施邦曜，字四明，余姚人。
王　潆，字带如，益都人。
公　鼐，字叔舆，蒙阴人。
罗大冠，字玄甫，仁和人。
程子中，字中外，休宁人。
姚元台，字子云，慈溪人。
汪　逸，字遗民，歙县人。
朱光先，字伯厚，宁晋人。
王　衮，字补之，益都人。
刘三顾，字云从，海丰人。
陈九鼎，字子准，光州人。
王承之，字季安，华州人。
李云程，字鹏南，本邑人。

桃集

五言古诗

中山先生学约

斯文在天地，大道在人心。道与人不远，奈何自沉沦。淑人起汝海，伊洛脉不湮。家学得真派，先觉出寰尘。金针度千古，狂澜障一身。明月万川映，良知闻见新。鸢鱼飞跃趣，自得见天真。出世原无两，明德即亲民。片言成经传，约人垂诸绅。嗟哉同吾志，日日坐阳春。勿欺仍勿间，希圣即希神。嗟嗟为学先，何必问迷津。

禅窟水煎茶

人爱山之窟，我爱山之泉。禅室静以幽，万山环其巅。壁立峭如削，青插芙蓉悬。烟云洗石根，流清冽而渊。潺潺石上声，恍若奏鸣弦。冷可沁诗脾，渴饮掬其涟。试以诸名茶，手汲调火煎。松风一再过，素涛如鸣蝉。汤熟蟹眼生，客谈时入玄。磁盂翠竹下，对岭南山还。茶以水而真，水以茶而仙。茶水两无愧，况兼山色妍。问客味若何？容亦不能言。正无思议时，朗月忽在天。彼此默相视，请君参窟禅。

章丘明水珠泉

明泉遍地出，恍对鲛人泣。缀露似偏繁，飞星凝非一。曲曲石桥平，村村稻粱给。浑疑合浦行，万斛珠堪拾。

古意

西方彼美居，绰约年十五。但见人如玉，宁知金作土。束素体翩翩，抱琴音缕缕。同心结成扣，须念相思苦。

过淄川城西有感

般阳绕孝水，鱼波吹细细。昔日同游人，今来如隔世。山岚为我青，风色因谁厉？忆彼纶绳者，那堪临此际。

豫让桥

义士负奇节，所重在知己。让也慷慨流，能为侠烈举。伏影匿桥下，蓄利恃短匕。将以酬智伯，势必危襄子。一往志不返，肯以彼易此？所重者一言，所轻者一死。荒桥至今在，人皆义士指。立马对斜阳，汤汤听汾水。

斮胫河

王政重民事，杠梁成毕岁。使无病涉者，解泽一何沛。哀彼朝涉人，老幼夫奚罪。惑溺亦已甚，杀人以为媚。遂至骊山烽，举国成一戏。今看河水上，渡者犹余泪。下流众恶归，千秋难洗秽。

黄粱祠

邯郸道上来，从台高入云。轮蹄没尘土，来往何纷纷。赖有路旁祠，谈者犹齿芬。富贵足一世，俄顷梦觉分。至今枕函中，鸡犬如声闻。仙凡久已隔，迷途难遇君。犹然逐前车，怅望于斜曛。

滕文公井田处

三代重经制，分田为公私。沟洫多剩地，蓄泄无争时。雨泽及先后，祝愿歌千诗。汲汲奉公家，民风厚可知。鲁宣乃税亩，亦已变所为。贤哉滕文公，复古有余思。奈何世风降，究竟无所施。苍烟蔓草间，名存徒在兹。

沉香亭

彼黍何离离，宫中行乐处。歌罢玉妃酣，倾城不再顾。笑比海棠娇，日高睡方午。可怜犹未醒，惊起渔阳鼓。仓皇走天子，壮士怒如虎。行行蜀道难，玉山颓尺组。霓裳化作云，艳骨皆成土。魂返故宫帏，悲哉泣鹨鹉。独有谪仙人，一醉堪千古。

铜雀台

汉室倾危日，此地聚麇鹿。缌帷贮歌舞，因筑天下愁。敌国东西峙，妖姬日夜幽。乌鹊犹飞宿，白云仍去留。只余香共履，纷纷泣未休。何知疑冢侧，荒丘枕漳流。

夷齐庙

古有贤达人，适当商周世。缅怀孤介操，贞心托松桂。正气塞两间，圭璋何足睨？国祚岂不荣，父命安可弃！侯封岂不重，天伦何敢戾！乃知逊国衷，咸归于经制。奈何值吊伐，叩马明大义。西山甘自饿，双节清风厉。庙貌一何宏，万古纲常系。

牧野

季世如商纣，残民暴不支。普天同怨讟，何地不旌旗？赫赫行师日，桓桓问罪时。征诛陈牧誓，威武伐商诗。八百河津会，兴亡甲子期。武功应不忝，汤裔有恩私。

花萼楼

树欲吐其花，必先发其萼。气同根而生，次第开且落。于以譬天亲，手足实相若。之子识此理，不与王者乐。经营宫阙傍，崔巍峙危阁。丹垩琉璃楹，翠饰绮罗幕。大被及长枕，连床听鸡柝。宁释宵旰忧，盘桓日酬酢。视彼玄武门，此美而彼恶。奈何祸水来，芳菲忽萧索。

冯征翁祝言代

远心勤好修，浮世观有成。好爵自五等，拥书宁百城。承学如吾翁，动已循天行。不侈言醴泉，溯源求其清。一囊饩廪宫，亦久称儒生。妍媸属藻鉴，文字归衡平。奚待问学来，庭趋经每横。骥足起膝下，遂早天衢鸣。服御仍调良，恬不与捷争。于焉窥世继，隐显一章程。初度逢秋觞，彩服犹同情。兰玉况森然，九如纷颂声。鸠筇据鸥席，旧侣素不惊。茅峰鹤欲下，长荡月方盈。十赉有仙锡，亦知异世荣。圣明重雍礼，讲学思五更。闻正求遗逸，毋懒罥簪缨。幸因扫丘园，纁帛将翁迎。

张太母题册

妇道难两全，生死俱苦辛。堂上已垂白，菽水谁与陈？膝前方离褓，提命谁与亲？承颜共抚孤，以遗未亡人。宁罹百忧攒，存此一日身。乳姑慕崔氏，朝盥夕复纫。瑶鹤卒双驭，涕泪修藻苹。延誉如陶母，诲子不忧贫。车徒充庭闾，截发留嘉宾。所居固乐乡，因母称芳邻。九冈环灵秀，一柱高怜峋。抡才楚郢间，三凤名振振。南宫试一奏，声已扬云津。节孝母久著，不朽须廷纶。宿愿殁为慰，母报生得申。感兹述令言，彤管存其真。

过赵州桥观柏林寺壁水

古道仙华桥，赵州吴老水。水称天下奇，桥为世间异。真似水难分，遗踪桥宛识。无量仙佛法，锡飞驴能志。

雪中出都门

都城门外雪，平地大如手。千里故乡情，一杯新榨酒。途穷仆转亲，客系身偏久。此际心茫茫，无聊重回首。

题冯青方墨竹

冯君乘醉兴，泼墨浓云涨。俄尔琅玕生，恍在潇湘上。未雨箨龙飞，听风撼石响。闭户此君轩，烹茶堪自赏。

冬日同晦甫十八弟成均公署对雪

其一

今宵忆远人，惟见松头月。庭静吏喧散，霜繁客步滑。砌蛩吟不住，云鸿唳仍发。郁怀抱转开，寒冰照白发。

其二

风剪云作雪，雪晴云映月。卷幔看青山，转盼成银阙。树冻鸦梦惊，天寒犬吠歇。问酒以消愁，相看煨榾柮。

其三

登楼见野烧，红映满山曲。倚阑心自娱，援琴目遥瞩。人迂事觉疏，日短岁因促。悲此袭窗风，愿言俟朝旭。

七言古诗

庚戌、辛亥连岁大旱，继以淫雨伤禾，邑民漂泊水上，日采水草而食，旋有中草木之毒者。小庄傍湖，日睹其状，而心恻焉。及采其可食者编为俚歌，以佐《本草》之未载云

菱

七月菱开八月落，儿女满湖手亲剥。采之采之方疗饥，采菱渡口风又作。

萍

水上萍，无定止，朝朝暮暮风波里。吾侪无食又无居，嗟哉对此真堪拟。萍兮萍兮满湖积，胡不年年产萍实？

地官皮

地官皮，生水湄。阴浊盛，皮日肥。地上生皮不苦饥，又苦官来地无皮。

米布袋

米布袋，湖上草。及时采，莫待老。谁家仓里有余粮？我有布袋无米装。

眼子菜

眼子菜，食必烹，求之求之湖水中。疑是两湖开青眼，看我缯中鱼虾满。

莲藕

莲花香，莲心苦，采莲儿女喁喁语。不愿花光美照人，但取莲实餐儿女。

夜号菜

夜号菜，何号夜？债多税重无禾稼。夜来湖上夜号声，杂风杂雨不堪听。

蓼花

红蓼蓼，水之滨，无尽西风生浪纹。水深伤稼一无存，我集于蓼愁杀人。

扫帚

禾登场，扫帚秃，今年湖水漂我屋。四野田禾付水沮，老农守定扫帚哭。

蒲

蒲之英可绵，蒲之笋可餐，湖民采之备饥寒。官租私债不敢言，惟愿司牧作蒲鞭。

黄荠

山黄荠，水黄荠，高生山上下水底。一石荠，一升米。苦舌刺喉，黄荠黄荠。

芙子根

芙子花，娇且艳。芙子根，磨作面。家家采之湖两岸，母与儿哺，妇供姑膳。

送客使巴蜀

千古峨眉月中雪，每到秋时光倍洁。逢君衔命蜀中槎，山色孤奇月方白。滟滪堆前象马窥，剑阁崚嶒江水泻。昆仑西来山之巅，芙蓉城外锦江旋。莫夸丞相祠堂柏，少陵草堂映阶碧。君称雄才时且合，当宁思君正若渴。忆昔少年与君游，我控白鼻君紫骝。君今挟风登玉垒，我自蓬蒿读《秋水》。凫胫鹤膝莫相羡，功名泉石俱从愿。人道巴江万里湍，君行无苦蜀道难。世路崄巇形不见，人心不同有如面。君兮君兮不用意茫然，且赋长歌草薛笺。

罗明府浮玉幼罹于火，母太夫人从烈焰中只手掖出，子母俱全，此奇事也。迨明府成进士，而太夫人已不禄矣，赋诗纪异

世人爱子称慈母，太君之心何太苦！仓皇回禄起危楼，子母相望两无主。青君正自吹三律，沧海谁能救一缕？天相太君只手健，从空掖出离焦土。子母俱全岂偶然，生成有意跨绳武。青云早已上扶摇，帝眷方殷不可数。母氏劬劳归罔极，报刘已矣常踽踽。那堪再读《蓼莪》诗，树静风休天不语。时事艰危在庙廊，愿推慈爱彻海宇。出民水火涂炭中，溥天九有沾霖雨。

乙丑季夏赠医刘凤岗

桓台城东暑气凉，伊人高卧水一方。有田自耕惟十亩，门围高柳及长杨。但觉世外无春秋，那知人世有短长。相貌清癯骨格异，自言秘授得长桑。炼之九九文武火，蕲阳仙艾余满匡。一灸再灸阴阳和，功夺造化惟青囊。庸医不证火之理，草根木皮空荒唐。吁嗟！卢之扁鹊居何近，药山在望结丹房。石色苍苍湖水茫，茅屋数椽天地藏。闲云野鹤两无碍，振衣千仞凤凰岗。

长安柳

长安柳，去年青青醉我长安酒。今年不减去年青，去年心事君知否？柳丝拖地绾同心，青眼窥人开笑口。东风袅袅舞腰肢，飞絮漫空化苍狗。嫩绿那能终不黄，长条转盼成枯朽。君心莫道不沾泥，飞去飞来成乌有。我今又作帝乡游，那堪过去重回首？

送紫云上人请藏入都

白马西来嚼寒铁，贝叶已久归汉月。重翻累译生光明，灵鹫山头看古雪。岂徒重器负荷之，利根片语如鞭骓。一花五叶宁别本，竖指当空无所师。金刚疏抄亦奚为，征心所在同聋痴。紫云更欲乞全藏，题满编柳同针篦。五云缥缈何处所？兰台贮处余亲睹。断言离相有三乘，贯蕊散花分四部。旃檀大海徒茫茫，能如龙树半记取。秃髭皴足殊可怜，岁行尽矣往不前。比丘向谁说离日？道安但自夸弥天。世人瞆瞆于棒喝，犹报婆心自波劫。如逢渴骥引奔泉，枉对泥牛为拔橛。瓢笠千里不易哉，初心莫遽成死灰。阿衡相君旧相识，纶扉倘一因汝开。四时玉烛调元久，亦欲佛光照丰蔀。会见三车帝赉将，始向天门一声吼。

报国寺古松行社题

何地无松？何松不古？兹松不知产何代，其古更出寻常外。遥遥入寺望苍翠，历历登台诧奇怪。前墀数株幻匪一，后庭两树第相对。为虬为龙亦形似，如笙如簧自天籁。秀影逼人聚不散，寒香堕衣拂犹在。老根曲蟠迴莫测，横枝纷披漫无赖。徘徊有顷已目眩，赞叹无辞但心爱。都城送客门前路，过此看松凡五度。感绝悠悠世态中，岁寒盟不如君固。

演易台

至人圣德何所似？道晦运屯拘羑里。八卦先天画伏羲，后天之易畴能纪。神龙蠖屈待云雷，消息深明演易台。六十四卦都演尽，穷阴剥极复还来。当年西伯明臣节，台畔巍然余旧碣。易理研推亘古传，至今道脉存先哲。

辛母节烈歌

名媛节烈古所羡，两母辛门一时见。犹生必死如异情，地下人间本同念。太母抚孤聊苟存，丸熊画荻声暗吞。冰霜操凛岁几伯，惟子及孙高其门。伯氏芳龄伤早别，妇与同归老先决。孤帷七日掩兰窗，绝食肠枯泪凝血。前有作者后继之，香骨并堪千载思。恩纶今乞光庐墓，珍重司农报母时。

天津桥

长桥如虹赴流水，逝波千载无穷已。名都三市还喧阗，又过铜驼荆棘里。从来冠盖称洛川，金谷凌云代已迁。临流试向桥头望，支派犹然通涧瀍。过桥草色青如烟，当时有人听杜鹃。而今气候无南北，桃李垂杨二月天。

王封公柱史称觞曲

薰风入帘午阶寂，鹤唳清音松露滴。翁年踰耋尚童颜，左置瑶琴右湘帙。初辰朱履客喧来，凤管鹍笙绮席开。都亭令子埋轮者，露进仙人掌上杯。

淄水歌代赠

淄水东来清见底，妾家暂住深山里。门前大路人如织，思郎欲问泪先滴。昔年十五嫁王昌，于今廿四未成妆。犹记别时月上弦，几圆几缺到今年。月有圆缺光不改，此心肯为缠头买？

比天洞拜韩仙遗骨短歌

哀泉奏响闲云迸，言访仙踪比天洞。苍藤翠莽往如迷，瑶草琪花坐堪弄。湘子求仙早别家，身翔霄汉足烟霞。山中不死餐灵药，洞口无营扫落花。传闻当日飞升处，碧海青城渺难遇。蜕骨琅函出宛然，瓣香缭绕瞻依处。

红集

五言律一

春日园居四首

其一

晓出城东郭，园迂日掩扉。受风花渐瘦，经雨柳添肥。卜岁谈禾稼，乘时采蕨薇。忘机应已久，伫看野云归。

其二

抱瓮闲居客，茅斋傍一涯。呼童收早雨，乞火试新茶。沼束圆如镜，花繁色过霞。夜来添鼓吹，新水集鸣蛙。

其三

小桥通曲径，郭外远尘嚣。花落添诗料，莺啼布酒条。雨余耕正急，日永睡能消。分竹明朝事，泉声隔岸遥。

其四

为圃真吾事，松�况可栖。取山当荜户，引水灌花畦。客至茶初沸，诗成日未西。结庐浑似斗，时有燕衔泥。

冬日斋居八首

其一

斋小门仍闭，天阴日渐昏。晚寒风入户，更尽雪平原。贮火柴犹湿，摊书被已温。瓮头新响彻，明日可开尊。

其二

时行岁已尽，雨雪更凄然。枝冷惊栖鸟，人归暗远天。青荧茅舍火，缥缈竹林烟。不用山重买，于兹卧尽便。

其三

小楼安寂寞，翠柏亦堪凭。暖幙贫难具，新诗病偶成。鸦鸣灯火暗，风急雪花明。抱膝南窗下，谈诗共友生。

其四

今夜斋头坐，枯枝鸟并栖。屋深寒不入，院敞月俄低。说鬼仍留客，听钟忽唱鸡。纸窗梅共瘦，香尽觅诗题。

其五

百草辞寒尽，登楼景未舒。鱼潜芦底窟，雪压竹间庐。漠漠枯林远，萧萧晚气疏。阳和将应律，及早治春蔬。

其六

冻云连比屋，轻雪渐飞飏。鸟下啄残粒，僧来携募章。一时苏意恶，千载晋风狂。壮志消磨尽，孤怀与俗妨。

其七

三鼓城头尽，疏林月掩楼。犬寒声似豹，人拙计如鸠。雪映阶频积，云生夜渐收。我怀殊不寐，敧枕计更筹。

其八

天寒人漠漠，群雀绕空梁。云障山逾暗，风吹雪欲狂。雅谈听不倦，清梦趣偏长。偃息迂园好，开门地有霜。

壬子九日同完初弟登城楼

共作登楼客，山云野水遮。芙蓉秋易老，薜荔晚初斜。是处俱栽菊，何人不忆家？重阳今日节，窥鬓点霜华。

秋雨湖上四首

其一

急雨过湖上，青山列翠螺。水添舟渡稳，人语鸟惊过。白鹭依依下，红蕖灼灼多。会城时隐见，沿岸有归蓑。

其二

郭北看无际，秋湖水自漫。鹭来窥细芷，鱼戏上平滩。香稻黄云老，江芦白雪寒。扁舟乘兴往，斜雨一横竿。

其三

水国无来往，交游半钓蓑。事疏闲岁月，秋老忆江河。风肃雕胡瘦，霜澄野芡多。人生行乐尔，定否在鸣珂。

其四

秋暮居湖上，霜清雨细时。水流人语乱，风急鸟飞迟。凉燠闲中换，云山望里疑。衡门栖泊处，一匀可忘机。

秋日园居四首

其一

曲径环栽竹，园居正暮秋。叶霜红乱柿，苔雨碧于油。鸟下因风峻，鱼愁怯水流。草黄烟欲断，荷叶老渔舟。

其二

日淡园林色，霜高秋满亭。恶风凌砌菊，霪雨打窗棂。人对江天碧，松摇硐户青。无言孤坐久，空馆峭凉扃。

其三

世事多疏阔，吾宁拙自栖。避人开远圃，抱瓮灌平畦。岁月波无住，功名日易西。此身何所与？芳树绕清溪。

其四

终日无些事，亭闲风乍来。寡营阶不扫，频摘豆生荄。友快谈初剧，时清抱一开。井梧催叶下，秋色正悲哉。

喜雨

最是春宵雨，方当久旱时。乍添枯草色，频润好花姿。溪涨群鱼跃，风柔二麦滋。催耕听布谷，藜杖任吾之。

喜晴

霁色开东圃，长松喜润菁。娇红长殢蝶，新绿乍流莺。昨夜催花雨，今朝晒粉晴。晚来凉月至，犹恐暮云生。

过西村旧游有感

其一

聚散悲欢处，重游感倍新。三旬年外事，十七岁时人。露榭花光瘦，风庭竹响匀。斜阳西望碧，离梦杳难亲。

其二

寂寞西村里，茅檐树欲封。同心当日馆，歧路此时钟。人过柳烟断，鸟飞花雾重。南园墙下柏，寒翠色犹浓。

过龙池竹园

百亩琅玕玉，萧萧淄水濆。朝昏枝有态，风雨色那分。乍到心方寂，徐听响细闻。迟回不忍去，何日可无君？

大柳寺久雨

其一

灯下连阴雨，空房一事无。云浓山带帻，春老燕将雏。疏慢习为性，徜徉还故吾。安眠直到晓，披衲习禅枯。

其二

雨过尘沙净，郊原禾黍新。树高凉覆地，山近翠侵人。风叶如游子，晴窗有道民。闭门终日坐，粗粝不知贫。

新秋月坐

谷秀时逢雨，三农喜自生。浮云成世态，白眼见人情。水静鱼深匿，天高鸟独惊。倚栏桐月下，纤露润无声。

怀季木十七弟卜居济南峼华桥

欲求逃暑地，暂住峼桥东。歌舫凌新绿，秋林待晚红。浮云难取态，长咏未知穷。奇绝华峰笔，高天入雨蒙。

暑月

小院迎风立，高槐咽暮蝉。灌花童汲水，眠月鸟窥天。旱久留余子，河清浸暮烟。松稍时滴翠，疑是隔林泉。

同李季重酌公敬與斋中

密室真如斗，围炉恍似春。谈诗频互质，久坐转相亲。香送烟侵袂，冰为月作神。调同怜老大，何用问沉沦？

八斗道中

峰峦千仞上，沙净渡青骢。崖断虚亭圮，桥危卧柳通。流云疏影外，啼鸟密阴中。小径丛林曲，行行惜落红。

瓦峪宿谢小泉宅

鲁山高百仞，茅舍石梁东。汲水来村妇，迷途讯牧童。云横高岭寺，涛响复崖松。地僻人踪少，门前淄水通。

西河道中访宋轫初

小径通天际，千山细雨蒙。石林高下处，村墅往回中。问路人频减，寻酤市偶通。孤山遥望处，岚气隐飞鸿。

早同立宇、完初、季木弟南园避暑

竹径斜因水，迂园日未曛。雨多林飒飒，风急菓纷纷。早至原无约，偕来喜共醺。题笺深树底，凉动藕池纹。

久雨

夏至喜方霁，阴阴小径斜。野塘苔浸树，长日雨烹茶。地静凉偏入，身闲睡得加。何能消溽暑？高柳映残霞。

喜晴

历夏今将半，曾无一日晴。岂期炎夕待？忽见月华生。幸释倾堂虑，欣当新谷成。仰瞻天际碧，斗柄已西横。

夏日宿高东溟书带馆有忆

馆辟东城下，晨兴溽暑消。花明露色重，亭静水声遥。池藻鱼游动，天风鹤唳招。忆君行乐处，湖上有苏桥。

淄川道中

渺渺长河逝，人疲过远冈。看山宜晚霁，归牧自斜阳。杜宇啼枝倦，蜻蜓掠水忙。覆村云欲雨，风动小池塘。

悯农

禾黍芃芃日，农夫转自伤。我耘犹未毕，彼敛已相将。障水东南甚，驱蝗晓夜忙。排衙新长吏，曾否念流亡？

立秋

朝来多爽气，闻道已更秋。梧叶空阶下，蝉声落日收。露从今夜重，人向此时愁。节序闲中换，相看鬓欲羞。

曝麦

曝麦庭宜广，因之较禄丰。暑余天气爽，日淡屋阴笼。播种年年事，苛征处处同。一经持诵罢，高卧碧梧中。

捕蝗

处处蝗蝻起，天灾若代无？惟兹系水上，遍作密云铺。硕鼠何人叹？苍鹰漫自愉。谁为吞一翼？四野释沉痛。

六友馆静坐

偃仰桓台下，茅堂带小亭。焚香消白日，闭户榻黄庭。六友交元澹，孤栖迹稍宁。迂园闲泄泄，偏尔解吾醒。

春暮分菊

屋角荒闲处，沿溪嫩筱穿。渐能身绝俗，兼喜日如年。性僻宜花鸟，楼高远市廛。菊枝皆手植，池水况清涟。

过鲁仲连墓，在湖上

宁忍蹈东海，谁思强帝秦？孤城一飞矢，六国有心人。侠气海山冷，孤坟湖水新。宁论五伯业，那减掷轻尘？

麦浪

麦作平畬浪，时时拥细波。乍惊浮碧起，旋觉送青过。细雨滋溪润，微风和鸟歌。老农扶杖立，犹自说灾疴。

暑日早起

溽暑日初出，融融尚未辰。时同太古际，身逼羲皇人。风静荷犹动，烟轻竹自匀。遍栽垂柳树，留荫与三春。

雨中迂园

兀坐闲园里，蒙蒙润绿柯。池平鸥意适，叶乱雨声多。酒尽寒犹厉，桥危水漫过。鸟啼偏向晚，幽客兴如何？

夏居北庄

一村溪水绕，疏竹小亭幽。树密鸠知雨，田腴稻有秋。锄耘当午急，灌溉倚林休。喜杀湖波绿，轻舟可狎鸥。

暮秋同王补之、十六弟、十八弟泛舟锦秋湖

其一

一湖千顷碧，堤柳拂丝长。菇采旋堪煮，鱼烹正可尝。石梁高下路，霜雁两三行。况有伊人在，蒹葭望渺茫。

其二

堤柳随波绿，湖名忆锦秋。黄云丰岁兆，红藕暗香浮。水折溪东注，鱼争雨上游。白苹红蓼遍，诗料几人收？

戏柬蒋淡主

济南秋意好，白露渐轻飔。有客遗华帨，无人解玉珰。寒云迷燕子，野水荡渔郎。莫问青衫湿，琵琶恨故长。

都门喜遇公浮来

神交三十载，投分在今年。意气忘形外，才名大历前。谈佳风入麈，坐久月窥筵。相勉千秋业，欣然愿执鞭。

雪中过滁州清流关

清流关上路，寒接大江滨。雪压千峰白，烟笼万树匀。一行低度雁，万里远征人。屏幛山环翠，溪桥试问津。

过缙云冯公岭

倦矣缙云路，千峰峭插天。云从山窦出，雨落石棚前。客宿桃花隘，帘招冯岭巅。危桥惊过马，瀑布响层烟。

至温州

人来万里外，月色动村厖。孤寺疑沉海，双门恰对江。客程风袭袂，渔艇火明窗。佳丽东南地，登临意未降。

游温州江心寺，谒文忠公祠，看方竹

水涨江心寺，云封丞相堂。一时波浪急，万古竹纹方。此际瓯东月，何时蓟北霜？寒潮中夜起，欹枕梦苍茫。

过新关故关

雨色兼晴色，新关接故关。千山青入黛，一水曲如环。出塞将军武，长途客子艰。北门严锁钥，来往意安闲。

过雁门关

只容飞雁过，天险石纵横。马瘦眠邮路，人疲指镇城。胡营明月暗，晋水晚风清。长夜更初静，乡思动客情。

过上谷

居庸关塞外，朔气入边凄。水过桑干冷，山临上谷低。黄沙迷站马，白草振寒鼙。莫道风霜苦，边人荷戟栖。

游杭州西湖

武林西郭外，隔岸几峰邀。远客乘青舸，游人弄紫箫。湖澄僧碧眼，柳弱女纤腰。箫鼓谁家沸？春风恨未消。

雪中怀李起吾

年来贫转逼，独坐小茅茨。征吏频敲户，家人笑作诗。自窥千树雪，堪喻一头丝。煨芋留余火，期君过访时。

醴泉寺山行

醴泉天地外，春尽正花朝。苔古悬崖剥，云孤接岭遥。山光分野树，溪水涨平桥。僧老询前事，云窝说育雕。

送钟南李野云

何处玄关闭？终南水一方。向君乞瑶草，为我启丹房。尘世功名俗，云山岁月长。神仙知有诀，莫秘枕中方。

燕中别王行素

都门邂逅日，一曲度青娥。共揽西山色，言归东海阿。耽奇知夙癖，纵酒起沉疴。羡尔飞扬意，嗟予白发多。

赠刘云从将军

天王思拊髀，正值筑坛时。慷慨横霜刃，淋漓对酒卮。封狼时自许，射虎遇何奇。一片燕然石，镌铭慰所知。

夏日雨中四首

其一

临流逃暑地，石甲薜萝生。长日无人至，空斋独我醒。千山细雨白，几树晚烟横。万事浮云过，悠然磬一声。

其二

琅玕堪日对，长昼且容眠。书满床头几，杯空橐里钱。凄凄连夜雨，隐隐隔林泉。生计饶余地，东村百亩田。

其三

满地莓苔合，黄昏风雨斜。老农放新水，稚子摘闲花。云暗山喷墨，溪喧浪拍沙。含烟连远树，爽气在山家。

其四

懒嫚真成癖，浮生寄水沤。四郊暝色合，一座晚烟幽。世事愁逾淡，雄心老自休。晚蓑溪上钓，吾自用吾钩。

立秋前一日

明日新秋至，新秋意若何？星疏天愈淡，水淨雨无波。湖上红蕖减，梳中白发多。伤秋无兴致，一叶点庭柯。

再游西湖

武林佳胜地，犹记昔经行。帆布迎风转，衣罗怯雨轻。南州音不解，北地客关情。湖上桃花偏，游人兴易生。

同实甫侄东园小酌遇雨

园居意萧瑟，况对芰荷香。摘括因逢雨，持螯未及霜。发稀秋更落，骨瘦午犹凉。渚外蒹葭冷，苍茫一水长。

秋日寄牛馆陶伯孝

政暇书频读，曾知不碍官。枫丹秋自老，雁白雨生寒。日晚岳峰秀，霜深洨水湍。逃亡空十室，着意倩君看。

送朱元颖还宜兴

地僻城连水，那期邂逅君。郊行时并辔，榻下与论文。客老江南梦，名腾济北云。山中新茗茁，洗盏待春分。

村晚闻笙

秋晚农将尽，怆然独自行。逢人惊仆问，回首见桥横。牧返无烟笛，鸦栖有暮笙。近闻城柝急，灯火隔林明。

送许机山北还

邻比真兄弟，歌骊以断魂。清谈世事外，白发酒杯中。角韵诗成险，挥毫法自工。行藏须自适，安用叹途穷？

忆牛伯孝

别来几十载，诗况近如何？四海两兄弟，千山同薜萝。君心犹鼎鼐，世事尚风波。湖上相思意，重重梦里过。

赠王行素将军

逢尔鲍山下，论交让我兄。踏冰燕市饮，隔岁历阳盟。豪博塞云白，雄谈兵气清。胸中多秘谛，方略上金城。

赠刘沱江将军

天下精兵处，将军古代汾。齐东先执耳，冀北已空群。醉饮清源夜，酣歌泺水云。辽阳正多事，借尔凯先闻。

趵突泉

济南绝胜处，趵突擅名泉。拂水冰成浪，溃珠玉作烟。人来衣带湿，山近水纹旋。长日天无暑，晴空听雨眠。

雪中忆家

雪里身为客，无端入帝乡。西山忽改碧，朔气若为苍。齐国撩乡梦，燕台敝旅装。归欤方自慨，饥乌复仓皇。

雪暮渡扬子江

暮色江头暗，寒衣游子情。人争潮满渡，雁送雨余声。曲港渔舟集，荒城梵宇清。瓜洲回首是，汀树几家明。

雪中宿长店

遂有冬前雪，那堪客里飞？夜长孤店冷，云暗一灯辉。骨傲难知己，途穷好赋归。迫寒应早发，明日慎加衣。

晓行新城道中

晓起寒犹厉，征蹄缓欲僵。三家雪里店，千里橐中粮。山色初呈翠，风声故送狂。倦游兼兴尽，前路尚茫茫。

夜行郑州湖上喜得家信

郑州称水国，枯柳叫寒风。野火荒村外，溪桥老树中。马从危栈过，湖借小航通。却为乡书兆，灯花一倍红。

德州有怀

邂逅佳人处，相逢记未真。步轻连有态，素束玉无尘。含语情微露，凝眸意代申。惭无曹子赋，虚晤洛川神。

夜雨闻雁

云里鸿声急，潇潇入夜悲。乍惊行忽乱，将宿缴堪疑。系足书应湿，称奴警独司。客途那忍听？凄切动乡思。

燕中喜遇牛伯孝

都门携手日，狂喜是还疑。痛饮西山月，高歌易水湄。连床欣语剧，刻烛愧吟迟。雪满河桥上，临风感路歧。

秋日长山别十六、十八弟

汗漫风尘别，长山古道西。柳哀维驿马，河决灌城堤。望望秋堪揽，行行路欲迷。试听空里雁，日暮迥凄凄。

咏雪美人

素质冰为骨，亭亭试缟裳。浓华俱不着，粉黛以为妆。近月疑无影，依梅暗有香。羡卿颜似玉，曾否怯朝阳？

都中即事二首

其一

两月身为客，寥寥旅伴孤。风沙愁入眼，霜露欲侵肤。箧句吟常满，囊钱笑久无。最怜天又雪，庭砌玉平铺。

其二

营营朝与暮，谁可谓真交？薄俗从人弃，浮名感自嘲。一湖菱待摘，三径藓虞胶。鼓腹村居乐，何须羡大庖？

斋居

长日堪高卧，安兹历落身。榴飞红缀雨，竹舞翠侵人。蓄茗瓶中碧，抄书架上珍。临风时岸帻，差比葛天民。

村居

何事村居乐？村居兴自赊。谈心惟老友，消暑得新茶。雨过禾生垄，风来水漾沙。遥天空碧际，高阁映明霞。

石村访友

石村溪水上，独步印红沙。衰柳时栖鸟，疏篱尚点花。客来因扫地，泉汲以烹茶。延眺空山里，茅椽共几家？

都门喜得家信

其一

翘首都城外，青山恰对门。风回沙有迹，月上鸟无喧。海国书千里，燕台酒一尊。连宵贪梦稳，应不虑家园。

其二

都门繁盛地，静坐可忘言。香篆风为体，云缯水作根。讵知身是客，恍认市为村。檐雀喧相聚，乡书慰旅魂。

其三

离家曾几日，客况已成髡。犬卧三更月，僧敲五夜门。灯花怜坐永，火气隔时温。况得平安语，东方事足论。

其四

烟沙吹满面，朔气与悲风。山色飞晴翠，宸居布晓虹。调同犹不遇，知己尽成翁。莫问乡关事，凭谁念小东？

都门别公浮来

今日长安别，相思为尔真。途长家愈远，客久仆相亲。月浣卢沟淡，云垂华岭新。有怀须尽吐，惆怅酒重申。

喜遇张宾王

日歌燕市上，夜止狭斜居。书罢狂愈甚，文成酒未苏。江南客里梦，冀北雪中途。彼美凭栏望，回车定早驱。

夜饮周钜庵宅

把晤长安市，相逢意气赊。畏寒频续火，对客转思家。风急灯花暗，沙飞树影遮。芙蓉泉上约，回首几年华？

都下同恤宇十九弟夜坐

更深吾对尔，灯火尚微明。坐见他乡月，谈深半夜情。鸟栖枯木乱，僮卧小窗惊。此际寒侵面，彤云几片横。

除夜泊七里滩谒子陵祠

此身除夜里，舟过子陵滩。名利无渔艇，江湖有钓竿。波清寒栗栗，石峭水漫漫。遗像星为客，瞻依一正冠。

金塔庄有感

古道临村近，清溪带岸斜。百年今渐老，十载岂堪家？回首云山碧，关心水木嘉。呢喃听燕语，如对野人哗。

雨中登鹿角山观泉河头，宿赵荆石宅

崖古凭虚阁，崚嶒石径斑。龙源花外水，鹿角雨中山。幸有心知共，兼逢地主闲。登临无限意，信宿不知还。

雨中宿孤山

四围山色合，峰峭入云霄。地僻封榛莽，人闲梦鹿蕉。空山莺呖呖，半夜雨潇潇。古寺空蒙里，残钟听不遥。

别立宇十一弟

都城俄别弟，惆怅此言归。云冷貂裘敝，沙吹马力微。昏明灯火夜，惆怅夕阳晖。门外天涯是，苍烟四野飞。

都中大风，与立宇、恤宇弟夜坐话别

其一

住久难轻去，今朝始着鞭。酿寒知欲雪，就道与占天。枯树兼风吼，飞沙比浪旋。相将离袂把，挥手各潸然。

其二

别离人最苦，孤影渡桑干。白云凝装重，青山讯路难。客愁呼问酒，童解劝加餐。古道寒林暮，空悲立马看。

复集

五言律二

春日八首

其一

最喜初春日，园居草自萋。树斜流水绕，花密过人迷。戏藻吹鱼沫，窥梁集燕泥。风微天气好，散步到前溪。

其二

鸠鸣门未启，风蹴小池湍。蝶粉花沾去，莺梭柳织残。春山娇欲滴，晓雨细犹寒。世事无拘束，携朋处处看。

其三

红紫纷纷际，阶前见绿莎。雨随初漏永，愁到五更多。树动帘钩影，山明水漾波。春风时欲起，将贴小池荷。

其四

南门园外路，只此好相安。地僻人踪少，云迷雁字残。水清堪漱齿，客至不加冠。任性时宜拙，临风把钓竿。

其五

出城祛小冗，曲径满莓苔。杏雨吹还落，松阴扫不开。闲随流水坐，兴逐野云来。墙外看新柳，俱为手自栽。

其六

负郭青山近，迷离树几丛。茶烹先避鹤，琴奏恰归鸿。花散飞香雪，天晴拟夜虹。径开真似栈，崖断小桥通。

其七

此地堪乘兴，门开系水头。危桥通曲岸，弱笋蘸溪流。睡起花阴重，听残鸩语幽。桑阴十亩外，随意足清游。

其八

郭外春偏好，堤横细草生。闲居翻竹谱，杂坐听泉鸣。乍冷林容暗，翻飞鸟阵惊。渐看鸦就乳，淑景媚新晴。

喜公敬与见讯

偶得心知讯，开函喜复惊。半年余别绪，五字述交情。春色窗前草，相思水上城。缄中多泪语，遥寄雁声声。

济阳道中梦旧

四载飞思苦，今宵入梦奇。无言知夙恨，相挽似当时。袅袅来仍往，姗姗是复疑。别时频顾盼，悲怯不能持。

都门访张履桥不遇

竹疏烟锁密，君出赴谁期？门外花为市，斋头草尽诗。欲谈倾积绪，不见是相思。已有山间约，徂徕撷紫芝。

九日

关情惟九日，篱菊又芳姿。有兴何须酒，无朋且赋诗。覆云松偃盖，环水竹生儿。一径通城下，人归欲暮时。

送相士往江南

送君堤柳绿，寒雨再加觞。白水明交意，青山是客装。茶方寻陆叟，酒力忆齐乡。江左多名士，谁能似尔良？

雪中别杨印潭二首

其一

济上十年别，荒城雪里看。钟情杯底酒，寄兴水边滩。天暗归程急，灯残客思阑。千秋须努力，云瑞应微官。

其二

斋头今夜会，历下旧时盟。岁暮客怀淡，天涯人意轻。海潮惊旅梦，亲舍动乡情。知己连床话，都令去住轻。

秋园遇雨

与共衔杯处，青苍尽薜萝。翠阴双鸟度，清话一尊多。骤黑来烟雨，残红褪芰荷。东篱将菊绽，九日尚须过。

送熙明十四弟之昌平

北门严锁钥，此地实雄关。瑞霭浮陵寝，天颜喜禁班。封狼古塞口，射虎旧燕山。醉饮莲花帐，功成青海湾。

三月十五日游崔楼神会

东村方赛社，花绽尚春寒。客聚连郊甸，禽闲坐水滩。舞风杨自弱，滋雨麦初攒。渐喜烟沙软，游人席地安。

春旱

时当大祲后，二麦已先焦。望雨量寒暖，祈年卜象爻。燕犹翻水次，鸠未语林稍。但恐秋无岁，凭谁适乐郊？

喜雨

忧旱身为病，春云晚自过。闭门声历乱，长夜雨滂沱。远水浮群鹭，平桥浸短莎。三农欣有望，起舞任婆娑。

喜晴

春逢三夜雨，雨足喜窥园。花颊迎人笑，山情向日暄。呼童新水贮，对客旧书翻。鸟语登楼听，相知在不言。

郊园

其一

临明风雨住，出郭远山青。绛雪花堆砌，苍烟竹暗屏。屐行畦带湿，亭冷户长扃。新涨危桥断，云行尚未宁。

其二

懒熳虚筇屐，生机验谷芽。踏残花委地，看遍鸟眠沙。树杪风疑瀑，溪头水代茶。缺墙山欲补，殊称野人家。

初夏

其一

日高槐影密，初夏鸟鸣辰。翠拱山横几，青摇柳隔津。闲知贫是福，老与睡相亲。啸傲从吾懒，谈心对野人。

其二

今日初移菊，山房但护鸡。鸟栖花欲堕，人过竹仍迷。径作羊肠曲，斋堪蜗缩低。幽居来客少，自看草凄凄。

其三

石甲谈终日，薰风坐小年。山深幽到谷，池小暗通泉。雪色飞晴鹭，槐阴听暮蝉。东城初月出，原野净无烟。

送熙明十四弟镇应州

朝廷勤北顾，陵寝护重关。塞外单于远，云中大将闲。黄沙明漠月，翠霭逼燕山。正值登坛日，拊髀动主颜。

避暑

松杪风声细，云笼竹径幽。客来频握手，茶熟未梳头。静对堪逃暑，闲谈代奕秋。闭门时课仆，常灌小盆榴。

丁巳之旱，四月不雨，禾苗枯槁，人心汹汹。至七月中旬，大雨如注，三昼夜不止

其一

焦劳忧旱日，一雨遂绵绵。蚁阵行墙徙，鸥群坐浪眠。空蒙村带湿，冥晦树生烟。终夜淋铃响，三农痌可痊。

其二

小窗扃不启，棐几净无尘。残暑偏侵梦，轻寒乍袭人。迂能成傲骨，懒可称闲身。白露沾衣袂，良朋隔水滨。

其三

十日不出户，疏慵坐小亭。风过丝雨白，云净笠山青。地僻垂阴满，楼高待月停。隔墙砧杵急，愁思逼疏棂。

其四

栖隐偷闲日，篱花手自删。虫寒吟绕屋，鸦晚宿投山。夜雨看盈尺，秋栏倚闭关。授衣将九月，愁使发成斑。

其五

世途原不韵，终日闭门居。雨缀疏帘密，风摧坠叶徐。垂杨环野径，修竹护吾庐。池面添新涨，闲看掷浪鱼。

其六

老年便独宿，身健慧还生。露下蛩鸣月，烟迷鹤避铛。山头云气湿，荷上露珠明。坐对梧桐老，秋池一倍清。

中秋竹堂玩月

最是中秋节，今宵净碧烟。月明苔径洗，云度竹堂穿。坐见金波阔，旋移桂影偏。银桥飞路杳，思入广陵仙。

元宵四首

乙卯、丙辰，东土大祲，至丁巳犹未复也。而催征愈急，子遗不堪，李大中丞屡下蠲停之令，阖邑欢声如雷，元宵始有生色矣。

其一

三五嘉今夕，欢呼万户同。登城看火树，绕巷听歌童。晓色催星落，游人

载酒空。太平今有象，云气正笼葱。

其二

箫鼓沸春城，元宵夜气清。灯光明似昼，歌管乐空城。踏市情难已，收春兴未平。更期游古寺，佛火照衣明。

其三

未有金吾禁，相将达曙归。无风占岁稔，逐月恐人稀。彩树疑春剪，冰轮对酒飞。最怜人似玉，罗绮夜生辉。

其四

今日好开樽，清光恰到门。星球连树杪，月晕浸云根。车马香尘遍，珠帘笑语喧。三更城上望，海气净无痕。

长安道中九首

其一

何事人生苦，骊歌送客行。云山望来碧，烟水树间明。别意匆难尽，乡音渐不惊。都门回首处，谁可慰离情？

其二

昨饮长安市，今宵雪满堤。萧条两岸柳，惆怅五更鸡。劳久行还止，途长去欲迷。敲门寻旧主，马对暮云嘶。

其三

邮程催起早，客里问行津。堤树残星照，霜裘朔气亲。每怀家报远，忽遇故乡亲。日出寒犹厉，长途厌水滨。

其四

一月身为客，归来序改冬。寒风困疲马，野寺警疏钟。旅梦三更月，人催半夜春。天阴行欲雪，惟听水溶溶。

其五

野水雄州外，层冰踏未明。逢人讯歧路，久客引归情。古渡沟称白，严寒晓倍清系燕丹池。村烟看渐起，蓬户有鸡声。

其六

率土朝京路，人人侧目过。山临涿鹿尽，水汇鄚州多。剑把风前倚，诗成马上歌。客程看去雁，乡思复如何？

其七

桥上荒苔合，湍流急雨声。人声雾里出，渔火浪中明。树密风吹瘦，桥低水漫平。试看来去客，强半为浮名。

其八

渐入瀛南路，虚亭柳数湾。渔舟沿岸泊，驿马带冰还。人向长途老，家同万里艰。晓行几百里，犹自未开关。

其九

天末狂风起，尘途闭目过。河坚驱策稳，村小讯途讹。得句真成癖，思家渐类魔。村村贫似洗，无奈苦征何？

春日石甲馆六首

其一

默坐无人到，窥园听鸟啼。随风移竹簟，占雨到蔬畦。步久春无赖，吟成日已西。绿槐庭院小，傍母乳鸦栖。

其二

独居非避世，门设日常关。愿对青松老，因贪白昼闲。山从城上出，云傍树边还。积案诗新旧，丹铅好自删。

其三

春天常起早，鸠妇坐檐呼。抱瓮诚为拙，抄书亦未迂。浴凫池忽涌，移竹径偏纡。但羡窗前鹤，临风体自癯。

其四

又茁庭前草，萋萋曲径迷。境幽花贴水，心淡絮沾泥。一鸟喧阶树，群鱼饮暮池。春风茅屋里，横榻慰幽栖。

其五

蜗庐容膝处，适意亦堪眠。但得心无事，宁论橐有钱。青山名石隐，白发比枯禅。箫鼓谁家沸？春来乐事眠。

其六

事寡因贫久，愁祛卧亦宜。赏心多故友，抚景即新诗。花插瓶春老，香焚鼎昼迟。登楼舒眺好，尘事不曾知。

秋日斋居三首

其一

未肯登临懒，怡情水石间。衰颜羞古镜，健足想秋山。于世真无着，何人可共闲？空庭风日好，支枕看云还。

其二

小砌寒蛩乱，清砧杂漏迟。薜深对曲径，石古映疏篱。露浥桐阴薄，风梳竹影攲。纸窗秋瑟瑟，独曾许谁知？

其三

晓来秋入户，空翠滴荷圆。鱼过惊新水，蝉鸣出暮烟。静观常倚户，散步亦持编。芦叶寒塘上，萧萧客未眠。

送郯城施老师擢周府拿故二首

其一

海国连云曙，君行拥去车。著书闲岁月，问字老烟霞。时雨峰峦色，春风苜蓿花。蓬莱看海市，金碧倚栏斜。

其二

腊月猫阳道，河桥水正潺。束装诗白雪，送别酒青山。把袂临歧冷，思君尽日闲。有书烦雁足，东望海云还。

夜过浮来小东园二首

其一

夜尽东蒙道，园扉尚未关。我来因有竹，君住岂无山？汶水层冰里，蒙阳宿雾间。新墙围古柏，日日主人闲。

其二

久坐因寻胜，寒林石径明。小门霜带月，孤店客催程。风定吹沙止，云生见岭横。山园深夜里，惟听大河声。

登东蒙山

登山真小鲁，沙尽玉骢烟。峰借云为幕，泉垂洞作帘。径危岩欲堕，苔古屐时粘。鬼谷今何在？寒烟漠漠添。

淮南八首

其一

孤城绕淮海，隔岸树苍苍。地湿疑为雨，天空迴作霜。清江流尽合，古岸路偏长。一线微茫处，帆帆挂夕阳。

其二

闭门秋夜雨，寒峭客边生。鼓韵长河沸，茶烟古树清。鸟栖风不定，河冻晓偏明。十日淮南坐，乡思听雁声。

其三

气煦冬将半，钟沉夜未分。邻鸡啼细雨，亭竹覆轻云。骨瘦非因客，思繁赖有君。微醺淮上酒，不是怅离群。

其四

朝来寒袭袂，新霁满林霜。月冷琴书润，庭幽竹柏苍。事疏身渐老，客久日偏长。斗大西斋地，狂歌夜未央。

其五

乡思成寂寞，客况岁将除。院小惟横几，堂虚只著书。潜窥床上鼠，竞走壁间鱼。海气风吹至，寒威到客裾。

其六

早起披霜雾，村田猎火疑。云中看过雁，水上听鸣篪。淮海严冬客，乡园腊日思。庭花及林鸟，无物匪心知。

其七

添香更漏永，云锁竹间堂。银蜡摇孤枕，金波照薄裳。此时犹作客，无夕不思乡。赖有清淮酒，殷勤劝举觞。

其八

淮流东去急，向晓未开关。是水皆通野，无时不望山。寒林围鸟沸，野艇挂蓬还。河上谁家女，楼头倚袖闲。

正春病中四首

其一

欣遇元宵节，那堪是病身。月明才十日，身卧已经旬。不睡偏愁夜，因灯始觉春。谁家光四照？羞见鬓丝新。

其二

开门纡小巷，日卧竹间居。柳线风摇后，蛛丝雨缀余。春光闲处适，朋好病中疏。取次看花鸟，双眉已渐舒。

其三

不知春已至，但听鸟声和。南雁迎花早，东风带雪多。巷深车少至，帘近酒频过。永漏殊堪厌，披衣且自哦。

其四

伏枕春过日，含愁对客眠。梳中盈白发，窗里见青天。久坐寻遗句，长闲悟小禅。竹堂移卧榻，相对影堪怜。

湖上三首

其一

家虽城市里，强半日居湖。候岂阴晴卜，闲因睡觉余。托身惟小鹢，饭客有嘉鱼。鸥泛清波色，双双去影徐。

其二

湖上多烟雨，波深好避人。远山常送翠，无地可生尘。乐事惟农事，闲身复病身。世缘心不扰，聊且日垂纶。

其三

湖色春来好，兼逢过雨时。树沉轻似藻，澜起细于丝。野渡通齐苑，新堤接古沠。沧州人欲暮，孤鸟入云迷。

暮春病起园中

一病连三月，窥园坐小车。素怜飘蝶影，黄已落松花。鼓兴看邻竹，寻题过酒家。江南新到客，试问雨前茶。

尹邑侯计过亭二首

其一

知过真无过，悠哉计此亭。竹深因雨绿，地古见山青。客至高谈久，帘闲午梦醒。流亡无计挽，座右且书铭。

其二

卜筑空闲处，公余每日斜。小园堪对客，适意即烹茶。亭敞千峰雨，台高满县花。秋来民隐重，省敛野人家。

雨中听鹦鹉

嗟尔来何远，雕笼闭羽翰。绿衣怜影瘦，巧语向人难。回忆关山月，萦思陇水滩。独眠风雨夜，聊共一枝安。

早行太山道中

一夜寒生白，开门屋上霜。太山遥矗矗，汶水望洋洋。马瘦迎风慢，人劳觉路长。旄头光尚灿，乡国近辽阳。

滕县道中

疏懒虽成性，登临系我思。有山旋住马，无境不看碑。但得游成趣，何妨去且迟？滕阳多古迹，随意一探奇。

过峄县新河口

新河喧晚渡，人语半乡声。细雨张帆乱，荒湖过马鸣。戏波鱼自乐，随浪鸟无惊。尚觉于家远，裁书寄未成。

徐州

山名真九里，河水浸城墙。雁起惊寒月，鸡鸣动晓霜。那堪冬作客，无奈夜思乡。频问辽阳事，欃枪夜有光。

济上别车振宇

峼桥今日别，寒柳冻江浔。客况杯中释，亲情梦里深。黉山堪结社，湖水可明心。惟愿云中雁，时时寄好音。

都下宿立宇弟梅花轩

独卧梅花里，醒来恍似春。小窗横影淡，低月暗香侵。记忆家千里，牢骚我一身。南枝休易折，留寄未来人。

题宇太寰瓜圃

河水遥连郭，春晴暗绿原。有瓜皆五色，何地不青门？居僻心能静，身闲梦弗喧。辽阳需干济，未可恋东园。

雨中五首

其一

秋月涓涓净，虚亭澹远心。薄霜凝古树，清露湿寒砧。绕槛啼蛬细，浮阶积潦深。何人吹玉笛？风递碧梧阴。

其二

出门心觉懒，不是避人居。向得贫中趣，因无橐里储。磬悬饥鼠乱，杯尽寝鸦初。檐滴心堪碎，寒风夜不除。

其三

茫茫天地阔，何处不能安？白眼逢人少，青桐合调难。一山空翠滴，万树带云看。自守诚迂拙，因为旷达观。

其四

坐卧曾无着，疏慵我昔知。孤村云外失，千树雨中窥。鹭浴荷轻偃，鱼行藻细吹。种花才满囿，霜下几枝奇。

其五

乘闲因早起，秋满野湖边。雨后山逾净，霜前草不妍。历征新旧节，杖结短长缘。但得贫中乐，何妨尽日眠。

忧蝗

蝗飞声作雨，日日捕殊艰。立见嘉禾尽，无烦莠草删。闻谣心转恻，下诏赏应颁。无恙村前柳，条条拂水湾。

过蒙阴寨子庄

行人意已慵，河水夜淙淙。破屋谁家月，空山何处钟？有怀难遍问，歧路莫知从。此地成余恨，当年语厌重。

渡金山口湖

城外金山口，行人野渡难。青山时在望，白发不禁寒。霰密湖船暗，风狂驿路漫。覆茅波浪里，犹自钓回澜。

过莱芜苗山夹岭

夹岭登三度，俱当入暮时。千山萦晚翠，一水聚流澌。问路人行少，吟诗马去迟。仰看飞鸟过，天际几峰低。

暮秋水庄遇雨

九月连阴雨，凄其坐不堪。品茶充雅课，开卷当清谈。鸿雁连云唳，芙蓉近水酣。壮怀千古意，寂寞在湖南。

雪中郑州遇高平仲

夜于兄有梦，果遇郑州城。驿马谈心住，村酤握手倾。喜君新得意，愧我旧联盟。歧路匆匆处，安能悉此情？

夏日游临淄龙池观竹睡琼飞亭

齐门堪命屐，泉出水空亭。竹弱分衣绿，山明逼座青。睡来消暑气，坐久任天冥。招隐称名胜，琼飞户自扃。

喜得罗玄甫手书

君家新卜筑，城市即山林。湖上舟轻放，园中景毕寻。青莲红友结，白板翠苔侵。习静人稀到，西来意总深。

秋日在涧斋

秋色来何处？云烟在水南。楼高先得月，地迥僻临潭。客至添游兴，杯停与笑谈。芙蓉堤曲绕，终日对花酣。

忆临淄女

于归十九载，何日不悲伤？念尔难温饱，哀人异肺肠。无家空我忆，有病倩谁将？所惜遥遥隔，连宵梦与长。

都下喜张履桥见过，时张方写经求子

廿载忆同游，相逢话未休。性疏怜阮籍，身幻是僧繇。笔见莲花吐，经书贝叶周。宁馨应有自，珠向掌中收。

坐张履桥青室

羡尔南窗下，青青竹几竿。叶疏连影瘦，笋长借阶宽。日映鸾翔午，风生凤吹寒。笔端生趣剧，常对此君看。

酬赠太仓陆仲鸣

神交虽已久，相见转相亲。小陆文章盛，三吴誉望新。愿言千古契，何幸一时人。入洛怜同调，歌宁借《郁轮》。

酬赠无锡马伯元

五常推马氏，眉白最称良。人买南溪舸，文登西汉堂。惠泉思一歃，锡麓渺何方？借甚明珠赠，伊人愧报章。

秋月闻砧

长安今夜月，千里此清光。旅榻真如水，闺砧不避霜。萤飞星欲乱，蛩响漏偏长。莫更窗前倚，轻寒沁薄裳。

含集

五言律三

谒孔陵孔庙

圣居何太近，私淑泗之浔。无水不西注，何禽犹集林？仰瞻植桧手，惆怅筑场心。万古斯文脉，川流叹至今。

都下别康钟白

三月燕台客，朝昏尔一身。看山期未负，泛艇兴俱新。坐寂蛩吟月，谈清鸟近人。相思无限意，应在锦江滨。

春日八首

其一

郭外游初试，莺啼雨后天。春晴山翠滴，风细水纹旋。茗约招词屐，花时费酒钱。胸中吾自适，宁负草芊芊。

其二

春色来何处？寒云映日轻。野篱幽绕蝶，墙柳暗藏莺。帘卷庭阴午，丝悬屋角晴。好风虚枕畔，时有落花声。

其三

门外春如许，郊游未厌赊。登楼呼漱月，随地惜催花。豆蔻津津吐，藤萝故故斜。轻寒催细雨，篱菊渐生芽。

其四

四顾山光好，凭栏一望收。深云迷古堞，远水漾浮鸥。忤俗宜于野，伤春懒上楼。长堤垂柳色，浓绿送轻舟。

其五

海燕将雏老，春光到野芜。风香吹入幕，林鸟唤提壶。楼称元龙傲，途悲阮籍迂。前山云欲黑，诗就日将晡。

其六

双屐遵芳草，朝烟课野行。尘飞帘有影，花落院无声。人瘦常怜竹，楼高好听莺。野塘横水外，南亩几家耕？

其七

忽报春将暮，游人倦不嗔。啼鹃听有怨，飞絮逐何因？日永惊时换，年衰厌节频。晚风池上立，鱼鸟恰亲人。

其八

寻春花半落，访友步晴霞。山静鸦啼树，风微燕蹴花。岚轻扶岫出，云动逐人斜。地僻常无客，窗开影自遮。

夏日八首

其一

送雨轻雷发，晴当暑气清。花飘惊鸟过，帘卷看云生。比屋青山对，危桥碧水平。坐来天欲暮，鸣瀑溅飞琼。

其二

堂小环深竹，人随曲径纡。淡烟迷远墅，野水荡轻艅。乳燕自来去，飞萤初有无。池塘新水涨，坐看浴凫雏。

其三

天光澄夜色，对客坐烟萝。隔水泉声细，开窗月色多。触荷鱼偶戏，啼树鸟如歌。请验星疏密，炎蒸更若何？

其四

蝉鸣于晚急，溽暑讵能眠。细霭粘疏树，残云载小船。黄金方尽橐，白发已盈颠。世事浑如此，须逃醉里禅。

其五

岸帻凭栏久，呼童扫径频。天融花烨烨，水浅燕频频。石润占时雨，禽喧卜远人。清谈传客至，麈尾倍相亲。

其六

山房白水外，深夜觉微凉。星动溪流彩，萤飞树点光。薰风来竹径，明月照绳床。念远情何极，银河与恨长。

其七

闭门不知暑，屋静绕疏桐。南扁千山见，东湖一鉴通。梅黄天黯黯，麦翠雨蒙蒙。对景添诗思，蝉声咽晚风。

其八

莫言河朔饮，暑气总如焚。近水延清吹，弥空覆薄云。松涛喧夕坞，槐影散晴薰。兀坐新篁下，翛然对此君。

秋日八首

其一

爽气凝疏叶，寒陂漾野苹。眠鸥犹逐浪，倦鸟却依人。芦白潇潇雨，山花点点磷。小楼村落里，幽事足闲身。

其二

西风侵短袂，林木乍惊寒。水落鱼梁见，天高雁字抟。云开新月瘦，雨过小溪漫。弹铗嫌多事，黄花正可餐。

其三

夜半那成寐，新凉动我思。院香侵露湿，河影逐风移。草阁初晴际，溪云自起时。幽怀岑寂寄，人静鸟能知。

其四

孤城开晚霁，云静逼轻纱。秋老黄蜂蜜，湖残白藕花。岚开山气爽，波动水纹斜。是处砧声切，边人正忆家。

其五

吟余听鹤唳，翘首对晴空。渡水渔灯白，焚山猎火红。鸟栖惊落叶，人去倚疏桐。知己迷云树，秋怀咏晚风。

其六

僻径多幽树，潭空月影沉。梦魂迷断雨，心事系枯藤。石净苔文古，云重塔影层。南窗初菊绽，未许晓霜凝。

其七

苍茫秋色淡，黄叶乱斜阳。得句于山暮，怀人一水长。孤灯客里思，丛菊雨中觞。堤柳鸦栖冷，星明不耐霜。

其八

闲斋心自适，卜夜听吴歈。秋尽朝偏冷，人愁老更迂。重烟横远幕，空翠冷轻裾。有客来相访，携琴隔水呼。

冬日八首

其一

寒林惊晚落，四望只枯枝。山老烟光涩，云低雁影迟。有醅巾可漉，无粟釜难炊。节候惊愁思，床边蟋蟀移。

其二

闭门人迹少，独坐检残篇。白发无方疗，红牙有意怜。年来世事淡，老去道心坚。适得闲中趣，虚亭漫草玄。

其三

偶步孤村外，难堪觱发风。寒云连野黑，野烧隔山红。目送归林鸟，年齐比舍翁。转思芳草色，三径已全空。

其四

冻雀喧庭际，闲来意自恬。雪深无印屐，风急止钩帘。韵事灯前惬，幽怀梦里添。懒成嵇叔夜，世态任凉炎。

其五

彤云深四壁，蓬户不曾开。谢客心虽暇，耽吟句每裁。曙分鸡自警，人静鸟无猜。窗外霏寒玉，疏疏伴落梅。

其六

枝栖虽所愿，无异子云亭。风定炉烟直，天寒砌叶零。池鱼潜不起，檐雀噪将冥。斗酒堪为乐，何关醉与醒？

其七

掩窗方据榻，寒月暗疏灯。老树迎风吼，空枝任雪凝。构题频剪烛，瀹茗自敲冰。试问横塘侧，梅花破几层？

其八

登楼时一望，四野暮云横。枯树余幽色，孤峰动远情。霜痕欺屐滑，月魄惹窗明。倚枕多闲绪，输他鹤梦清。

和中山蔡堂翁《自得家林趣》十首

其一

自得家林趣，乾坤到处春。看花莺是伴，对酒竹为邻。山月晴姿好，岩花远态真。悠然会心处，何地有风尘？

其二

自得家林趣，澄湖带草庐。莫愁身乏策，且喜手抄书。远思频看雁，闲情漫对鱼。黄花纷在眼，不笑鬓毛疏。

其三

自得家林趣，心幽好闭关。游怜春烨烨，坐爱水潺潺。五石瓠何有？三生石果闲。文楸与书卷，借以破愁颜。

其四

自得家林趣，南风解素琴。能无楚客调？空抱杞人心。落叶惊鸿影，高天散树阴。泠然来爽气，万壑有清音。

其五

自得家林趣，孤航野水央。客偕荷剪服，诗贮锦为囊。岁俭心忧雨，官寒鬓感霜。一身千里梦，闾倚念高堂。

其六

自得家林趣，交穷意转亲。世狂真似疟，地僻岂无邻？艇小堪随鹜，风高每羡蓴。谈心二三友，倾酿桂花新。

其七

自得家林趣，蓠花照眼飞。千峰环榻暮，万念与心违。风静鸟声细，雨多林叶肥。向无尘事扰，抱瓮已忘机。

其八

自得家林趣，村村咏有秋。青山堪倚杖，明月喜登楼。溪动云根转，烟随树影流。长缨如可濯，生计问沧州。

其九

自得家林趣，扁舟恍是仙。杂花多映水，长日竟如年。屡有湖中兴，偏逢地主贤。烟霞尘世外，把酒问青天。

其十

自得家林趣，朝朝把玉芝。几人聊结社，无境不相知。煮茗花纷落，乘凉榻屡移。寄生皆是客，何地问安期？

春泛迂湖，同李起吾

避尘何处好？小艇泛晴湖。波色摇金镜，烟花漾玉壶。天低云带湿，酒尽鸟频呼。安得山僧共，居然赤壁图。

放船

最是春初日，湖平好放船。孤蓬来细雨，双棹破轻烟。波起浮山去，风生击岸遍。柳稍才吐绿，未可咏三眠。

春日园居

任蝶墙东去，邻春果若何？鸟声高树好，溪水小池过。竟日双眉展，游人一眼多。迂园依郭外，乔木绕垂萝。

邀李钟岳老师于十六弟宅赏梅花小酌

嫩寒春甫半，梅已绽春前。影动香浮水，枝横月在天。孤芳清客梦，险韵入诗禅。莫道调羹晚，青青子欲圆。

中秋有感

今夜凄其甚，孤桐暗屋阴。相思萦燕缕，余恨寄鸾簪。易滴无声泪，难明不语心。别时曾照月，脉脉是知音。

雨后昌平恭谒山陵

翠屏环邑郭，天地大观开。松老排云入，山晴送雨来。马嘶人不语，殿静水仍回。历代钟灵处，瞻依愧草莱。

齐东早行

重雾迷幽径，蒙蒙晓未开。侵衣疑是雨，滑屐半为苔。河折波如箭，山空响应雷。孤舟烟水外，谁是济川才？

饮十八弟斋头，赋得杨妃茶花

国色人间种，山茶号玉环。有妆添酒晕，无语对灯闲。长恨羞生态，相思泪欲斑。名园春漏永，犹似醉时颜。

出齐化门

经年身是客，出郭景堪怜。波动疑连月，山高不碍天。人行村落外，雀噪夕阳前。寒气随风至，郊行更着鞭。

捣衣

秋风暗自伤，捣此旧时裳。纨扇凝残月，兰闺怨晓霜。悲蛩频作语，急雁不成行。寒气边庭早，征衣孰与将？

闻砧

霜砧敲几处，独坐对长河。远韵随蛩苦，飞思逐雁过。天空悲夜月，月转映愁多。此际榆关戍，寒侵更若何？

壬戌冬恭谒陵上有述

孤城余晚照，陵寝护烟霞。山古晴飞雪，松寒暮带鸦。千宫凭雾阁，一水映冰沙。灯火连堤散，天阴石径斜。

昌平道中

春连晴郭远，水护稻畦斜。古木藏幽鸟，幽岩见冻花。牛羊归石径，樵牧聚山家。遥望长陵柏，峰峰翠欲遮。

赠灵鹫庵禅师

谁云此城市，灵鹫即京华？衣钵随缘具，云山到处家。饥燃勾漏火，闲煮赵州茶。密谛黄梅寺，恒河大地沙。

忆天津侯次斋

畏路风波险，东行傍海津。渡头虞浪阔，客里望乡频。世浊心元素，人幽兴自新。桃花分袂处，回首杳难亲。

都中立春

白云东望处，此际倍思亲。松老堪为友，山青恰对门。弟兄千里隔，琴剑一官贫。坐待残冬尽，条风又早春。

武学招饮，见手植桃柳漫赋

别尔无多日，今来是故人。栽培非取任，灌溉亦时亲。柳叶开青眼，桃花破绛唇。高轩能下士，屡到莫嫌频。

湖上访友

一榻栖云处，周遭种薜萝。地偏人迹少，水净月明多。彩笔凌风雨，清谈袭芰荷。可知凉夜好，载酒许相过。

过七枝庵

暑气朝偏爽，澄湖细雨催。水光摇玉宇，月色洗金台。燕影翻波去，花香袭袂来。浮鸥闲自侣，终日两无猜。

同刘云从水关小憩

欲问逃尘地，长安独水关。尊中无绿醑，城上有青山。佛拥莲台净，僧眠竹院闲。徘徊天际远，相对不知还。

长安月下避暑

院寂堪祛暑，深宵斗渐横。萤高星不辨，月净水交明。事简怀因旷，机忘梦亦清。白云千里外，遥望不胜情。

喜晴

数数听愁雨，疏疏喜见星。水澄僧眼碧，山浴佛头青。飞燕斜翻树，流萤漫点屏。明朝寻胜赏，筇屐问郊坰。

与蓼莪弟署中观萤

夜坐凉如洗，疏萤缀小庭。化曾闻腐草，飘宛落疏星。囊映残编白，光含乱筱青。客衣随意点，聚散等焦冥。

立秋听雨

此日惊秋至，新凉细雨天。人来千里外，愁到五更前。鱼沼波新长，花渠溜忽穿。长安风露冷，客久未衣绵。

春日游乌河二首

其一

昨夜催耕雨，长河柳乍匀。夭桃燔曲坞，紫燕掠游人。渺渺流何驶？欣欣物自新。轻茵承细草，差幸可垂纶。

其二

东垞晨如洗，春流拍去津。雨余催麦秀，风急落花频。浪蹙鱼喷子，林深鸟悦人。涟漪轻送碧，端可濯缨尘。

雨过乌河种稻，得“黄”字二首

其一

雨过东村外，春流杜若香。群鱼围短棹，双鸠语垂杨。宿麦锄云黑，新秧插水黄。若为诗思好，吾欲咏沧浪。

其二

河流分曲岸，云黯路苍茫。乍得迎针雨，旋分刺瀫秧。鱼梁新藻绿，鸥溆短蒲黄。独有忘机客，徜徉水一方。

雨后步迂园

一天春夜雨，向晓尚阴阴。黄鸟调新舌，青山寄远心。门开松粉落，帘卷竹烟侵。小径通城曲，苔痕印屐深。

村行遇风雨

出郭吟眸豁，幽居细路斜。闻莺来水际，省稼到田家。雨解催诗急，花如劝酒加。马蹄行暂止，村渡可浮槎。

王舍道中和王朴之壁间韵

其一

来往清源道，轻尘污客颜。似随云共往，不与鸟争还。暂息劳依树，无妨饱看山。前林清籁起，疑是水潺潺。

其二

读诗看旅壁，恍似对君颜。爽气迎偏喜，流波逝不还。世情多白眼，故旧只青山。暑气连宵迫，因思弄碧潺。

乙丑季夏，午睡小斋，
梦吟“树因吴地尽，水向越江流”二句，
绝似武林，乃补完以试异日

梦里谈名胜，西湖是旧游。树因吴地尽，水向越江流。八月潮如雪，孤亭暑似秋。茶分龙井上，一畝更何求？

闻雁有怀

乍闻新雁过，犹是去年声。影带秋山碧，行分野水清。宵从今日永，情为故人生。客思初霜夜，嘹嘹语未平。

熙明十四弟书楼产芝

不是人间种，应移天上栽。文房来太乙，翠羽动三台。朱叶滋零落，金茎护早雷。谢家歌玉树，瑞气绕庭槐。

新春开稻田不遂

日来频出郭，农事最关情。冰解湖添涨，潮回岸有声。麦青新茁土，柳嫩乍闻莺。拟布东庄谷，开渠竟未成。

迁园和季木弟韵

其一

槐荫通幽径，行园喜日曛。柴门环涧水，茅屋冷溪云。花态晴偏好，山岚翠不分。避人宜郭外，静坐看波纹。

其二

钓垂城下水，何敢学羊裘？随地寻花伴，穿林听鸟求。野云封户薄，庭竹进窗幽。群从王家是，兰亭禊复修。

都中对雨

此夜孤灯坐，天涯客里情。怀人秋色淡，对雨晚凉生。世事浮云变，乡愁旅梦惊。那堪新过雁，清唳怨分明。

贺峄阳司理孟公月举二子

兰梦生春夜，年年种玉频。人间夸合璧，天上锡双麟。摩顶身逾异，克闾气倍新。三迁家训在，诗礼各逡巡。

都门喜交完县田醒榆

曲逆多高士，君空冀北尘。相期千载业，投分片时亲。长夜谈心密，穷交以侠真。山阴乘兴日，无忘锦湖滨。

丙寅腊九日承恩寺忆田子

腊尽那堪对？兼之久客时。感时愁欲满，贪火卧偏迟。寒到贫先觉，春来老渐知。避人酬接懒，君至始相宜。

都下寓承恩寺，两过九日

萧寺登高处，黄花两见苞。一身飘是叶，群仆系如匏。家远衣难寄，愁深药未抛。四山苍翠色，堪结岁寒交。

都中看霜菊

对此含霜菊，怆然奈尔何？秋从连日老，寒比故乡多。瘦骨耽诗债，羁身入醉魔。客装徒四壁，攲枕且狂歌。

少师长兄庭巢白雀

古槐秋气爽，瑞雀映朝曛。玉砌飘晴雪，朱檐驻白雪。嘤鸣和气聚，秀色上林分。岂但遐龄兆，图麟著阁勋。

忆山阴诸冲阳

回忆都门日，当年是胜游。交情怜古道，世事任虚舟。此际人千里，相思月一钩。怀君余药裹，缩地肯相求。

雨中石门山行

细雨山行缓，轻寒鸟语娇。桑麻迷涧口，庐舍接山腰。树入青骢远，春游彩袖招。水烟迷客路，停策问归樵。

雨中宿山村

其一

溪声回野店，静听转悠然。树暗云催雨，山昏雾障天。逢人羞作赋，出世且参禅。十载相关事，常从枕上牵。

其二

客到旋开户，山房石磴中。飞花香逗雨，疏竹韵敲风。鸟宿知天暮，僧归散晚虹。静来堪悟道，何用问穷通？

雨宿鸿门河

乍听雷门雨，山云欲蔽天。洗花浮远涧，驱瀑入平田。溪涨蛟龙怒，峰迷虎豹眠。孤身愁里坐，淅沥到灯前。

初雪新晴，留子准、遗民、子延小集，得寒字

幸遇知心友，兼当早雪残。夜深寒更峭，杯速饮能干。竹韵添新态，茶烟逗晚寒。小斋铺玉砌，对此尽君欢。

雒南道中康宇七兄自淮阳以诗见怀和韵

回首烟横处，溪云拥树腰。秦山明晓月，淮水接江潮。雁与春阳近，梅烦驿使遥。雒南思正剧，相忆阻迢迢。

广陵别龄、政二侄

江皋殊恋子，重会复重分。晓浪连天阔，秋霖彻夜闻。小舟愁并载，歧路语难云。梅绽江南早，孤芳寄倘殷。

雨行定远道中

云来山戴笠，雨急水连镳。种谷喧村鼓，防泥渡野桥。渚禽飞漠漠，烟树影萧萧。迷路逢村牧，花间指路遥。

秋夜池河

其一

秋晚临孤驿，霜林鸟并栖。泥深频踬马，寒剧且增绨。屋破风全入，灯残月半低。五更听落叶，疑是雨凄凄。

其二

众木层层落，秋声入耳多。市空知贾散，场涤减农歌。霜杵催寒至，邻鸡警梦过。独眠嫌漏永，诗补旧题哦。

夜行二首

其一

不是耽秋色，郊行夜未安。乍寒趋古道，多累笑微官。池静鱼潜稳，林昏鸟梦残。月斜堤柳外，犹自据征鞍。

其二

未许行而止，旋闻阻忽通。睹鸿惊远浦，疲马怯凄风。几屋窥灯闪，中宵值雨蒙。路歧人语失，无计识西东。

吴广文见招醉菊赠谢

高馆饶嘉树，招携意特殷。月孤人共瘦，风远室犹芬。花冷灯为伴，杯深客易醺。快谈娱永夜，寒漏不教闻。

宿集

七言律一

同王补之、鸿渚、用晦二弟秋月泛湖，宿华沟水庄六首

其一

客来携我弟兼兄，一苇航之稳不惊。傍岸老莲堪摘子，上钩鲜鲤旋为羹。涛声地震鸥群起，雪意林闲雀自鸣。短棹菱歌归去晚，青荧灯火几家明。

其二

诸葛荒祠湖水滨，寒烟漠漠映青苹。有僧倚杖堪为侣，无主横舟若欲亲。客望铁山峰尽紫，人来泽国月常新。渔村处处堪行乐，何地桃源不避秦？

其三

几家茅屋在湖傍，屋畔疏枝系钓航。芦渚鸥波疑滟滪，菱歌雁阵宛潇湘。闻声濊濊鱼交掷，入望星星鹜自翔。衰柳绕堤鸣叶乱，远心曾到白云乡。

其四

远树孤村水接天，萧萧生计只渔船。敲冰入爨需邻火，举网无鱼冷暮烟。雨雨风风难给口，家家户户但输钱。绿蓑青笠归来暮，醉卧枯藤秃柳边。

其五

高柳长河廿里程，轻舟短棹与波平。拨头野渡枫林赤，会泊遗踪荻渚清。戍妇家家鸣杵夜，渔船个个隔林横。解颜但见群飞鸟，日浴湖心作雨声。

其六

水光已洗西山雨，树色初明返照晨。今古烟霞成独笑，江湖风雨有闲人。鱼吞细荇津翻白，鸟过澄波影倍真。身世浮云惟钓叟，徜徉此处兴常新。

同鸿渚、季木、用晦诸弟泛舟锦秋湖，时宿雨新晴，河水骤溢，顺流入湖 ①

其一

空明一片东湖里，况是新晴爽气多。十里芰荷来会泊，百川烟水灌乌河。暂抛谢氏登山屐，且共裴生倚棹歌。箫鼓楼船湖上约，但看暇日与清波。

其二

鸣锣打鼓湖堤外，曲曲垂杨两岸纡。宿雨乍添新水溜，远山微露一峰孤。临风举网鲈鱼美，即景怀人午梦苏。更喜轻舟乘夕至，月明相映弄菰蒲。

其三

鹅鸭城东湖色新，船湾细柳听鸣蠊。群儿争果平欺浪，野鸟衔鱼不避人。鲈到北方呼作豸，雁栖远渚只疑鹑。几回晒网渔家妇，笑倚桥梁说水痕。

其四

徜徉终日好清讴，醉把渔竿付雨沤。湖水无波河水急，早莲生艳晚莲羞。青山遥望浑移渚，画舸轻摇自狎流。小筑何时葭蒹畔，南陂收尽一汀秋。

其五

千山万壑自南来，日夜飞奔势若雷。绿锦云开花作帐，青烟露湿叶为杯。从来会泊通三控，讵见鲈鱼验四腮。海道堙淤禾黍尽，朝风暮雨亦堪哀。

其六

此湖昔日游坡老，绿锦云秋绘此图。烟水那能分北地，弦歌何处不西河？朝昏极目人千里，风雨扁舟水一区。波镜晚来迎白发，相过百遍岂为迂？

其七

邻封为壑锦为秋，湖里欢愉湖外愁。檀板按歌声欲续，蓼花沿岸赏宜周。白鱼入网堪为饭，青冢停舟且对鸥。沃壤何时生穄黍？篝娄满载足清游。

其八

日日轻舟不缆收，搀风抹雨放中洲。自知野水同鸥鹭，遥望荒芦暗马牛。清福最难消岁月，安流端可问之罘。镜湖岂用多钱买，结草华沟已一丘。

---

① 《新城县志·艺文志》录此诗，题为“同又损、季木、用晦诸弟泛湖”。

送季木十七弟之济南卜居于鳞白雪楼

玉函山下藕花洲，卜筑应怜白雪幽。天外青悬华笔晓，城中香散嵖湖秋。时晴时雨皆成态，人去人来不禁游。自买小舟堪载酒，夕阳吟罢狎沙鸥。

丙辰旱极，孝河乍干成路，时宿村中，梦里惊闻水至，辰起，清波泊岸，不胜畅然

五月村庄乍葛衣，草堂新落麦初肥。客来最苦看河断，梦里惊闻报水归。隔岸榴花吹片片，送人梅雨散霏霏。穿帘乳燕呢喃语，北牖时开树几围。

河东芮城赵阶女字淑乡、赵国重女字兰姐，姊妹也，夫亡，俱以烈节死，因赠之

从来节烈凌山岳，况是双贞姊妹何。莫道愁时千虑少，自知夫去一身多。盟心肯负恩相结，誓死宁教世不磨。天付二人完赵璧，小坟斜日对荒萝。

送见源孔师升青州藩府教授

洙泗河滨孔氏家，经纶肯付梦中嗟？青毡细雨环多士，绛帐春风列五车。久曳长裾人似玉，问奇满座笔生花。初晴把袂长堤柳，望断淄川水一涯。

蒋淡主最钟情燕卿，别时有海上之约，五年不至，因戏之

燕子不来寻旧垒，每逢社日倍沾襟。美人别后情方艳，佳事回思趣反深。三径不荒清客梦，五年无信老春心。最怜海上新波绿，何日于飞到上林？

重阳同周仰莲、康宇七兄饮司马大兄西园

菊满东篱酒满觞，喜无风雨到重阳。照人好景偏宜月，醉客清秋幸未霜。小圃枳围云欲冷，晴空雁过影偏长。重重红树山容静，一曲吴歌兴愈狂。

湖水泛滥，田庐尽空，利归高、博二县，而水患、赋役独累吾土，可胜慨然[①]

新城城北锦秋湖，日观峰高万壑余。百倍鱼盐邻国利，千层庐舍野鸥墟。伐檀漫自歌余力，治水何人卜定居[②]？苦雨凄风愁索处[③]，小民无计叩乘舆。

登白雪楼

十年三上于鳞楼，绿荫柴扉多景幽。千载名高阳雪句，孤坟草没昏烟愁。门迎嵫水白相向，槛倚鲍山青欲流。生前身后几知己，心交屈指惟弇州。

登海陵狼山阁览新筑佳城

狼山自古开天险，万叠洪涛绕郡雄。楚尾吴头烟断续，秦碑汉碣色笼葱。城新百雉江声外，风转孤蓬树影中。极目凭栏天际远，姑苏南望雨蒙蒙。

王门淮阴祠

封楚封齐成底事，谈兵握手竟如何？莫嫌淮上分疆促，且喜山中得岁多。千古战征情惨淡，一时伏腊舞婆娑。将军莫自夸神算，鸟尽弓藏云梦坡。

住华沟鲁连遗清处，同鸿渚、季木、用晦诸弟，时宿雨新晴[④]

其一

清波曲折抱幽居，四望苍茫尽沮洳。岁月那能销傲骨，烟云无际锁荒庐。东湖浪接西湖浪，下水鱼争上水鱼。小艇短蓑轻似叶，渔竿清唱晚萧疏。

---

① 《新城县志·艺文志》载此诗，题为“登锦秋亭有怀”。

② “卜定居”，《新城县志·艺文志》为“动謦子”。

③ “苦雨凄风愁索处”，《新城县志·艺文志》为“最是凄风兼苦雨”。

④ 《新城县志·艺文志》载此诗，题为“题华沟鲁连遗清处”。

其二

卜筑湖傍树尽遮，远离城市不携家。小村云去山横瘦，野水风吹径绕斜。诗就恨无能诵婢，郊行欣有快驰騧。天晴渔艇乘新涨，飞鹭时看过藕花。

其三

泛湖坚约雨晴时，天爽花明事事宜。不速弟昆皆老友，相迎鸥鹭即新诗。远山处处疑相近，高树行行望转低。明日重来应更早，笋舆藜杖未须期。

其四

雨后新凉好放舟，两湖烟树点沙鸥。买来艇子轻于叶，乍到波心寂似烁。映水芙蕖相向语，牵风杨柳不关愁。珠玑万顷明堪把，好待君家次第收。

其五

堤树迷离三两株，湖南小筑道傍居。茶烹荷底原因水，舟泊沙头不为鱼。荡桨野童[①]歌白苎，披蓑渔父过[②]红蕖。问君领略能多少？囊里新诗锦不如。

久雨四首

其一

晚来急雨似翻盆，平底波流直到门。冥晦山村真米画，空蒙烟柳对陶尊。目前好景供诗料，湖上清光带雨痕。白鸟一双飞去远，城头极目水平原。

其二

望云日日愁难雨，一雨连朝遂不晴。新水拍天豊涧碧，远山压树锦湖明。人间烦恼轻尘卜，座上清谈片玉生。最苦秋思双鬓染，小楼开镜自心惊。

其三

翠竹依依傍野塘，蒙蒙天气梦初长。千家雨里楼台迥，一径风来栝柏凉。好句每从眠后得，清歌时助醉中狂。低飞燕子斜沾水，遮莫凫鸥满钓梁。

其四

时时瓦卜望晴光，禾未成丛荳已荒。谈正酣时蝉聒耳，睡当浓里鼠登床。疏篁绕阁仍忧暑，小艇携壶每过庄。万事寥寥心不系，芦帘高卷纳新凉。

---

① “野童”，《新城县志·艺文志》中为“樵青”。

② “过”，《新城县志·艺文志》中为“摘”。

宿湾头秋水亭，同季木弟、李子泛舟[①]

其一

高柳孤亭水数围[②]，横烟秋色满柴扉。博姑城外双河会，闸口湖边远钓归。菰米落时蒲叶老，荻花开尽蟹螯肥。昨宵一枕霜砧急，愁杀闲云不欲飞。

其二

昨日孤蓬问水滨，湖南湖北转相亲。会看野渚明妆妇，一任轻舟载酒人。天地有情怜落莫，烟波无主共风尘。秋深瑟瑟莲房冷，霜满渔矶急老去津。

其三

湖北归来老渐颓，西风满载月中杯。晚经渡口马遥待，河到湾头鱼即回。秋水平堤谁可遇？求仙航海事堪猜。澄湖一白真如练，自缆孤舟傍钓台。

其四

风送轻帆月洗船，柳残南陌雁来天。谁家砧韵催湖上，何处渔歌到枕前？景寂乍惊芦飒飒，愁深偏听水溅溅。明朝欲了临流兴，数问阴晴未拟眠。

赠何海若

江左何君美少年，青衫侠气自翩翩。携来山色晴犹雨，纵写诗情笔似椽。松茗熟烹童候火，麈谈深坐鸟窥筵。华沟小筑村连水，特乞君家绘辋川。

送吴怀阳还天长

昨岁相逢雪压天，今归雪里雪堆船。南淮去棹枫烟冷，长夜思君桂月圆。到处山川堪命屐，满囊诗赋不需钱。故人莫负山中约，曾望峰头雁阵边。

---

① 《新城县志·艺文志》载此诗，题为“秋水亭同季木弟泛舟”。

② 《新城县志·艺文志》为：“高柳孤亭木四围”。

送何海若长安完娶

傅粉何郎玉不如，黄金台下百花居。燕姬妆就名才问，济水船归岁已除。门近西山分晓黛，家遥南国望乡书。寒宵剪烛轻相和，彤管青衫燕尔初。

过白沟河

白沟流水尚茫茫，尽道河边古战场。异代金缯嗟北狩，南都父老忆文皇。黄沙白草分穷漠，枯骨游魂冷大荒。到好青山堪纵目，书生博带语偏长。

送张近涪还蜀

茅香谷口桃花水，日泛桃花几度春。勾漏丹砂炉内火，锦江白鹤洞中人。名山处处寻真迹，大地飘飘寄此身。我抱烟霞诚夙愿，凭君接引渡迷津。

送冯沧洲还都下

挥麈谈兵事已空，赤松仙去不论功。长安炼药壶中叟，日观支筇海上翁。惊座清言寒沁玉，干霄侠气晓成虹。从师万里茅香坝，燕子堐头路可通。

过穆陵关

洋洋东国昔称雄，十二河山指顾中。海气苍茫千里散，岱云缥缈几峰通。寄奴潜度惊当日，太史逢人说大风。齐鲁穆陵分一径，琅琊伯业与城空。

过石岭关

石岭关头草色黄，尘沙漠漠雁南翔。星星烽火连幽冀，滚滚浑河绕代襄。山禁芦芽成险绝，城严忻口接穷荒。从来天下精兵处，日待君王一裹粮。

麦熟

芃芃麦候已清和，尽道丰年乐事多。门对椒山听黄鸟，村临野渡集青蓑。民居窜匿生荆棘，官舍萧条长薜萝。征赋未输先注念，肯留一粒济沉疴。

历下同蒋淡主遇刘燕卿

客寄齐门路渐轻，绕梁一曲乍啼莺。莫愁知己无王粲，且喜论交遇蒋生。秋净无尘来燕燕，月明有影伴卿卿。情钟况是天缘合，从此相思到玉京。

送保宁苍溪县僧无忧炼师

蛾眉天畔老僧眠，日煮云根永大年。到处江山堪卓锡，随缘喧寂好参禅。砂烹勾漏难传火，云锁巫山迥接天。闻道锦官秋色好，兴来须买上滩船。

题司马大兄池中并蒂莲

雨过波心菡萏香，瑞呈双蒂夏初长。红衣对舞双姝袖，翠盖同遮百子房。颗颗连珠来洛浦，莹莹合璧映芳塘。空明几日娇相伴，绝似昭阳斗晓妆。

九日客居

秋来觅得傲霜枝，正及牢骚遣兴时。节序关情惟九日，风光堪赏自东篱。人来共领黄花趣，语次频歌白雪诗。莫道家贫难载酒，西风摇落赋归词。

同李起吾南园围炉观雪

小桥曲径野人家，雪满园扉景色嘉。迷处青苍松态古，压来疏密竹枝斜。山童烧叶听茶沸，野鸟争枝绕槛哗。自分此身耽暇适，且看清景送年华。

喜季木十七弟至自京

时看鸥鹭到城隈，每步空亭惜碎苔。兄弟相逢三月暮，园林忽霁百花开。可怜好景愁中过，更喜伊人午后来。但得芳华能日日，何妨杖履百千回。

和季木弟《历下早春》

其一

南山耸翠更嶙峋，淑气初回柳色新。席地游人成过眼，暂时作客是闲身。山村水郭家家酒，草绿沙明处处春。地似武陵堪入画，桑麻鸡犬即仙津。

其二

下院遥看水木清，春衫初试绛罗轻。丰茸细草行无迹，睍睆黄鹂听有声。野径连翩游女笑，山家寂寞野云生。遥知筇屐相将处，一片风光几客情。

其三

城上孤云自往还，双林幽寺老僧闲。连天细草青郊外，浴水新凫碧浪间。含态含愁惟苑柳，宜晴宜雨是湖山。峰峦向晚频回首，渺渺云烟未可攀。

其四

卜筑幽居近水浔，城南社鼓日阴阴。无言山色能留客，作意禽声解劝斟。罗汉无情春自老，佳人多态醉难禁。明朝不负登临约，邂逅横桥远树岑。

其五

山原行尽障泥垂，细马轻驮浅画眉。滴滴珠泉轻似吐，亭亭华麓远相窥。芙蓉堤上听莺巧，杨柳滩头掠燕欹。最是郊行愁日暮，湖南湖北漾涟漪。

其六

天开图画与诗题，况有佳人载酒携。山色杳冥云影乱，溪声清切鸟飞低。僧因募出村庄寂，客自归来风雨凄。烟雾忽沉城郭远，一声篱犬数声鸡。

涿州过翼德庄看楼桑

三分血战成何事？猛士千年尚有庄。代隔家园思宛在，祠争伏腊走如狂。仰攀桑树年多少？远忆桃园迹未亡。万里涪江封邑在，故乡回首是他乡。

过保定新城，即古督亢地

督亢当时称沃土，新城今日帝为乡。燕山肃肃销兵久，易水萧萧送客忙。血溅秦庭霜刃冷，日穿燕树暮林苍。将军借首空函怨，击筑英雄意尚狂。

猩山道中喜遇杨茂仁

路柳行行雪欲飞，偶逢车骑冻云围。十年沂水烦清梦，此日猩阳醉落晖。海上萧条官舍冷，乡心寂寞故园违。平生侠气消磨尽，笑把吴钩策马归。

春日园中思新茶

当门三径绿莎穿，柳眼初青未学眠。汩汩泉声通曲涧，离离松影带轻烟。硗田尽稿伤村麦，海燕还来话去年。遥忆江南将谷雨，几时新茗试天泉？

东园饮新茶

谷雨春残兴未消，聊烹新茗涤烦嚣。黄莺和雨声偏细，紫燕衔泥去不遥。野侣几人俱似鹤，迂园十亩可栖鹪。寻常出郭无拘系，策杖微吟度小桥。

观麦

麦浪青青风力微，远山新浴弄晴晖。泥封燕嘴寻巢入，香染蜂须曳片归。半世穷愁情脉脉，小窗清睡梦依依。满天柳絮真如雪，一任游人暗点衣。

送周中虚之广济

其一

楚云稠叠大江湄，舟到黄州暑气微。此去簿书为吏始，莫因乡国忆交稀。武昌书寄鱼堪托，赤壁文成鹤自飞。但得奚囊佳句满，好烦梅使及春归。

其二

秋日新凉好送君，骊歌呜咽怅离群。客程正值湘江雨，乡梦回思泰岱云。鹦鹉洲前波自绿，岳阳楼上酒初醺。西南山水黄州最，坡老风流尚可闻。

赠徐守吾方伯

游倦悬车鬓未华，初衣常喜醉山家。诗成险韵消长日，客到名园驻小车。负郭有田谁种秫？掩关无事只看花。还知后辈夸头角，诗礼趋庭乐事赊。

大司马长兄邀诸兄弟游陈庄观莲

芙蕖映水浴凫雏，小鉴纡回俨画图。百亩稻田滢翠浪，一群鸥鸟啄青蒲。蒙蒙细雨千山暗，滟溯平湖万树苏。诗社流觞原乐事，碧筒交劝莫论壶。

秋夜

半夜凝寒入梦迟，乍闻促织动秋思。晓来露冷花枝脆，雨后风吹水簟移。闹事每逢须闭眼，俗情才见已攒眉。新诗赋就天休问，世事于今酒一卮。

和崔昭予《题秋水刀》

宝刀鸣匣老犹雄，夜雨萧萧伴角弓。百战霜威凌汉月，一函秋水净胡风。壮心对酒堪提舞，侠气看锋拟效忠。但使新铏常似雪，封侯应自属元戎。

雨集

七言律二

九日前雨中斋居

白发无情照古铜，新秋哀雁叫西风。一窗野色开黄菊，半榻清阴老碧桐。字脚添肥惊眼暗，案头减料识囊空。应知九日年年似，风雨孤城黯淡中。

九日怀友

东篱未放菊凝霜，眉豆花开紫满墙。乍着秋衫寒飒飒，每闻征雁意茫茫。酣斟竹叶谁知己？笑插茱萸忆远乡。城外好山曾共赏，廿年无改旧斜阳。

送冯虚斋擢招远掌故

云暗齐门天欲雪，东南遥望怅分离。湖中秀色堪相赠，海上朝霞系远思。莫讶冯唐知遇晚，喜逢圣主惜才时。从今把袂河桥冷，回首天涯未可期。

清河口玩月

万里黄河烟雾浓，楼船箫鼓锦帆重。几家新月摇金粟，一派寒光界玉龙。南北乡音才渐觉，霏微渔火暂相从。虚舟世事原无定，满眼风波隔寺钟。

过甘罗城有感

城峙甘罗映水浔，行人惆怅柳成林。回头莫忆当年事，独坐犹惊此日心。万艇如鳞蓬乍转，千家遥指树偏侵。孤城一线咽喉地，多少风波思不禁。

宿青石关闻笙

岐嶒石径马难行，夹谷天成险未平。岱岳峰连千里控，沧溟波接一杯明。客程直视高云鸟，旅店俄惊野寺笙。瓮口盈盈天际外，几家缥缈夕阳倾。

东蒙道中忆公浮来

日日思君君未知，料君思我亦如斯。小东月色明如昼，曲径山岩晚更奇。野老留人炊硬粟，家童催客饮新醽。板桥霜满闲云冷，鸟道萧条去转迟。

谒沂州忠孝祠

二公忠孝名千古，忠孝非公得意时。王业偏安天去汉，母心未误鲤生奇。湖山风物凭谁主？子姓衣冠系我思。琅琊钟灵天地秘，白云深锁至今疑。

元宵病中

已过元宵病未瘳，空将美酝贮床头。谁家箫鼓三更沸？彻夜星球几处游。半世渔樵心转淡，新春花鸟兴兼收。药炉相傍茶铛废，虚负韶华卧小楼。

暮秋

满院秋光带晚霜，人同寒燕立斜阳。年华老大无风味，世事喧争总剧场。庭叶扫除旋自落，篱花开尽尚余香。迂园三径萧条后，柯柏亭亭色转苍。

蓬莱观海

缥缈蓬莱爽气流，霞蒸云幻蜃为楼。波摇海日扶桑动，水洗天根碣石愁。回首浮沉真一粟，看身俯仰似虚舟。须臾涛静平如掌，万国乘槎贡九州。

戊午九日雨中同二弟登高

去岁登高忻不雨，今年风雨正重阳。丹枫西郭林林色，黄菊东篱处处香。未授寒衣霜已至，才成村酒客来尝。山城此日堪行乐，兄弟登高力并强。

九日有感

重阳坐对如丝雨，尽日空斋独皱眉。年少贾生空傲物，途穷阮籍已违时。白衣送酒嫌多事，紫蟹盈筐肯独持。但得清谈消垒块，任他佳节暗中移。

伊园秋暮

村村红枣压墙低，旷野寒烟不碍犁。白雪漫空芦已乱，黄云委地稻将齐。连天秋水浮归路，隔岸渔舟傍晚溪。十字桥头风渐冷，几家茅屋蓼花西。

同十六弟登张华东黄山别业

万壑寒云拥鉴光，黄山孤秀晚苍苍。仙踪石老苔方积，野树霜凝鸟欲藏。窗外看云清梦醒，春初采药碧流香。卜居负郭人堪访，北望澄湖近草堂。

过章丘长城岭，土人云秦筑，似为齐鲁分界

寒木萧萧岭自横，土人指说古长城。逶迤一线分齐鲁，疑似千年怨吕嬴。石径冰连人迹少，沙滩雪映马蹄明。故乡回首云无际，万叠青山送客程。

登泰山

气象岩岩瞻万国，天根倒插汶河潭。问松何代谁封五？回马闻人说快三。玉女降灵传晓节，秦皇遗碣护朝岚。振衣绝顶风尘外，咫尺吴门匹练函。

己未仲冬同邢会泉住历下白雪楼

其一

满城风雨水溅溅，鹊华桥头系钓船。冥晦千峰云里见，苍茫万树镜中悬。芙蓉斜绕通松径，芦荻平铺接稻田。半月湖边为客至，野鸥相伴与俱眠。

其二

湖上萧条景亦清，寒漪万顷入帘明。苍黄柳色连宫禁，迢递箫声动客情。历下有楼书岁月，华泉无裔遂躬耕。孤悬城外华山翠，缥缈遥天一片横。白雪楼建自华泉，有亲识“正德六年八月初十日上梁”，字迹宛然。

白雪楼和季木弟《题问山亭》韵

乡心归思梦营营，寒雨连绵似有情。华发微名真愧我，小楼高卧任呼伧。凭栏诧见群飞鸲，羁迹如同着屐猩。东事近闻深略地，辽阳一木倩谁撑？

喜遇巨野田云岳

当年御李几开樽，今日相逢是季昆。羡尔才名称盖代，愧吾迂拙得同门。楼登白雪尝新酿，日对青山说旧园。柳色半黄河水冷，峭桥回首惜鸰原。

登鲁墟谒周公庙

惆怅寒原寻古迹，茫茫荒草牧牛羊。昔时余烬灵光殿，今日悲风禾黍场。庙祀周公云锁户，烟笼鲁冢鸟栖霜。前村东氏真姬后，犹对山岚说旧疆。

再登峄山

峄山次次许登看，风日兹来倍可观。古寺有碑堪洗剔，胜游无酒易阑珊。玲珑石窦成天巧，宛转珣牙与岫盘。宫阙只今需大木，古桐空自老层峦。

登兖州南楼

杜陵纵目南楼上，我亦登楼对早晖。官道风尘知客面，泗河烟水袭人衣。孤村独饮消长夜，一路闲行问钓矶。北望岱峰青嶂杳，白云横处是亲闱。

莱芜道中

此日看山风色好，山岚苍翠扑眉棱。孤村围雨鸦鸣树，野水沉云鲤上罾。傲骨牢骚真愧我，闲心飘泊近如僧。半生踪迹难回首，惆怅寒枝岭自凭。

鲁陂水居

疏竹成篱水满渠，长河高柳带幽居。稻畦南北如云委，荷荡参差望月舒。好句时从闲里得，俗情应自淡中除。一湖渔艇歌声晚，楼上新晴翠染裾。

曹州守潘母贞节

孤托当年竟若何？半生心事付荒萝。熊丸每恨三余少，鸾镜番嫌一影多。莫讶老亲膺宠命，须知幼子列贤科。功成好报潘夫子，孀妇从兹不可磨。

界河石

半日登临半日程，一山一水问分明。从来野性无拘束，转惜岐途有送迎。天外冥鸿凭鼓翼，雪中羸马任悲鸣。鸡鸣茅屋青帘外，延睡移时句又成。

夹谷道中

风尘南北意何如？笑看吴钩侠未除。寂夜钟声增旅况，荒山禽语集僧居。青山尽湿嗟人老，白璧空怀感世疏。夹谷幽深官路隔，高岩谁肯结幽庐？

立秋日大司马长兄携诸弟、李起吾、李纯予泛舟陈庄时己未

画船箫鼓锦帆行，两岸新秋柳色明。树里蝉鸣临水乱，波间鱼跃傍舟惊。相携老友皆心契，此日清游是旧盟。菡萏满池娇欲语，归来香送晚风清。

送刘延生南还

迂园漫种桃千树，专待刘郎此日开。春水鱼游邀倚槛，闲庭鹤舞劝衔杯。江南雨色愁中过，济北韶华客里回。黄竹白云声正切，山川不间可能来？

送聂老师擢教周府北还

把袂临岐对酒醺，送君何日不思君？齐州绛帐春风冷，魏国青毡化雨纷。朝罢夷门监者酒，郊行汴水宋时云。南来鸿雁书频至，赋过长沙尚可闻。

都门过公浮来旧宅，恻然有感，哭之

蒙山此日失奇峰，黯霮文章昧所宗。我已无心歌说鬼，谁能具眼识听钟？亭中草暗杨雄去，天上文成李贺逢。寡和峨嵋天畔雪，琴声已死梦中容。公素爱余“说鬼听钟”之句。

雨后睡起

闭门终日惟酣睡，最喜新凉雨后岚。向老精神凭寡欲，居家清静在无贪。山村水国真多韵，茶熟香清且对谈。惟有碧梧枝上月，晚来相伴任幽探。

春游

九十春光半已非，郊行何事日相违？踏青未办登山屐，访胜曾携换酒衣。花带游丝时袅袅，莺窥芳树故飞飞。贪看草色连堤绿，忘却前村已落晖。

庚申庭试，至午大雷震天

宫漏沉沉淑气浮，趋跄万国觐龙楼。题挥御墨淋漓下，香绕彤庭缥缈收。对策书生无忌讳，临轩圣主有深忧。中天雷动抡佳士，庙算应知向野求。

观礼大内，游鸳鸯亭，湖上雨中望北台

花柳青青锁禁班，大明宫里御河潺。莺声乍转千门晓，湖水时澄一鉴闲。北望寒烟天上阁，西来秀色雨中山。太平天子无为日，会见夔龙拜舞还。

喜陈兰谷寄画卷

前身定是云林子，寄我吴淞水半塘。家住太湖波正渺，茶烹孤舫客同尝。小楼细写江南雨，过雁时思济北霜。最喜春星堂上月，晚来偏照鲁陂庄。

别山阴诸冲阳

累代衣冠华发侵，手栽花木渐成林。临池真见椽为笔，倒峡方知锦是心。蓟北韶光燕市酒，江南乡梦越中岑。别君惟有思君切，夜雪山阴棹拟寻。

酬赠昌邑杨宁叔

杨子谈经潍水间，盈门多士剖疑还。云浮泮水时生态，鸟语宫墙一破颜。看遍江南花影媚，空将蓟北马群闲。关西美誉君堪继，努力十秋尚可攀。

庚申廷试，久留都门，
夏日同张履桥、诸冲阳观画，偶见西山出云之奇

西山共客凭栏对，海气东来乡思繁。管氏竹窗摹月影，米家粉本是烟村。夏云吐处奇峰白，夜雨移时小簟温。莫道长安为逆旅，迟贤原自出君恩。

庚午都下有怀

楼对西山树色斜，凭栏乡思晚来加。重城烟井迷残日，九陌风光驻落霞。献策未能明去就，望云空自费咨嗟。故园闻道多荒歉，却厌浮名转忆家。

六月六日朝见，因仰瞻寿皇殿

瑞烟缥缈紫云横，万户千门锁禁城。寮宷空阶惟鹄立，朝仪侵晓待鸡鸣。一时雨霁澄金海，万寿楼高映玉屏。溽暑清凉堪解愠，始知尘世有蓬瀛。

感述庚申五月廿五日都下有怀

五月廿五伤心事，此际年年不自持。小楼曾共秋窗语，旅邸今成夏日思。儿女满前虽慰藉，梦魂不断是情痴。病里不堪身是客，况兼风雨重凄其。

春日湖上

萧萧春雨洗春芜，柳色鹅黄岸岸纡。小舫恰宜三两客，闲身堪入水山图。桃花几树红堆砌，鸥鸟成群白点湖。一望镜波堤正阔，空明疑是泛轻凫。

送地师熊见龙还武陵

足蹑昆仑任履綦，问君何处最称奇？但逢山水心能乐，任是风尘橐有诗。避世武陵桃树老，振衣岱岳海云迷。殷勤指我眠牛地，佳气笼葱系水湄。

玉腕

素腕纤纤玉有痕，凭栏听雨坐黄昏。浣纱娇映梨花色，斗草香消蛱蝶魂。把袂牵裳情独注，携云握雨态尤温。春葱巧试冰弦处，宝篆亲焚坐小轩。

沧州铁狮

何代铜驼荆棘中？行人磨剔认遗宫。郡称横海朝烟冷，桥架长虹暮雨蒙。几帝几王消世运，时喧时寂问春风。荒丘断堞牛羊牧，苔老成斑铁半红。

过青城大清河有感

洋洋河水草芊芊，树里人喧问渡船。新水远过青麦垄，好风吹破绿杨烟。人情幻似藏蕉鹿，宦况真同咽露蝉。多少长安金络马，后车谁念广文毡？

过武定李氏园亭

名园十里临平野，林木千章带远衢。犬吠隔花红历乱，鸦鸣深柳绿模糊。藏春楼小名金屋，问月台高醉玉壶。正恐仙源无境入，莺声恰恰向人呼。

北上宿焦桥，同方函侄、苏儿泛舟

桃花纷笑柳轻扬，水绕孤村驾小航。望望白云劳倚槛，依依稚子欲牵裳。微名漫道真蜗角，短翼于今愧雁行。百亩东郊春色暮，归来麦垄定苍黄。

过武定张氏园亭

宿雨初收燕子翻，高楼负郭擅名园。莺簧慢逐歌声细，柳线低牵水面痕。到处有缘堪命屐，几回相过自敲门。前村沙起行人少，惆怅春光月半昏。

都门雨中纪梦

空房凉雨使心遥，柳色含情送寂寥。云湿帝城堤草润，风寒客路旅魂消。衣宽自不缘春瘦，衾独偏虞有梦挑。惆怅都门人正去，殷勤谁解慰萧条？

丁卯都门喜遇刘大疆

春到长安客未还，青青堤柳不堪攀。两人乍遇惊华发，千里同乡说故山。暮雨凄凄撩客梦，盆花种种破愁颜。当年济上明湖月，回首风尘草色间。

秋暮夜雨

客怀最苦连朝雨，况是深秋欲暮时。鸿雁乍来思远信，蒹葭将老动相思。《无衣》谩赋人千里，有兴全因酒一卮。东望乡关云树渺，故园篱菊望归期。

成均公署中秋写怀

露冷风微秋气清，寥寥寒署酒杯倾。回思烟雨怜桐影，何处乡关不月明？宇内论交谁莫逆？年来阅世几同情。桂香蟾魄分今夕，千里晴光一雁声。

赠施四明寅丈

才名江左斗山悬，倾盖弹冠大有缘。却笑我惟歌《白苎》，岂虞君亦恋青毡。秋怀采菊堪盈把，月夕裁诗倘共联。海上妖氛今正急，澄清应待小东天。

都门送聚吾弟任绥德州

携手河梁去住间，相看兄弟鬓毛班。黄花半吐迎前骑，白堕重斟对小蛮。此地临风三别汝，故园何日一开颜？燕山垄树重云隔，百里迂湖尽是闲。

东园即事

湿翠苍烟尽扑身，远峰青送更嶙峋。流莺不解花间语，杜宇空啼柳外春。谢客自萦心上事，问天谁识意中人？行云暗作飞来雨，洗眼蒙蒙半是尘。

除夜

那堪此夜漏沉沉，况是霜华两鬓侵。最怕春撩孤枕梦，自怜愁入两年心。熟知世事聊缄口，识透炎凉但敛襟。想到弟兄欢笑处，屠苏应少一人斟。

送完初十三弟谒诠部

西山春色绕龙城，冻解长途促晓征。乍见绿杨抽嫩色，那堪黄鸟话闲情。北瞻宫阙晴云迥，东望关河积雪明。转眼莺花乡国好，莫因游览滞归程。

送汪尔渊还汶上

汉代衣冠晋代身，逃名齐鲁畏风尘。画来烟雨成佳句，赋就云山赠远人。客至自调松茗火，闲来惟种汶阳滨。一尊一榻春光里，清话迂园莫厌频。

秋日

气肃霜凝兴愈慵，西山车马近新冬。房中静坐偕枯衲，院外闲行讯老松。海上烽烟千里梦，城头风雨五更钟。园池鱼鸟真堪忆，渺渺乡关未可从。

买菊

有兴曾无买菊钱，贳来几本亦鲜妍。但存傲骨支时节，赢得闲身对简编。入壑孤云溪外转，过庭疏雨坐中悬。何人送酒来幽径？且对丛英抱膝眠。

秋夜促织

古署杉松暗纸屏，隔窗秋夜坠无声。西来风雨诸峰暗，东望烟云一水横。天际嘹嘹征雁急，床头唧唧野蛩鸣。那堪景物催人老，夜半灯残梦未成。

答陈光孺

凄凄风雨菊花天，客况萧条冷暮烟。蛩语不堪孤枕外，人愁偏在五更前。陈蕃悬榻因谁下？王粲登楼只自怜。摇落秋声无意绪，小斋空咏《报君篇》。

纪梦，有引

庚申冬，宿周家坊，梦温弱云者，殷勤百端，情好如旧，具以三事相赠，曰：探骊龙而得珠，射孔雀而中目，验玉环于指上。一纪非遥，降石麟于天边，双胞识异。余心感之，乃吟以志异。

卿卿解佩来相赠，梦里绸缪尚宛然。松结同心枝尚在，帨题锦字色犹鲜，为云为雨年来事，盟水盟山梦里缘。此夜情私深一倍，醒时空自恼啼鹃。

高唐道中昔曾与瞻吾九弟之清源，今昔异感，曷胜泫然

大堤西望柳条枯，联骑当时事有无。谁使少年头已白？自怜傲骨性犹迂。秋怀只许寒花对，客况真同皓月孤。回首旧游无那感，含情愁问酒家胡。

九日同康宇七兄登都中智化寺万福阁

此日登临倍感深，篱花争劝醉沉沉。年华逝矣谁黄发？兄弟依然一素心。萧寺老僧偏属意，长安孤客鲜知音。从来豪杰多潦倒，不觉临风动苦吟。

过顺城门立宇十一弟旧居哭之

高树依然拂古庐，重经此地竟何如？当时尚记衔杯处，今日番成堕泪居。吴苑不来鸿雁信，蓟门空寄鹡鸰书。回头五十年兄弟，肠断河梁送我初。

答鲍日葵寅丈

名世应期高宇宙。蛾眉天畔月娟娟。裁诗绝俗君明远，感遇怀人我仲宣。花压锦城胸似绣，笺题浣水笔如椽。二东凋敝今尤急，日望澄清解倒悬。

柳集

七言律三

送明庵陈寅丈守邠州

长安风雪促王程，到日邠民化雨生。才利自应夸发轫，望优无忝付专城。一时同事经寒暑，千里分符隔弟兄。西望秦关频注念，满帘冰月寄离情。

送云从刘寅丈守北通州

北门锁钥镇岩城，潞水春浮彩鹢轻。故国比邻欣共里，经年同事愧称兄。朝昏惟见山岚色，阴霁方知世态情。尺五去天应宠召，好将嘉绩奏承明。

送春寰戴寅丈守保德州

太行尽处桑干渡，斗大铜符系肘间。碧草满堤驰塞马，黄河隔岸见秦山。北雍绛帐留多士，西国苍生望解颜。入夏边城花始发，省耕兼为踏春还。

领得俸米志感

门对寒松雪满台，西山秀色扑人来。传经博士沾微禄，食粟明时愧不才。披帙未慵常积案，煮茶多暇自倾杯。最难日月消清福，又见春风绽古梅。

和云从刘寅丈《雨后望西山》韵

西山微雨洗轻尘，拄笏朝来爽气新。一望花间红尽吐，几峰烟里翠初匀。三生且坐谈经石，二竖偏怜久疟身。君倡我酬情未已，转令飞思入嶙峋。

访蕴璞石头和尚于金刚寺

远公携我一登楼，送目临高树树秋。补衲白云松上挂，裁诗明月杖边收。西山秀色开窗满，东槛波声带雨流。坐到空空无色相，眼前景物付沙鸥。

送海陵钱若恒南还

海陵城外五峰悬，日日思君江水旋。细雨扁舟帆独挂，远空尺素雁初传。当年共饮淮南月，此日重违蓟北天。正好披襟翻判袂，却令飞思绕崇川。

赠象台孙寅丈

汉阳江水碧鳞鳞，君住江头水自亲。经有《离骚》常在眼，茶非阳羡不沾唇。但论恩怨皆闲事，能解穷通是幻身。久客长沙应有赋，沅湘曾否吊灵均？

雨后看西山和刘太微首句韵

其一

长安无地不飞尘，惟有西山最可人。几树鸟声娇细雨，一帘花影暗晴春。残棋无谱敲长日，短杖寻芳过比邻。水满阶除鸥日到，漫劳投刺问迷津。

其二

长安无地不飞尘，雨洗西山秀色新。事去倚栏情忽澹，愁来披卷语堪亲。啼林怕听鸠呼妇，绕竹欣看鹤近人。暑苦连阴官署里，只凭歌咏慰闲身。

柬太微二首

其一

济南渤海无多地，缥缈相思几树云。诗学鸣蝉吟自苦，人同落月影初分。一时客况秋将半，千里乡心日未曛。闻道三韩需命世，抡才今日正输君。

其二

远树萧疏带雨痕，家滨大海煮云根。故乡白水真如带，寒署青山恰对门。高阁满城喧市酒，比邻闲地似乡村。读书静坐消长日，用拙年来道自尊。

赠泽州孟伯纯

解绶归来息远村，太行风雨寄苏门。云中余韵孙登啸，泉上清歌邵子言。石火煮茶偏入品，山厨酿酒不嫌浑。笋舆处处堪行乐，斜日轻风数竹孙。

灯市

长安楼上几新妆，裁就轻罗绣带长。灿灿明珰腰束素，盈盈红晕口生香。青山雨洗盘螺髻，绿水风吹堕马妆。倚遍危栏天际远，花枝笑捻阿谁傍？

喜蓼莪弟读书公署

苍苍古木绕千章，夜雨空亭坐晚凉。定计秋来沾桂馥，何妨囊里借萤光？谢家春草联床梦，陆氏风流染翰香。快读新篇敲韵句，芸窗相对总清狂。

癸卯立秋三日，饮苗稷初寅丈湖上园亭，同谢恒初、葛振寰、梁照有、顾崇观、张岱舆、蒋对寰、戴春寰、陈明庵、党慎宇、鲍日葵、刘云从诸寅丈

其一

柳尽垂堤映水关，招携池馆一开颜。新林烟景平林阔，古寺钟声落照闲。看去湖中飞白鸟，坐来城上出青山。鲈鱼诧见肥堪煮，自把长竿绿荫间。

其二

十里荷花锦碎披，碧筒争折代琼卮。谁家楼阁堪经眼？独此园亭每系思。时听手谈飘远韵，独怜心赏寄新诗。天涯良会应难偶，重订中秋月满时。

访水关多宝庵幻也上人

北湖日日洗招提，宜雨宜晴可杖藜。半偈风来花自舞，六时烟袅磬偏低。参禅自合称龙树，送客何曾过虎溪？剩有闲云眠榻外，此中孤寂胜岩栖。

少师长兄偕诸弟游东园，饮梅花亭

梅花亭畔最高峰，石笋森森径几重。小洞幽深那可测，长天暇豫喜相从。荷香过雨沾衣袂，竹翠拖烟引杖筇。幸际吾兄休沐候，酒枪诗卷日从容。

雨晴过康宇七兄南园，时兄著花史农经[①]

南园新霁百芳齐，兄弟追随不杖藜。窗艳每看蜂触纸，径香相逐燕衔泥。惜花雨后红堆砌，移竹风来翠满溪。终日小亭贪著述，笔床茶灶日相携。

小园喜晴

春来日日望朝暾，今喜携朋乍出门。屋对远山青嶂簇，池涵新藻碧无痕。雨余抱瓮迂堪笑，花底题笺僻尚存。但得小园风日好，那知人世有华轩？

卜居不遂

拟筑长河乌水边，若为无处可安眠。藩篱彻去天常阔，机械除来地自偏。泼泼白鱼堪下钓，喈喈黄鸟恰当筵。诛茅斩竹寻常事，意在幽栖卜几椽。

雨后耘麦

城头高树掩斜曛，雨洗郊原倚杖耘。岚气有无山若画，麦苗长短浪如云。荷方贴水青钱小，萝故当门翠带纷。黄鸟也知农事急，却来堤柳唤殷勤。

新月

缕缕轻烟翠野收，娟娟新月碧空浮。一帘疏影眉初画，半壁清光镜未收。宿鸟故惊喧择树，游鱼相逐逝沉钩。蛾眉正拟延深坐，其奈中庭不久留。

---

① 《新城县志·艺文志》题为“过方伯七兄南园”。

临清候送蔡中山老师不遇，登北塔眺望

清源六月气如焚，雨洗长河柳自纷。楼上新妆窥未觉，渡头繁吹起初闻。浮屠缥缈晴霄插，烟水苍茫落照分。客久帆孤天际阔，相思无限汝阳渍。

少师长兄庭巢白鹤，咏以为寿

吾家双鹤旧回翔，今日重栖玳瑁梁。影照玉潭明镜晓，羽翻琪树缟衣霜。瑞还甲子祥伊始，寿起贞元庆愈长。惟有古槐堪托迹，联翻振翼喜传芳。

乙丑六月少师长兄邀姚、徐二子及诸兄弟游陈庄观莲，和子云韵

其一

天开别墅放君闲，日日携朋聚碧湾。十里荷香平浸水，一溪烟雨乱浮山。寻芳只许花为友，睡午常教鹤伺关。渔篷数声深树里，与支轻策不知还。

其二

水满渠塘折几湾，蝉声低咽乱阴间。田田翠盖疑深幕，冉冉红衣讶小鬟。聚网游鱼惊复散，窥筵野鸟去仍还。稻畦香送如云处，谁念农夫六月艰？

其三

山送青螺水漾环，游人选胜绿杨湾。渔郎避地前溪画，野寺逢僧半日闲。幽觉每看云簇簇，醉眠时借草斑斑。斜晖掩映长桥外，桥目空明未可攀。

其四

逸少流觞三月间，偶因长夏续余闲。鸥眠舍北田中水，猿啸溪南雨后山。不速客来风细细，忘机人听鸟关关。晚凉转觉游堪据，喜见长山月似环。

秋日同李起吾泛舟锦秋湖

其一

满湖烟景似浮家，百里芙蕖映晚槎。半吐半吞山带雨，乍明乍暗水萦沙。身闲但恐猜鸥鸟，境寂偏宜对藕花。野老几人无客主，扁舟指点话桑麻。

其二

欲效知章乞鉴湖，空明极目绣平铺。舟行树影疑天外，身点波心是画图。

滴滴秋峦添翠幕，澄澄新水当醍醐。西湖晴雨闲相较，绿锦云秋定有无。

其三

卜湖不用买山钱，狼藉娇枝载满船。细浪每看萍忽散，短桡常喜荇遥牵。郎姿试拟津津肖，妃步初移啧啧怜。最是骚人多逸趣，芳词频写浣花笺。

其四

湖上游船细雨蒙，平林漠漠淡烟中。满身絮舞芦花雪，隔水香飘藕带风。歌岸有时窥缩鹭，远天无际过哀鸿。清游日日兄兼弟，不看朝霞即晚虹。

过淄川旧游瓦村寺，拓虞世碑

丰水源头识去津，黄昏细雨洒轻尘。拓碑古寺询遗迹，看竹名园问主人。云树肯同秋共老，宾朋差喜日相亲。山空月白西郊外，回首当年记未真。

乙丑八月十六日同康宇七兄、鸿渚十六弟、用晦十八弟酌子云馆中

其一

露荡晴光散碧烟，匏樽欣对两悠然。虾须百尺帘犹卷，兔魄千层镜尚悬。久坐但怜常皎洁，细看方觉有亏圆。长空新洗明妆湿，试问嫦娥倘未眠？

其二

瑶台十八月仍圆，谁剪霞光万里天？云母屏开堂寂寂，水晶帘动影娟娟。清辉昨夜如今夜，乐事今年胜去年。惟恐玉关人惭老，雁行如字写吴笺。

再游陈家庄四首

其一

烟绕波环不闲关，小亭长日藕花间。云扶树影斑荆坐，风引荷香策杖还。有约水平人醉后，无猜沙净鸟声闲。一竿明月湖中老，把赠芙蓉欲寄艰。

其二

十里荷花九里湾，荷花荡里得身闲。客来不许惊眠鸟，云去何妨对远山。半日烟波惟命酒，百年兄弟一开颜。临流共有澄清想，击楫空明指顾间。

其三

野桥临渡水潺湲，赢得茅亭近水闲。簟色乍凉便午梦，笛声遥渡隔尘寰。清谈尽日莺呼友，醉酒移时雨过山。逃暑欲求闲旷地，置身常在碧荷湾。

其四

雨后无尘好看山，山烟缭绕护花关。一茎映日红增艳，双影摇风翠可攀。屋后溪深丰水注，门前墙缺翠微环。渔郎莫羡桃源路，试较桃源觉更闲。

重九前二日步迂园

迂园黄叶乱纷纷，小径连朝积藓文。衣壁藤萝枝自占，凌空鸿雁语难分。竹间细响松间月，池上轻阴岭上云。篱菊有情开应节，倩谁贻酒醉陶君？

九日雨中同诸兄弟登少师长兄东园北山

从来九月多风雨，今日家园引兴长。云起平林峰矗矗，寒催疏柳色苍苍。空蒙北岭连天暗，掩映东篱缀菊黄。喜共陟高歌杜句，茱萸遍插弟兄行。

忆通州守刘泰征

犹记相违月上弦，满途风雪送归船。诗成最苦人千里，梦醒方惊客一天。蓟北云山家共远，济南烟水雁空还。何年把臂重于此，醉向长安市上眠？

春日竹堂

燕子来时溪水平，小楼长日喜新晴。人行乱竹欹斜色，莺哢垂杨睍睆声。雨罢转怜山似沐，春来时觉病全轻。江南早茗惊初至，新汲燃松手自烹。

送徐碧泉还兰溪

骊歌再奏重添酒，把袂河梁水正潺。诗囊已窥皆白雪，客装随处有青山。眠牛授我登临际，化鹤凭君指点间。此去濑阳佳胜地，知君筇屐未能闲。

秋日同徐碧泉访刘南川国医却赠

高柳环庐野水平，于今鸿术羡刘生。园中姜桂强如昔，门外疲癃说再生。红枣堆盘秋后菓，白鱼出网午前羹。我来乞药同徐稚，勾漏丹砂正满茔。

湖上种麦过鱼龙湾

菰米沉云暗小庄，蒹葭满目色苍苍。农耕旷野牛行水，客过荒村马带霜。雁影横空秋正白，荷衣傍岸日应黄。渔郎独爱秋江晚，举网迎风棹小航。

送姚子云还慈溪

昨年快饮西山月，今奏骊歌系马台。每到迂园移日影，常临曲水坐云隈。比邻灯火藜光照，入夜书声鹤梦催。望断江东春树暮，湖船新涨待君回。

送朱子征还慈溪

欢逢未及火西流，别路寒威袭短裘。遥去一身空蹑屩，难忘九日笑登楼。云山怏望人何处？江雨凄迷客共舟。莫恋慈湖风物好，济南烟水思悠悠。

再送徐碧泉南还，时碧泉从戎辽东初回

匹马常为五岳游，烟霞双袖已全收。曾登泰岱窥吴练，肯向沙场泣楚囚？侠气紫髯能制虏，壮心白首不封侯。中原形胜奚囊满，括尽千山兴未休。

迂园

负郭穿云取径长，闲门流水集幽香。因听竹奏常停屐，每爱禽鸣自举觞。屋外山容青不断，城头树影绿生凉。同游几辈皆心契，率意忘机任我狂。

丙寅九月朔日同孙大东、孙莘衡谒药王庙

重阳客里喜将临，幸有村醪可共斟。白水绕堤喧社鼓，黄花匝径待游人。微风动处传林吹，细雨飘来浣陌尘。士女如狂趋伏腊，眼中车马竞如鳞。

丙寅都门九日同王带如、康宇七兄酌承恩寺

九日双林客抱开，振衣聊共一登台。秋醪泛泛黄花满，乡信迟迟白雁来。不断西山青叠出，那堪夜雨梦遥回？他乡相对悲时序，遮莫《无衣》句屡裁。

别王愚谷于护国寺，归而忆之

其一

古道层冰落木残，相思回首路漫漫。长途扑面空山翠，小店迎人野水寒。乡念无穷催去马，客情难已劝加餐。别予转念君为侣，门外西山雪自看。

其二

分栖僧舍各凄其，况是孤身送客时。身未服绵风肃肃，愁应如织雨丝丝。河梁携手肠先断，云树关心梦不迟。山水东南堪咏眺，相思寄我足新诗。

其三

煌煌丹诏拥干旌，共帐乘轺出凤城。廿一年来今日酒，八千里外此时情。西山雪色交犹在，南国风流士有程。君到八闽山荔熟，可能分谱寄同声？

贺高北有《晋秩参军和康庄马堂翁韵》

其一

莺转乔林出玉函，凤城春色挂新衔。常窥史笔添诗料，已服朝绅换客衫。每许狼烽千里靖，何难龙剑一时芟？还知壮志忧军国，勒石燕然许不凡。

其二

携策金门出绣函，莺声乍转报头衔。雄谈娓娓掺玄麈，雅度恂恂似绿衫。居近隆中多秘授，功成阃外定除芟。赤松好问封侯日，笑倚青山自了凡。

门外即事

盘龙新髻杏红衫，斜曳湘裙绣袜函。对面娇痴心若契，含情凝盼口偏缄。相逢漫拟鱼投水，最恨前趋马似帆。回首彩云归碧落，恍疑人世有仙凡。

送青岳相公东还

冲寒腊月渡长河，雪拥前途可奈何？恋主心悬迷远树，忧时泪下点澄波。青岚去国高标在，明月还乡乐事多。归去东山歌佩杂，晓来犹忆逐鸣珂。

九月一日大雨不止，子云冒雨过访，留饮而别

满床风雨半鸡声，况是新秋未肯明。半吐黄花愁里看，联行鸿雁雾中鸣。沥余蕉叶寒将透，响到桐枝色渐暝。冒雨客来乘夜去，一灯空照旅人情。

游少师长兄东园

负郭园林近水隈，东山原自为公开。林亭花外宜晴雨，石洞云间任去来。竹绕细流成雅奏，鸟分清韵佐余杯。朋侪伯仲游观处，信宿淹留未拟回。

荆州为伯父宦游旧地，今七兄以王事重游，复有胤侄捷音之喜

望入荆州百感生，湘江喜渡旧波清。正怀乡信传鸿翼，忽有贤书报鹿鸣。王事半年常作客，故园千里倍思兄。中庭丛桂森森发，已见清秋次第荣。

困顿都门，疟几一月，七兄自楚中以诗见忆，感极而悲，谨和来韵

华发青毡且奈何？转因拘系感蹉跎。功名自觉浮生苦，寒馁无如客况多。一岁抱愁仍抱病，百年如梦复如波。临风忽寄相思句，手把瑶笺且放歌。

游辋川 中有摩诘祠及王母葬塔

右丞别业美林泉，指点山僧话昔年。塔瘗慈亲篁影里，祠瞻遗像杏花边。泉声尚挂双峰雪，野鸟仍啼异代烟。幸遂幽寻探胜地，词人今古有深缘。

同孙艺仲中翰登书堂山

一径穿云万壑幽，却因民隐特关愁。青黄未接劳深望，新旧兼征抱隐忧。短发自应如野马，僻情只可对沙鸥。赤松遗迹凭虚问，正好同君赋远游。

孙艺仲、陶昆溟、李荆涵同游书堂山最高处

诸君携我趁新晴，眼界平开百二明。闲里云山俱入眺，望中猿鹤不相惊。参来世事身如寄，嚼破空虚世可经。卜筑峰头能避地，松茶亲取雒泉烹。

月下步雒水山房观莲

庭湛金波玉井莲，烟峰孤瘦远峰连。室中无物惟藏酒，座上多朋好问天。诗未成时人不韵，云当起处月初鲜。从来商雒称名胜，六里青山去不还。

登华山至青柯坪，时着雨新霁，神游金天而返

华山万仞表秦宗，历历晴峦趁野筇。玉井有莲开十丈，金天无路仰三峰。阴添绝壑云常满，瀑挂飞龙雪未溶。白帝效灵应洗嶂，紫芝瑶草拾从容。

绿集

七言律四

耿寅丈西岳庙阁招饮

杰阁云中不易攀，使君尊酒坐玄关。醉心清话情偏惬，盈耳新声兴未悭。槛外好风摧渭水，檐前新雨沐华山。明朝有约期朝帝，敢乞山灵半日闲。

病中得丘爱峰国医授煮松脂之法立愈志喜

方书日日伴愁身，久病真成死欲邻。举世无因寻大药，闭关安得起闲人？松脂九煮传殊秘，石髓三烹法可珍。但得锦秋常一榻，自修小品炼元神。

雨中过西涧访王季安不遇

卜居原是杜陵居，诗欲成时杜不如。入户好山青作主，绕溪新竹翠遮庐。村纷积雨书帷暗，径入重岩客履徐。亭子涧西重到处，松扃深锁尚踌躇。

过涉园忆郭胤伯

少华峰下藕花区，玄晏先生喜结枢。急雨浓云迷晚棹，好风新月漾秋蒲。旋敲石火茶将沸，久服山精药尽驱。易水金台君旧物，长安春满酒家垆。

五叔出守平凉，西郭一送，遂成永别，每思泫然，兹雒南之行，道出渑池，恭谒我叔遗像，瞻依之下，不知痛之何从也，随笔数言，用志感慨

回忆郭西成永别，兹逢旧迹转凄其。恍如授业传经日，犹是忧民画地时。祠近甘棠渑化溥，泽流召伯士人思。仁声载道青山暮，日护风云堕泪碑。

雨中黄龙铺

掠寒春色花方吐，古铺黄龙细雨天。片片青山螺带湿，飞飞白鸟玉生烟。归云触树防人面。积涨回溪没马鞯。望望少华吞渭水，群峰遥列笋舆边。

行终南山喜晴

花映山光雨散空，水澄沙净日曈曈。新云出岫峰如笠，积涨乘风水似砻。万仞玄崖开眼界，半天悬瀑荡心胸。回环鸟道重重上，举首苍苍正未穷。

秦岭谒韩文公庙

先生庙貌崇千古，匹马当年去远荒。匡正一疏存宇宙，挽回八代有文章。关头积雪寒犹白，岭上横云色欲黄。今古行人难屈指，惟公芳誉水争长。

雨中饮华州王季安西涧园，即少陵郑县亭子故址也

杜陵当日纪游踪，今属君家占此峰。入户飞花知送酒，隔帘疏竹可为筇。地新得主缘诗重，涧久逃名倩水封。胜地纪游应不易，公余何幸一相从。

霪雨伤麦

十日连阴雨不收，况当麦秀水平畴。溪云黯淡迷归燕，山雾空蒙隐睡鸠。半夜愁人听漏点，连宵津吏报潮头。书空尽日南山对，聊把天泉试雪瓯。

连雨十日，阻劝赈而麦多伤，才晴一朝，雨复如注

日苦连阴始乍晴，才晴一日雨旋倾。途长最厌迷离色，屋漏偏听滴沥声。鸟匿深林慵不语，泉飞大麓迴交鸣。南村有约频来赈，何限啼饥重怆情。

柬朱怀玉广文

西邻彻夜藜光照，泮水回澜焕至文。官舍持觞听细雨，山城裁服剪疏云。三年微俸偿书负，八斗雄才结社殷。转盼都门春色遍，碎琴何地不知君？

终南山中

万里终南小径纡，朝云反复翠平铺。两山青逼天都合，一水潆回太极图。村舍有无岩半隐，桥梁断续树皆扶。客程尽日迷峰乱，指点分明听鸟呼。

山行雨中劝赈

饥民无力叩明君，心为遗黎几欲焚。野屋千家啼夜午，霪潦十日没山云。麦黄未熟那堪煮？水白全迷漫不耘。自愧无能荒政拙，肯羞持钵救殷勤。

宿长安南郊野寺

族族春烟见晚炊，半岩僧舍闭门迟。荒村煮茗敲新句，野寺移灯认古碑。贝叶有经方丈锁，莲花无漏佛灯欹。松杉半夜风声急，东望乡关鬓已丝。

雪中过秦岭

潼关城外水漫漫，雪拥前途一倍寒。涧曲山回迷鸟外，烟横岚障接云端。春衣未换思沽酒，古驿难前尚据鞍。秦岭嵯峨高不极，故乡翘首几回看。

蓼莪弟自永清以诗见怀，和韵寄之

孤城绕水万峰间，天外新鸿目送闲。客里有怀惟爱弟，云边何处是乡关？秋虫彻夜鸣荒砌，细雨连宵沐远山。想道迂湖花正好，盟鸥谁与破愁颜？

题陈子准锦绣峰

奇峰谁置户庭前？君向山灵有夙缘。一柱崚嶒呈秀色，五云缭绕自天悬。宜晴宜雨皆成态，为古为今不计年。独是元龙高卧处，笔花时吐若争妍。

别陈子准

久忆初逢忽又分，骊歌今复怅离群。文章有价终酬遇，笔砚无灵未可焚。齐瑟周旋宁作我，楚弓得失一凭君。明朝携手芦沟月，不尽交情怨夕曛。

萧纯王斋中玩菊和韵

日观峰头结小亭，烟霞醉倚吸空青。竹林地近清而韵，松古山高秀且灵。人老那堪知岁月？诗成真可作仪刑。长安秋尽黄花遍，月满中堂斝未停。

别光州胡子延中秘

西山好幅单条景，日供君家就品时。诗里奇皱青欲滴，画中佳句秀堪持。交联倾盖天涯远，谈到忘形日影移。漫说汝坟枚肄在，周饥何以慰相思？

送陈子准社兄南还，和马宗伯、康庄先生韵

都门乍遇肯相忘，客里风烟妒鬓霜。意气千秋真友弟，词华六代拟齐梁。身无酒债和文债，日伴禅床共笔床。雪拥桥头堪住客，论心惆怅更和觞。

访汪遗民社兄却赠

倾盖论交夙所钦，黄山白社结同心。官寒赖有新诗满，客久偏宜浊酒斟。共羡风流兼侠气，可知珠玉重词林。迂园荒寂家非远，君到相将理素琴。

晤遗民于长安佛寺，未几别而之秦，且恋恋难为别也

那堪才会即沾巾，况及冬初细雨频。海内吾侪称莫逆，天涯此际有愁人。燕云秦树霞笺杳，楚水吴山雪鬓匀。明月关山回首处，树花先寄陇头春。

寒夜康庄宗伯招集署斋，同陈子准、子成、王倩鲁、汪遗民、山民、马季田、云孙、黄像之，得松字

云压西堂几客从，长安雅集正新冬。席前分韵香烟细，醉后谈心意气浓。风定凝寒听永漏，月明流响到疏钟。明朝更有松盟在，百遍敲诗不厌重。

送陈子成分训南阳

如君兄弟总难能，松社联交愧不胜。座上捻须敲险韵，窗前促膝坐寒灯。孤标共美人如玉，畅饮频呼酒似渑。此去南阳龙卧地，登临怀古意凭陵。

雪后同子准、遗民、子成、山民、子延、纯王、藉仙集报国寺云台僧舍修松社，得封字

苍枝翠叶影重重，莫问何年种此松。晓日每看来鹳鹤，苍烟难辨舞虬龙。僧因作供脂堪煮，客到题诗雪正封。记取岁寒盟不易，何时于此续高踪？

元日同冲如十六弟、季木十七弟、用晦十八弟饮熙明十四弟宅观画

元日熹微景色明，小斋围坐弟和兄。闲身阅岁今如昨，素业传家读与耕。简点图书难置品，盘桓松竹最关情。卜年惟有怡怡会，莫诧尊前白发生。

游香山寺

步入香山景倍奇，嶙峋石磴马行迟。云归侧岫和烟锁，水作回澜带雨吹。蝶影过桥花片片，莺声出谷柳丝丝。杏林匝坐遥沽酒，坐对琳宫醉莫辞。

碧云寺

诸峰遥与碧云亲，缥缈烟霞梵宇新。望里一幡风自舞，坐来丛竹寺无邻。溪光掬处寒侵骨，山气吹来翠扑人。名胜此中宁易到，前头金碧更嶙峋。

卧佛寺

山径逶迤野水西，禅房僧闭鸟频啼。闲云聚散阴连坞，古树欹斜影过溪。每念无生浑是妄，若为求静反成迷。准提十字新持诀，闲向空林半日栖。

同陈子准、子成、汪遗民、山民登报国寺二阁

杰阁凌霄帝座通，奇分绝顶翠芙蓉。林披松叶迷僧舍，鼎注檀烟起梵钟。爽气西来窗尽纳，寒流东注晚犹重。凭虚恍在诸天上，两腋飘飘不可从。

潍南山中秧稻

潍水泱泱映远洲，行人争渡古滩头。岩花红紫娇呈态，麦垄高低翠欲流。乳燕归来帘正卷，游蜂才出雨平畴。稻畦曲曲平如掌，力作晨昏苦未休。

来鹤诗四章有引

用晦弟读书处，己酉夏有鹤自来，众异之，因榜其楼曰“来鹤”，已十余年矣。今岁复有海鹤翩然至止，若素相识者，吾家兄弟各有作以志其异，余亦效颦于其后云。

其一

书楼高可并元龙，天际仙禽忽枉从。着足缓如防积藓，置身幽欲傍孤松。悬知紫府贻曾化，似是青城客再逢。顾盼自非凡骨相，画阑雕槛对从容。

其二

十年朝夕肯相违，无恙玄裳及缟衣。常伺主人闲倚杖，愿为童子代司扉。声闻于野听偏杳，翮已凌霄恋不飞。一缕茶烟修竹里，几看徐步避苔矶。

其三

独影翛翛觅侣艰，忽来成偶若相关。交眠古石苍藤畔，共饮清池碧藻间。忍别支郎冲远汉，浑随逋客放孤山。何当并跨扬州去，遮莫腰缠未拟还。

其四

远至都忘孰后先，雪翎丹顶映蹁跹。偕鸣竹下兼花下，角舞风前与月前。乘以华轩恩并宠，翔经赤壁影俱仙。吾家兄弟耽吟咏，题遍琅玕十幅笺。

送朱广文怀玉自雒南还永昌

闻君欲发挽君行，雒水滇云几变更。客里赠言空有句，梦中相忆总含情。两年莫逆真知己，万里初还尚远征。珍重故人须努力，金台虚左瑞云横。

同孙艺仲中翰、陶昆溟、李荆涵孝廉游罗家洞

古洞烟埋有径通，乱藤荒棘绕丛丛。手扪石磴窥潭远，身拥溪云若雾蒙。刻刻烟岚侵面上，行行丘壑具胸中。终南奇胜神仙窟，嵪嵴谽谺自鬼工。

望晴

累日阴阴客自愁，望晴云去复云留。岚开有渐农交贺，雨霁无时客阻游。野水浮天山近市，人家依岸火明楼。空蒙泼墨真如画，一带烟村两岸秋。

庚午九日同艺仲孙中翰登上雒龙山有忆

乾坤何地不东篱，惟有龙山菊最宜。鸿雁远来令目送，茱萸插遍使心驰。关中战伐愁如结，海外烽烟望转疑。谁念商于民力尽？满城风雨已多时。

卜居长白山

其一

闻说买山先买泉，我今卜筑白山巅。枫林远近隔野水，茅屋有无闲暮烟。幽谷贮云连鸟道。回溪抱岸接龙渊。煮茶捉麈临南牖，闲看飞花吹案前。

其二

如来丈六化金茎，隐见都非住世情。铁笔高风知誉满，玉壶秋水喻心清。故人到日新炊熟，黄菊开时湛露明。莫道官贫无长物，秦云几片赠君行。

读术白石诗

白村白石已输君，岩壑幽栖翠欲分。芸草书连移竹簟，珠泉室近护山云。朝岚供客裁新句，野鸟宜人作好群。慢道锦秋湖水绿，女郎缥缈寄殷勤。

云老亲翁出守古邳，艮继令雒南，谓朝夕同事，甚快也。无何，云老移雒州，相去千里，重违初愿，不通闻问者二载。一日，忽接手札，并悉起居，且寄著述数十种，文章经济两擅其美，益信长才，然干戈匆冗中，犹不忘风雅，缓带谈兵，羊祜、杜预诸人不得专美矣，可胜畅然，因为俚言志喜

其一

雒头雒尾塞鸿回，惊喜心知故友来。千里音容秦树杳，三年喧寂渭城隈。询踪问迹相思泪，投大遗艰命世才。闻道边城烽火息，伫看功绩列云台。

其二

干戈西望久纵横，赖尔长才为扫清。久不谈诗防口业，近常骑马为身轻。满阶落叶惊人老，过眼空花悟宦情。一任长竿济水上，蒙蒙烟雨不心惊。

七兄竣漕事南还，以诗相寄，期九日会广陵，闻信星驰，及于瓜步，喜其会，又难于别，爰赋二律，词之工拙不计也

其一

风雨重阳客自嗟，东篱采菊正思家。天边久寄相思字，江口旋停使者槎。不尽离情行莫挽，难言心曲语偏赊。东南漕事榆关急，知尔劳心一倍加。

其二

瓜洲重会各凄然，回首离思已四年。一夜连床听风雨，两人沽酒话林泉。王程南北欣良晤，乡国睽离怅远牵。明岁江干春色好，友于重醉杏花边。

江上怀汪遗民

别来春草几青青，芸阁怀人晦复冥。君自千秋标汉帜，我因五斗泛吴舲。盈盈江水身如叶，望望山城客似星。倘念当年松社约，漆园无恙地犹灵。

游丰乐亭

亭子盈盈涧上峰，笋舆今日喜过从。山高石古泉殊洌，秋老烟霏树转浓。远近飞花常任落，去来题句不妨重。风流当日情何极，回首烟岚已半封。

题醉翁亭

匹马遥遥石磴回，醉翁亭隐半山隈。泉声寂历过幽涧，枝影横斜见古梅。僧舍高低俱倚石，客衣苍翠尽沾苔。斜阳未忍轻归去，风送疏钟树底来。

广陵望金焦

桥上吹箫月正圆，广陵城外水涓涓。重来漫道三千里，回首依稀廿八年。世态纷纷蕉底鹿，客情脉脉树中禅。长江一线分南北，云锁金焦古渡边。

淮扬喜遇萧纯王社兄

频频雁过问离群，书寄山城远倍殷。宦况真成猿择木，世情谁识狗为云？当年赠别贻黄菊，今日相逢煮碧芹。卧理淮扬君未薄，征车早晚定先闻。

喜姚子云放生

放生池是广陵涛，释尽禽鱼趣自高。解橐不曾私阿堵，扣舷常喜泛轻舠。真知大地皆群动，转觉众生尽我曹。功德文章应并重，如君世网已先逃。

和七兄寄韵

邗关分手片帆扬，转盼连枝各一方。念我江头传尺素，怀君蓬底爇都梁。诗篇字字云同远，心事悠悠水竞长。匏系自惭荒邑吏，几时相逐共翱翔？

禅窟寺道中阻雨

欲寻名胜苦相邀，落尽枫林染绛绡。小店敲门禽语寂，长途停辔马声骄。浓云送雨平吞树，野水拖烟漫过桥。禅窟望来山径险，横岗频折若为招。

怀蔡中山老师

汝水嵩山未可耽，从今海宇见晴岚。时闻廊庙班虚左，天挺人文道已南。高卧但知心抱一，调元须念室函三。吾师好展经纶略，身际唐虞许荷担。

送苍巇吴亲家任曲周

半年相聚喜同盟，马首俄看出凤城。三辅耕桑新雨润，太行庐舍晚烟横。行春到处花栽遍，待月闲时鹤伴行。天下治平谁第一？吴公原不愧家声。

雨中访何芝眉不遇

其一

广文毡冷几关情，况是春寒细雨听。炉内火添茶欲沸，门前冰解屐难行。琴书迥寂怜君暇，鸟雀频喧代主迎。惆怅庭阴甘久待，自吟新句自为赓。

其二

治平最上奏明庭，正是清明柳色青。满院花香浮晓案，半帘鹤影映虚屏。太行春雨千家润，漳水晴澜一鉴荧。纶綍早承明主念，幸分余沥到东溟。

送平原妓刘涓涓入道

琐骨圆通是夙身，偶游人世戏风尘。香消粉橙昙音合，翠减轻幢蕉雨新。月影入帘春色冷，钟声匝地梦魂亲。从来空色难思绎，玄度何妨问道频。

饮毕旭阳拱玉园赏丈人峰

遥看环璧指层巅，开户青来散绮筵。万竹戛金凉浸地，一泓流玉曲通泉。闻声谩说风从树，临水方知月在天。如此奇峰那不拜？南宫当日未为颠。

都门喜遇蔡伯宗世兄号芼庵

共羡才华汝水边，缥缃行卷气翩翩。锥囊才脱趋庭日，笔彩高翻入洛年。且喜绝尘名轶北，还矜奋翮影摩天。长安白傅浑无恙，次第新题遍客笺。

和汪遗民社兄西寺客怀韵

其一

三年聚散感燕中，忽枉高轩止梵宫。以我宦情逾觉淡，如君词藻足称雄。枫多落地秋声少，菊渐摧霜冷信通。如此荒城劳税驾，江南风景料难同。

其二

薜萝裁服玉为容，静掩禅关话远踪。雨暗疏篱萦乱竹，风生小院倚孤松。僧居借后云常伴，客履能来径不封。庭置一峰称白丈，朝朝遥拜亦云恭。

其三

篱菊经霜傲肯降，几枝灿灿绕南窗。聊凭贮酒留佳客，莫漫脂车去此邦。庭树作声疑独鸟，夜窗惊梦恼群庬。还怜调火煎茶处，孤客寥寥影不双。

池河道中早行，喜村庄农事有成二首

其一

早起深秋景更赊，丹枫片片点朝霞。人离茅店鸡才唱，水漫溪桥马亦哗。农事家家宁妇子，官轮处处足桑麻。前村后墅喧箫鼓，彻夜林稍酒旆斜。

其二

雨后郊行步欲迟，云封僧舍许谁知？鸦栖畏冷全无韵，雁过趋炎似得时。白堕酙残长短漏，黄花摘尽密疏枝。诗成笔底称灵秀，捻断吟髭剩几丝？

同遗民社长游沐坟看红叶和韵

林林红叶拟丹丘，古墓阴森路阻修。地锁寒烟蹲虎豹，山吞落日牧羊牛。沿堤老树禁霜色，枕水横岗带雨流。开国簪缨谁最永？滇南三义足千秋。

喜闻何芝眉寅丈月举二子

三年重见喜悬弧，佳气充庐兆匪徒。天上赐名麟是石，房中奏乐凤将雏。君从先后怀双璧，我自迢遥羡两珠。傅粉他时兄弟好，闻诗闻礼看廷趋。

秋日游禅窟寺

渐入香林枕稻田，远山青送小楼前。丹枫万树秋成醉，翠竹千竿夜锁烟。贝叶频翻残短烛，茶铛初沸煮新泉。虽然佛座容参法，禅窟根因笑不传。

宿禅窟寺有作

晓行秋色过田家，古寺寒烟障碧纱。几处清流堪饮犊，一村枯木正栖鸦。童携野水浇蔬圃，客畏朝寒问酒家。正喜褰帷山翠绕，狂吟无绪数朝霞。

再和遗民西寺五微

客馆空阶树欲稀，乡心惟有梦依依。月来孤榻光移幕，风偃高枝影上扉。何处砧敲催腊近？几番鸡唱觉寒微。明朝预有登临约，翻恐临行愿又违。

更集

七言绝句

丁巳登城东看春

年年春日上城东，城上游人岁不同。最喜一身闲且健，何妨白发试东风？

湖上

风雪潇潇两岸幽，短蓑孤笠钓翁舟。归蓬不计鱼多少，亲友门前置一头。

雄县道中

西北诸山称最险，此坪何地可屯兵？宋家谁建防胡策，错认雄州是塞城。

雪中白杨发生长穗，风瑟瑟有声，俗呼“没事忙”，闻之辄为发笑，噫！芸芸者岂尽有事哉！

冬日潇潇古白杨，雪中花穗任风狂。听来奏响无宁刻，怪底人称没事忙。

桃李灿烂，游人趋者如市，亭前新移小梅，止绽一花，人不采焉，其香芬清韵，则不以无人而不芳

清明风起柳丝狂，长日烹茶话草堂。桃李争妍娇欲醉，晚梅犹自暗生香。

小梅一花，香韵袭人，偶为园丁所触

满园桃李故芳菲，香到梅花更袭衣。只为孤芳人不识，等闲憔悴向斜晖。

湖中食鲈蓴而美，因思季鹰弃官，未为失策也①

其一

纵酒逃名把钓竿，宦情世态等闲看。西风乍返江东棹，只此蓴鲈可弃官。

其二

秋风乡思日相侵，张翰当年意最深。今日锦秋船欲满，归来谁是嗜鲈心？

戏和崔昭予分海棠、木瓜二韵

其一

晓云雨后碧于纱，滴滴胭脂映日华。春去春来人欲老，自怜羞对海棠花。

其二

簇簇名花手自移，投瓜何论报琼时？花开切讯休轻放，须候佳人睡起迟。

过七里庄听黄鹂

雨满横塘水渐深，东溪桥畔柳阴阴。谁家有竹曾无客？惟听黄鹂唤好音。

雨中邀李子

水满街头半尺泥，小窗兀坐转凄凄。君来共话秋声外，滴沥檐前远树迷。

宿直河和壁间韵

半夜风霜止宿难，柴门敲尽据征鞍。归来三渡黄河水，极目烟云旅雁寒。

戏马台

徐州天险古彭城，戏马当年意气横。日射高台河水赤，惊涛拍岸楚歌声。

① 《新城县志·艺文志》题为“湖上食物鲈蓴作”。

九里山

九里山前枫叶丹，行人怀古浊流寒。当年虎战龙争处，尽付西风一钓竿。

圯桥

圯上相逢信有神，素书黄石授偏真。晋侯进履非无意，早向尘中识异人。

漂母祠

其一

漂絮当年水自流，王孙枵腹尚沉钩。殷勤一饭浑相惜，能使英雄到底酬。

其二

淮水东流可问津，河滨多少钓鱼人。丈犬身负人伦鉴，用尽黄金鉴始真。

淮阴市

莫讶淮阴恶少年，相凌争道有奇缘。从来豪杰心能下，进履圯桥意亦然。

雨中游水庄

荡雨牵风过小桥，村庄三月尚萧条。门前湖水平如掌，一任渔舟款款摇。

白雪楼有感

构成草阁嵴桥边，犹见先生字宛然。几易主人桑海变，诗名白雪自年年。

和新嘉驿壁上会稽女子韵

其一

从前恩怨已成尘，燕子犹来妒此身。情到五更偏有泪，时当三月不关春。

其二

言笑无端逐伴游，花开花落两悠悠。梦回客路家何在？魂返钱塘古渡头。

其三

十六年来为阿谁？问天不语自成悲。将军酒醒东方晓，渺渺难寻泪自垂。

徐州燕子楼

可怜盼盼当年死，此地空余燕子楼。歌舞黄金休重惜，泉台何日不同游？

联李纯宇“芙蓉堤上奏琵琶”之句，济南钟楼街即是古芙蓉堤

大明湖里人如锦，日散荷香透绛纱。秋水潆洄重照面，芙蓉堤上奏琵琶。

春愁

极目烟云不隔愁，那堪独步大堤头？丝丝杨柳寒凝玉，点点桃花昼掩楼。

出都门，喜形胜之概

滚滚浑河塞上来，万峰奔涌大龙回。涿州山止成支气，赫赫王都干上裁。

题《陶渊明北窗图》

溽暑初收菊正花，北窗高卧古松遮。葛巾漉酒凉风至，一枕陶然日已斜。

都门题董思白先生《鹊山秋色图》

苍翠难分岫与峦，林园幽绕涧流寒。长安时起思乡念，只向先生画里看。

题沈石田《上方寺图》

上方古寺与云齐，秋水萧森望不迷。桥畔停车红叶乱，烟横茅屋太湖西。

鲁仲连、诸葛孔明、苏子瞻俱曾徜徉于吾里湖上，至今有鲁陂、诸葛庄、锦秋亭在焉。予既慕三贤之高标，尤幸近三贤之胜迹也，于是建祠鲁陂旧址，以表仰止之私，且以志此湖之胜云

鲁陂

河绕孤村湖绕篱，小舟树底钓涟漪。狄城避世人何在？千古烟波说鲁陂。

诸葛庄

诸葛庄名传已久，武侯高卧是何年？三分事业谁为主？日落荒祠野水边。

锦秋亭

常伴鸥眠暮与朝，蓴鲈满载雨潇潇。江南烟景差相似，想像苏堤跨六桥。

都门煤市桥送十六弟东还

其一

暑雨连空酒满觞，那堪兄弟别河梁？迂园松菊应无恙，好待归来话草堂。

其二

匹马东行十日旋，雨中相送碧溪边。如何命驾轻千里，不待新秋共我还？

月下见萤

暑雨新晴坐小亭，流萤低度点虚屏。一天月色澄如水，几树榴花醉不醒。

题韩夫人红叶园

红叶诗成笔倦持，低眉独坐意何之？长门久绝相思路，应是初回梦里时。

雨中邀李子

云垂四野水生波，只望先生冒雨过。村北村南休较远，欲征诗况近如何？

题朱越峥画二首

其一

红叶吹残山欲空，客来清话过桥东。篱边剩菊开应少，却向云边数去鸿。

其二

溪上无人把钓还，满亭风雨水潺潺。草亭深处尘缘少，朗诵《南华》对远山。

自戏

半城半郭古松居，煮茗焚香作蠹鱼。莫笑郑虔贫彻骨，满床犹积自抄书。

金塔庄观麦

万顷平畴麦已匀，层层翠浪小溪滨。老农计日愁壬子，喜得壬年六日辛。

山庄春暮

黄鸟鸣时春欲归，村家新雨蕨芽肥。柳花尽解怜人意，故傍疏帘不肯飞。

辋川桥课耕，余居亦有地名“辋川”，不知何自[①]

其一

蓝田昔日辋川庄，此地同名自不妨。最喜薄田非重价，雨余赢得课农忙。

其二

摩诘诗名重辋川，伊朱今日敢争妍？分明一幅王家画，画里兼诗剧可怜。

其三

日日桥边插柳枝，青青河畔已成丝。十年满地浓阴合，消暑看耘散步宜。

其四

四野阴阴树几围，水田时有鹭交飞。小溪数曲双笻返，恍似王裴带雨归。

① 《新城县志·艺文志》题为“辋川桥”。

过柴王庙，时修募

五代小康之六年，柴王古庙野溪边。当时富已称天子，今日人间募一钱。

过愚公山王蠋墓三首

其一

燕士纷纷乱如鼠，书生何用轻相许？当时一死缓须臾，未必齐王先走莒。

其二

当日燕师骤入围，高楼歌舞宴邹妃。投戈敌马相随去，寂寂孤坟泣布衣。

其三

百万燕师初会盟，齐王民社羽毛轻。轻身视死非容易，一激能回七十城。

七日雨中悼亡

牛女银河两岸秋，每逢此夕泪空流。一年一度犹嫌少，何似人间永别愁？

中秋雨夜有感，因和立宇弟韵

前岁中秋月正圆，今宵望月雨凄然。嫦娥应有无穷恨，纵使无云只自眠。

乙卯历下

其一

露下疏林秋气萧，蛩吟无尽雁声遥。城头月色澄如练，夜半思家到鹊桥。

其二

水满长堤树满烟，谁家荷叶尚田田？梦回正是三更月，独对寒芦望远天。

远人惠茶

远人遗我天池茗，汲水燃垆手自烹。才听松间响微雨，虾须蟹眼递相生。

小斋种菊数种，时咏之，以赏其致

粉西施

若耶溪上浣花回，尽日吴宫夜宴开。含笑佳人犹傅粉，怒潮江上越兵来。

醉杨妃

杨家姊妹各修容，环玉偏能早入宫。笑倚画屏酣未足，沉香亭上怯西风。

太真黄

道是三郎醉后狂，太真今日色犹黄。因思少小难承宠，每见花枝怨寿王。

白捻线

万缕千丝下苦工，捻成白线几丛丛。斋头促织寒声急，惟愿西风付女红。

雨中写怨

笑语分明到小轩，含愁含泪不能言。清秋细雨黄昏后，过尽寒鸦自掩门。

午睡

梦里相逢诉旧恩，几番含泪恨无言。醒来日午庭阶寂，一树松阴恰到门。

雨中听促织

清斋细雨洒窗棂，长夜孤帷梦不宁。自是剧寒愁更剧，非干蛩语闹空亭。

喜李起吾至看菊

风雨登楼秋气清，霜林半落野烟平。莫愁村舍萧条晚，幸有黄花对友生。

村居闻雁

秋色苍苍远树平，水痕收尽晓烟轻。凭栏寂寞无人语，惟有楼头过雁声。

涿州观楼桑

英雄千古行人话，共羡西川濯锦泾。四十余年成底事？楼桑此日叶常青。

过白沟河二首

其一

分界于兹恐未真，金人元狡宋人亲。当时若不轻相信，未必崖州问海津。

其二

白沟昔日分疆界，天险雄州古镇城。南北轴舻争战地，只今惟有钓舟轻。

雨中易茶余性嗜茶，而绝口不饮，适有送淄酒者，故易之

最喜天泉煮细茶，生风七碗忆卢家。淄州新馈刘家酒，换得松萝谷雨芽。

五月廿五日写恨

玉箫再会韦郎日，记得分时十二年。汝若重来寻旧约，我年犹在六旬前。

雨中石甲馆

斗大幽居尽土垣，疏篱纡带薜萝门。微风细雨天初霁，独步空阶数竹孙。

听雨

萧萧细雨晓连昏，短榻胡床自掩门。窗外竹声惊睡起，城头烟柳易消魂。

清明雨中

桃花初放清明雨，柳絮才飞燕子天。开户小窗春昼永，客来清话我犹眠。

湖上

谁家游女柳如腰？自织蒲葵小扇摇。湖水到门河水合，湾头西去第三桥。

雨中过淄川游家庄

浓阴树里游家谷，迓客黄鹂弄好声。今日雨中霜叶落，一湾河水泛秋萍。

题朱越峥《柴桑图》

奚童风雨小桥斜，一径东篱浥露华。不是白衣来送酒，定因无粟乞邻家。

闻李纯宇泛湖三日，因讯之

湖上轻桡三日游，眠云枕水到青丘。一天烟景凭君写，囊满珠玑酒满舟。

青石关道中望夫石，和张云沙韵

夫戍边关鬓倘青，妾君闺阁头先白。莫言别后心如铁，且看山头身作石。

雨后过临淄齐妃梳妆楼

雨洗妆楼草色明，齐宫遗址暮云横。离离禾黍闻农唱，犹似当年按曲声。

迂园待渡长安，得戴进《断桥待渡图》，与今之待渡相肖也，口占一绝

曾看图里写花津，待渡人淹两岸春。今日河边桥断处，分明身是画中人。

宿高楼过雨

青山坐久难轻去，茅店昏灯易作寒。独是关愁堤上柳，一天烟雨路漫漫。

山行

月下行闻远寺钟，山中空寂少人逢。猿声一听肠应断，知在前崖第几峰？

长山道中

孝水南来清且涟，伊人家住大河边。孤村带雨天将暮，恨压寒湖夜不眠。

门口望长白山

长白峰头点点明，每来此地喜山迎。今朝山色青如许，愧我当年望尔情。

春夜不寐

谁道冬宵苦倍长？寒衾如水怨空床。如今春漏涓涓永，数尽残更夜未央。

长安女

娇女如珠掌上珍，此身那定楚和秦？黄金一入天涯远，回首周亲是路人。

康宇七兄奉使东鲁，以便道祝伯母初度，志别

其一

凤城春色去匆匆，堤柳鹅黄带晓风。此去故乡明昼锦，蟠桃三见海东红。

其二

玉桥春水拍堤平，乡树千重雁几声。今日那堪兄弟别，客中风雨正清明。

成均署中四壁萧然也，种花自适，偶取其鲜妍者簪一枝，因自吟曰“花簪白发君休笑，明日黄花蝶也愁”，客有好事者请衍之，用以广笑，非曰解嘲

白发簪花我亦羞，花枝应笑老人头。叮咛白发休轻负，明日黄花蝶也愁。

花悻悻然不乐也

一枝袅娜折风前，媚色娇姿本自妍。白发相逢人欲笑，我原无意去争怜。

发赧赧然自愧也

消息盈虚我自知，花枝灼灼几多时。世人但爱花颜色，那识萧萧冰雪姿？

花发奋然不相下也

白发黄花不肯降，我今阁笔与平章。黄花剩有容颜媚，白发赢将岁月长。

花退，发喟然叹也

历遍风霜备苦辛，向来公道不饶人。劝君莫笑头颅白，一白看花几度春。

花发退，主人欣然笑也

发白如丝花自开，谁非谁是未应猜。虚空不着无迟速，一笑风尘任去来。

雨中听蛩

响滴疏檐细雨声，相思长夜峭寒生。无情最是蛩鸣砌，不营人愁只到明。

戏赠友人茉莉花

清馨轻透薄罗裳，冷署无人风露凉。摘以赠君非解语，冰姿如玉玉生香。

湖上二首

其一

烟水茫茫浪接天，浮空遥望玉壶悬。孤舟自拨湖心棹，尽日禽声当管弦。

其二

日爱湖光泛小舟，茶烹新水对沙鸥。诗成莫讶毫端速，人在诗中景易收。

悯农

行遍村庄处处忙，凄风苦雨绿蓑裳。三农胼胝征输急，才过严冬望麦黄。

初入都门访友不遇

长安不到岁频徂，十问相知九应无。惟有御河秋水涨，依然轻瀫泛双凫。

泊舟东光阻风雨

堤柳将残雁过声，接天野水泊荒城。孤蓬寂寞长河雨，滴沥连宵直到明。

和三家店壁丘太府如夫人韵

其一

手捻花枝过石栏，莺莺燕燕逐双还。春波如练愁如织，肠断清歌一曲间。

其二

纤雨纤云傍曲栏，含愁含闷梦中还。长安望断天涯杳，一段幽情月影间。

其三

绕遍亭亭十二栏，晚妆云冷暮云还。肯将心事同流水，红叶清秋白露间。

其四

金钗和泪画雕栏，春雨相思雁又还。惟有同心千里月，含情来照画檐间。

其五

一束纤腰倦倚栏，恹恹春去又秋还。夜来更觉添新瘦，细雨孤灯旅店间。

其六

小楼终日对花栏，秋老长安人未还。锦字无凭纨扇冷，欢情只在梦魂间。

锦秋湖十二咏有引

境有因时即景而始称佳者，非其时不足述也，若锦秋，则四序六时之变态无不宜矣，因各纪一绝。

晴湖

宿霭初晴水不波，南山苍翠满岩阿。幽怀好对流云细，自击空明理棹过。

霜湖

水气含霜映浅沙，凄风浙浙早鸿斜。浓涂浅抹前汀白，不辨毶毶野荻花。

雨湖[1]

锦湖一日一番游，自笑游情剧未休。纵使冥冥烟雨际[2]，绿蓑黄帽也轻舟。

---

① 《新城县志·艺文志》题为“湖雨”。

② “际”，《新城县志·艺文志》为“里”。

风湖

风激平湖浪接天，狎波惟有钓鱼船。请君莫避风波恶，世上风波更可怜。

月湖

耳洗清流月洗湖，笛声一弄晚山孤。前溪更说花光好，试问渔郎到也无？

雪湖

雪色偏宜踏水滨，千林积霰望如银。携朋便与寻诗去，闻道梅花隔远津。

露湖

湖晴露晓镜新磨，濯过红蕖掩绿荷。多少游人须自照，须眉还似旧时么？

星湖

万点寒光上下浮，难分碧汉与清流。锦湖不比银河杳，夜夜佳期会女牛。

烟湖

轻笼都不辨波光，树树朝烟锁岸长。舫入中流看莫见，但闻清韵递鸣榔。

虹湖

百里湖光翠若何？长虹斜挂雨横拖。阮声拨罢波声急，又听前滩《白纻歌》。

电湖

电绕须臾水似焚，锦亭明灭望那分。冲波似有潜龙跃，瞥见鳞鳞万缕金。

雷湖

一声遥震地维惊，如镜波光黯不明。顷刻四山昏黑里，行人飞鸟尽无声。

长安中秋卧病，枕上口吟

其一

东望乡关旅思惊，长安月色更添明。可怜客病无聊赖，负此清辉一岁情。

其二

寂寞长安萧寺中，双扉常掩客谁通？多情惟有天边月，清盼时来到困穷。

其三

愁人对月两悠悠，人在愁中懒上楼。楼近广寒怜素女，夜来孤枕不禁秋。

其四

千里长河一雁鸣，皎兮月出自东生。乡园寄得相思字，一段清光两处明。

又代

其一

记得临分月上弦，俄圆俄缺又经年。双眸欲断空消息，一字曾无到枕边。

其二

明河皎皎倚云隈，挑尽残灯月正来。此际登楼堪眺远，不知何处是金台？

其三

日日含愁不觉愁，今宵明月碧空流。即令飞梦相寻去，知在长安第几楼？

其四

寒衣遥寄泪空弹，几字将心写更难。闻道比来新病起，缄题应再劝加餐。

丁卯病都中，养促织以自遣

物性熙熙趣偶同，瓦盆相角看争雄。空斋不少闲情绪，莫笑童心属老翁。

在涧斋读书处

幽窗虚敞涧声闻，几树高松几岫云。清夜试听书韵好，青藜燃火夜初分。

冬夜

朔风俄起冻云遮，客里寒宵转忆家。半夜启窗堆砌白，不知是雪是梅花？

雨后望西山

西山新雾入轩庭，出岫云飞尚不停。映日岚光深似染，凭谁移上佛头青？

望夫石

其一

望夫日立山头雾，年年不见夫来路。妾身化石永不移，石比夫心不回顾。

其二

登山望夫山欲缺，心匪石兮身已彻。当年原自约同心，归看石上同心结。

拾地残菊一枝

闭门秋尽菊吹残，手把霜英好当餐。更欲明年秋色满，余根留种傍朱阑。

江右丘医爱峰者，高士也，卜筑关门，时出入商、华、终南之间，雾锁云埋，人欲见而不知其处。予甲戌秋病，君飘然而来，数剂而愈，未几告别，且难为别也，随笔三诗，用志感慕

其一

前身定是纯阳子，碧眼方瞳骨相棱。囊里有丹勾漏火，胸中无物玉壶冰。

其二

灵根仙草总荒唐，杏子丹成别有方。田舍不甘身自老，愿为五岳具游粮。

其三

商山日日白云中，万壑千岩路不通。君至江南应有意，紫芝遥采寄山翁。

过秦岭

云横秦岭记迢遥，雪压千山隔几朝。今日我来犹是雪，浑疑前雪未曾消。

清明蓝田道中

杏花声里听流莺，几日春寒马上轻。烟重柳条扶不起，行人相对说清明。

蓝桥

其一

蓝水潺潺带雨低，云英原住此桥西。行人更比裴郎渴，欲乞琼浆路已迷。

其二

山自青青水自邻，竹蹊茅店与花津。如何依旧蓝桥驿，不见擎浆捣药人？

商山

其一

衣染春云采蕨薇，入山初喜茁芽肥。汉家社稷熙宁后，何事当归却不归？

其二

四皓归山定不违，青山隐隐树重围。归来惟恐人重觅，故遣山云满地飞。

读少师长兄家信

遇不酬心可奈何？吾兄忧国泪痕多。携朋漫鼓湖心棹，长笑风前倚醉歌。

雒阳道中

小扇轻摇颊半遮，嫣然一笑鬓堆鸦。腰支软贴桃花马，嫩玉亭亭杏子纱。

华阴县太白骑驴处

过县骑驴李谪仙，华阴今日尚相传。不知令尹惊闻后，乞得供余几幅笺？

谒召伯祠

古陕城中召伯祠，甘棠遗爱古今思。生祠一路知多少？惟听行人颂召诗。

过孟县河阳里

当日河阳满县花，我来新柳绕堤斜。春光依旧花封里，谁是风流令尹家？

别武定传二首

其一

才绾铜符又别君，各天烟树岭头分。从今陇上梅花发，定折南枝一寄闻。

其二

君向桃源我向秦，桃源原是晋时春。烦君去向渔郎道，谁是仙标可问津？

过鸿沟

割地分疆只此沟，较量多少尽虚谋。英雄今日谁为主？依旧寒烟野水流。

过北邙山

累累高冢尽荆榛，半是当年战伐人。富贵已尘黄土在，白杨荒草不曾春。

题上雒公署竹槛

其一

小亭环竹水平堤，半拂栏杆半锁畦。不是子猷真赏识，年年荒署露中啼。

其二

清影扶疏映碧栏，淇园分种两三竿。此君问许谁同契？松叶梅花雪里看。

雒南中秋忆锦秋湖

去年病里过中秋，今日中秋在陇头。一片锦秋湖上月，清光千里共悠悠。

题百花帐

百花烂熳日迟迟，小院闲情闭户宜。吟罢独眠人静后，梦为蝴蝶已多时。

雪夜牧护关

半夜深山雪欲平，指迷惟赖一灯明。桃花扁下蛟龙斗，牧护关头虎豹声。

至阌乡回望雒南诸山

上雒青山宇内奇，我来步步懒相移。阌乡回首西南望，惟有峰烟绾别离。

夜过摘婆关

一湾烟水几层山，山水层层似转环。夜静前村喧虎豹，人传兹是摘婆关。

行商于道中，笑楚怀王之愚

楚国君臣似沐猴，张仪来去足千秋。请看今日青山色，尚带怀王去国羞。

登雁塔

层层雁塔觅招提，上有才名李杜遗。自是唐家称得士，千秋人诵两公诗。

再咏拾菊

黄花曾助美人妆，委弃空阶黯自伤。忽漫简将难释手，风前犹带鬓云香。

辽阳

其一

满天烽燧近边城，都护肩舆困宿酲。惟有辽阳城外水，晚风时带怒潮声。

其二

前营临敌鼓声寒，刀戟如霜怒马攒。万户千门歌饮罢，始知飞报入长安。

其三

空侈镶门铁骑多，衔枚乘夜渡辽河。坛前大将凭谁是？局外谈兵奈尔何。

其四

漠漠飞沙古战场，难凭都护守危疆。猩猩血污征袍色，忍见青磷白骨僵。

芦沟桥圣寿寺再梦温弱云时四月二十一日

情到痴来那得知？向人犹自笑情痴。如何十七年前事，每伴春风入梦思？

又

桑干河水东流急，何日澄清照翠眉？别后此心空脉脉，相思入梦雨飞时。

带集

五言绝句

客听两歌儿，悦之，戏赠

其一

呜咽骊歌奏，相思验泪痕。同心天上月，夜夜到齐门。

其二

溽暑苦炎热，桐阴坐已夕。一曲两王郎，听残夏云白。

书带馆观鹤，因忆吴中放鹤亭

披襟方小立，孤鹤向沙汀。有客频相忆，吴山何处青？

鹿云樵居鲁山之鹿疃村，采药种花，绝迹城市，真逸品也，因以赠之

其一

世外欣无客，山中自有家。荷锄因采药，储水为烹茶。

其二

不问门前路，但知山色嘉。老矣复何事？临溪闲种花。

采桑曲

艳冶谁家女？手整钗头玉。深林去采桑，一步一相瞩。

壬子寓嵴湖

寄居嵴桥下，大明湖水隈。独眠风雨夜，寒向客边来。

雪中别季木弟

其一

风雪出都门，满头着飞絮。茫茫千里途，今日从兹去。

其二

长途雪愈纷，马瘦迷归路。今夜寒滋甚，问兄止何处？

景州道中

寒气占风色，登途未及晨。酒沽茅店月，灯照草桥人。

哭淄川亡女六绝

其一

汝母死哭儿，今尔死哭女。重泉相会时，吾心凭汝语。

其二

汝与甥永诀，一儿并一女。儿年始七龄，女方解人语。

其三

我住湖之阳，女住南山里。思汝望南山，泪滴湖上水。

其四

我哭女五十，女别我廿七。谁知父了情，木得　万口。

其五

汝哭甥时雨，我哭汝正雪。回首未经年，罹此两死别。

其六

淄云山上飞，淄水山下流。波声自南来，犹似儿声愁。

自君之出矣四章

其一

自君之出矣，憔悴为谁羞？思君如檐水，一点一声愁。

其二

自君之出矣，身同水上萍。思君如中酒，日夕困微醒。

其三

自君之出矣，肠断几千回。思君如露柳，清泪背人垂。

其四

自君之出矣，长日倦登楼。思君如缫车，抽丝无尽头。

迂湖十咏

湖天春晓

柳墅桃花岸，朝霞映晓晴。遥看湖水绿，隔浦一声莺。

细雨归蓬

一片催诗雨，归来薄暮天。烟林迷鸟路，村水暗渔船。

澄水晴波

晴日春波里，空明带远山。流云溪水漫，渔唱藕花间。

秋芦听雨

芦荻潇潇雨，孤舟带晚风。伊人何处觅？如在乱声中。

鹅横秋空

雨洗秋空净，鹅群摩碧霄。湖光浮日动，岸柳送归潮。

雁落沙滩

水落天空阔，离离度雁行。入云劳送远，嘹呖一汀霜。

对鸥消暑

清波白鸟声，快雨洗湖明。散发披襟坐，荷香几阵清。

雪蓑孤钓

风雪迎人面，孤舟钓自横。得鱼堪换酒，不得也怡情。

月照澄陂

一碧看明月，空陂散远风。岂惟心地旷，人我觉俱空。

采莲晚归

湖水澄如练，晴荷沐露新。折花香在手，残照忽催人。

迂园十咏

绿雨楼

一楼春雨绿，水木洗波澄。翠扑前岩树，南山若可凭。

绿漪轩

水斜环竹径，亭敞绿漪多。朝暮临风倚，须眉映碧波。

卷石亭

几片丈人峰，分我一卷翠。不愿砺其齿，但枕石堪睡。

青桐轩

轩小桐阴合，云薄树光碧。秋高子未零，露冷一天白。

妙香亭

莲花香冉冉，荷叶露田田。擘叶莫擘花，房中百子全。

爱菊轩

东篱有丛菊，晓霜被其蘙。薄采常盈把，偏深漉酒情。

镜潭

潭水圆如镜，趺坐长林底。时作风雨声，恍忽潜蛟起。

种葵轩

爱此露葵色，绕园花竞开。丹心倾向日，忠荩为谁来？

松涛阁

阁上俯长松，松阴翠欲染。静听林风喧，似涉波涛险。

蕉雨斋

琅琅戛玉声，绿碎芭蕉里。听雨忽成诗，折叶堪为纸。

题越峥扇景

雪满村前路，风吹天欲昏。诗成寒更剧，策蹇叩柴门。

折枝莲房

群秀皆呈瑞，尔何深自饬？低头不语心，倘料无人识。

桓台八景

黉宫翠柏

古柏几千寻，春来滴寒翠。南枝结鹳巢，日日古文瑞。

云阁钟声

洪钟名万石，高阁倚云隈。一邑千门绕，天边送响来。

青沙落雁

雁阵惊还止，澄陂水漾沙。时怀缯缴虑，万点带残霞。

桓台系马

千驷成云锦，今台司牧堂。世无伯乐顾，谁解识留良？

玉带河流

一带涓涓玉，融融春水澌。当年盟会地，犹自说乾洏。

石桥晓月

月从天上来，影落寒波拂。水月荡余辉，农家借永日。

会泊红莲

湖光明百里，菡萏晚来香。画舫红妆渡，鸣榔一水长。

铁山晚照

欧公昔铸剑，炼铁铁山下。峰晚气常紫，谁云非跃冶？

逃暑图

逃暑依深竹，门无剥啄声。匡床方梦觉，开卷即怡情。

潍南十三景

秦山叠翠

但见秦山云，望迷岭头路。烟翠隔山腰，定有人家住。

书堂桃雪

诧看雪里桃，非桃亦非雪。赤松从此游，真幻成两绝。

古洞飞烟

白云飞古洞，云去烟如缕。谁候黄粱熟？煮石成烟雨。

鹿池夜月

焦耶抑鹿耶？焦鹿原非梦。池月任去来，潭影自空洞。

墨池黑潭

太古无文字，结绳亦荒唐。仓颉何多事，为之凿混亡。

灵泉瀑布

苍翠高千丈，遥天卦玉龙。一山疑界破，白昼响疏钟。

两山药物

种药韦真人，至今春满陇。两山飞白云，仙芝发高冢。

潍水神龟

禹昔治洪水，图负神龟至。天不爱文章，九畴泄灵秘。

龙门砥柱

潍水龙门注，砥柱中流峭。有鲤化成龙，锦浪时时跃。

祷应仙祠

旱久禾尽枯，涧底飞尘土。谁道蓝关雪，不是仙祠雨？

罗洞石壁

洞深杳无际，水滴石成响。妙矣化工心，才就人天想。

凤来玄扈

衔书美丹凤，息羽山之峦。不是焕文明，正以鸟纪官。

鼎铸黄龙

帝采首山铜，鼎成黄龙现。龙去鼎空存，问鼎人何眩？

漫咏

僻性成疏懒，无营身自闲。此生行乐处，长白锦秋间。

五友帐五绝

莲

太乙峰头种，移开碧沼芳。莫教风雨逼，容易减红妆。

兰

幽兰含玉砌，宛在湘江渍。写入轻帏里，清宵作异芬。

竹

移榻修篁中，此君日相伍。硁硁寒玉声，梦入潇湘雨。

菊

采采东篱色，金英掇几层。自当延晚节，霜气莫相凌。

梅

玉蕊飘香雪，关山笛里花。小斋清睡稳，疏影弄窗斜。

定远曲阳三首

漆园

漆园称吏隐，吏去园名漆。濠上观鱼心，万物原齐一。

判虎台

台下石系虎，虎判台之上。判者惟包公，兽猛亦加杖。

郭老舍宅

土墙周四围，屋仅能容膝。不是靳恩私，帝本卑宫室。

六言绝句

长白山房

袖纳白云煮茗，床当翠巘生岚。栏外几丛修竹，门前一片澄潭。

迂园

园迂半花半竹，亭小宜卧宜觞。槐径曲通鸥渚，柴关小类蜂房。

锦秋庄

稻熟黄云委地，莲娇红粉凌波。烟外谁停马勒？风前自理渔蓑。

大寨

大埠桃花千树，虚楼燕语三春。与客量晴较雨，相将感旧怜新。

石甲馆

怪石疑生鳞甲，幽斋颇快心胸。客至不分宾主，煎茶共听松风。

秋水楼

清流一泓绕舍，红枣几树为林。负郭尽堪缓步，硗田不厌长贫。

藕花庄

绕村一带高柳，环池百亩香粳。荷芰自堪剪服，鱼虾不禁为羹。

续河

一湾若断若续，两岸可耕可桑。把钓西风渔父，咏兹水远山长。

迂湖

百里荷香一碧，诸峰岚气交青。秋蓉岸北忽笑，霜雁湖南偶停。

早行

日出千山滴翠，风来一水斜流。霜满板桥马过，河明古渡人愁。

锦秋湖十景

赵公闸

石闸龙湾南畔，一济疏凿可通。东北万年水利，后人谁嗣赵公？以时蓄泄者。赵公号含章，令吾邑，有惠政，闸其所建。

金刚堰

金刚一堰分界，向为邻国侵渔。野水略无拘束，吾民常颂安渠。亦赵所建。

鲁陂

不受封邑爵赏，甘心烟水穷漠。迟他几帝几王，留得一丘一壑。

颜蠋居

颜公齐国高士，缓步晚食巧贫。万顷涟漪弄碧，一居秋水无尘。

庞家泊①

世上惟患钱少，居士翻能恶多。若不沉金湖水，浮生爱溺成河。

锦秋亭

城东荡漾野水，苏子图画锦秋。四顾偏宜烟雨，双栖惟见沙鸥。

华沟烟水

芙蓉百里如锦，绿水一沟晚霞。时雨时晴天气，半耕半钓生涯。

鹅鸭城

城名鹅鸭何代？岸上蒹葭自生。闻说慕容畜养，每逢阴雨交鸣。

诸葛庙

当时五丈原上，于今湖里渔蓑。俯仰古今感慨，但论秋水春波。

青冢

青丘秋日于田，胸吞云梦八九。今虽杯土覆水，九尾野狐堪薮。

① 《新城县志·艺文志》题目为“庞居士湖”。

朝集 ①

落花、雁字序韵各三十首

落花一东

上苑春回处处同，韶华满眼任东风。平分江梦毫端彩，似见潘栽县里红。翠幕燕归云历乱，罗帏蝶绕月朦胧。行行树底忘归路，扑鼻香风散碧空。

二冬

槛外春光淡复浓，纷纷摇堕紫芙蓉。满空绛雪肠堪断，堆砌香云径欲封。风送竹篱偏有色，水飘松涧去无踪。低飞犹有怜人意，半隔疏帘照鬓容。

三江

乱舞长空蝶影双，香分五色上纱窗。开帘顿觉情偏系，挥麈难禁态未降。片片飞来萦曲坞，枝枝摇落怨残缸。怜予别有寻芳兴，几处山村吠小尨。

四支

云暗长条碧四垂，牵情绾恨动离思。应添织女机中锦，翻弄骚人笔底奇。乱点妆台成腻粉，轻沾笑靥助胭脂。飞红烧破春消息，好问幽怀七字诗。

五微

朝起园林讶绿肥，万千红紫故争飞。东风袅袅来仍去，宿雨淹淹瘦更稀。杨柳枝头晴喷雪，蔷薇架畔日生晖。徐妃半面残妆减，步步湘裙蹴玉徽。

---

① 下注“咏物体”。

六鱼

□□□□[1]意何如？况是深春客里居。点遍游鱼朱作额，衔来青鸟锦为书。余英满地伤啼鸩，碎玉当门惜碾车。最苦恼人长困日，新茶自煮赋归欤。

七虞

村北村南积翠氍，林稍处处挂流苏。漫夸隋帝添宫彩，恍似王郎碎玉壶。水面轻浮潮带晕，树边闲影月平铺。凭栏远眺看春色，万里分明蛱蝶图。

八齐

飞飞桃李自成蹊，锦缀千山衬碧骎。香软玉痕浑不解，娇添愁绪转还悽。低回渐觉春无力，荡漾偏令鸟欲迷。雨露承恩怜越女，芳心原自不沾泥。

九佳

宫罗新剪踏青鞋，阵阵轻尘逐上阶。风可御时春片片，云当停处鸟喈喈。题红深愧胸如绣，谱怨堪疑语近谐。向晚铅华姿韵减，空歌玉树恨秦淮。

十灰

风卷残红几阵来，胭脂寂寞冷苍苔。杜鹃有恨争啼急，蝴蝶无家入梦猜。晓月笼烟光自澹，春潮翻浪锦成堆。余芳剩粉皆生意，故引飞香入酒杯。

十一真

凭栏几片暗伤神，怕见凋残鸟亦嗔。柳线牵春春不住，榆钱买恨恨难匀。遥天玉屑飘三径，遍地香尘达四邻。惟有多情红叶句，相思遥写寄征人。

---

① 原书此处四字，字迹漫漶不清。

十二文

过墙春色坠纷纷，乱点长江暗夕曛。飘砌杂英摹鸟篆，聚阶斜影入蝌文。曾窥蝶粉娇金屋，且喜蜂黄逐练裙。树底枝头无觅处，仲初空自怨东君。

十三元

十分春色几分存，散尽春愁且闭门。袅袅游丝牵翠钿，霏霏柔片点金尊。仓皇却恨封姨妒，眷恋曾沾向日恩。一夜上林飘泊甚，三郎羯鼓未应喧。

十四寒

名园昨夜怯春寒，舞散阶头锦绣攒。醉后杨妃芳韵剧，愁来西子晚妆残。迟回风月娇堪把，领略烟霞秀可餐。最喜上林青似豆，几番珍重待君看。

十五删

点点猩红水欲斑，渔舟时泛锦江还。潘妃步稳莲铺地，秦女眉湾月满山。彩胜频粘窗外纸，琼英好上耳边环。芳情莫怨春归去，豆蔻含胎足破颜。

十六先

无数芳姿绣阁穿，日长帘影映霞笺。玉沟浮出回文锦，金谷飘来没字禅。酒谱茶经添客思，山村水郭带朝烟。游人枕籍红香处，燕子翻风未拟旋。

十七萧

寒峭东风逐玉箫，疏枝潇洒影飘飘。妆慵寂寞徐娘老，舞罢轻盈赵姊娇。山峙乍看峰点翠，栏凭时见水添绡。年来忍使韶华负，衣染残香兴更饶。

十八肴

燕子来时紫翠交，和烟和雨结新巢。一天彩幕笼箫管，遍地金钱掷象爻。睡起添妆香趁蝶，愁来含怨泣成蛟。红颜自误空阶冷，闲看山林绛雪抛。

十九豪

五陵公子兴偏豪，日笑春风绽碧桃。红瘦长天山共暗，香消小院月偏高。云凝巫峡峰头雪，露点潇湘水上涛。池面文章成锦字，繁华满眼对《离骚》。

二十歌

行遍山原听鸟歌，林间簌簌坠红多。无情一任沾金勒，不语偏宜响玉珂。妒杀绣裙朝雨散，吹残罗袜晚风过。年年春色还如许，何用西山返暮戈？

二十一麻

天女凌空坠彩葩，余芳遍地照青霞。风翻高下香仍在，燕掠晨昏径未斜。蜀帝魂消三月后，梁园雪散五更赊。广陵春老江潮急，待渡行人几共嗟。

二十二阳

晓起窥园惹薄裳，恍疑春色过东墙。千山艳冶浑如笑，一径芳菲暗有香。漫逐轻风飘彩袖，好同明月照绳床。小槽昨夜珍珠滴，怪底游人故故忙。

二十三庚

好事春来满洛城，琼英飞尽地无声。丹霞片片惊栖鹤，红雨潇潇恼睡莺。上苑凝寒窗破晓，长杨夹岸水添明。渔舟莫问来时路，未许桃源识姓名。

二十四青

春水无波山亦青，几番香絮暗虚屏。双飞乍见同心结，万点俄惊欲晓星。不向渡头歌折柳，偏宜湖畔乱浮萍。檐前鸟雀频相促，尽日深宫守护铃。

二十五蒸

芳华昨夜露才承，试问君家记未曾？解语嫣然方共笑，飘香倏尔不能凭。长门委藉随朝辇，远水缤纷点暮罾。染就麻皴金碧画，春山含雨翠相仍。

二十六尤

为谁憔悴为谁羞？半是怜春半是愁。香细乘风过水岸，红轻和月上帘钩。佩摇神女朱光灿，锦织天孙草色柔。多少芳邻游侠客，纷纷争下玉搔头。

二十七侵

万点飘来恨不禁，美人拾取上朝簪。远山晴日飞红雨，曲径重檐拥翠阴。喜见枝头新结子，谁知阶下老芳心？杖藜步步添诗料，笑倚东风费苦吟。

二十八覃

香生玉砌映朝岚，碧掩红吹晓色酣。睡觉流莺翻艳语，听残娇燕比清谈。石桥雨过胭脂湿，萝屋春深翠带含。好伴秋千残影去，韶华勘破不须耽。

二十九盐

软径香尘风底尖，春痕印破步纤纤。惊回残梦鹃如泣，散尽闲愁蝶偶拈。风过屡翻雕玉佩，雨斜时扑郁金帘。前村日暖游人倦，碎锦林稍伴酒帘。

三十咸

丰茸香草映轻衫，马上吴姬玳瑁衔。蜜酿残英蜂扰扰，巢成飞絮燕喃喃。云移树影红堆砌，风送江船锦作帆。惆怅武陵人不见，胡麻春水隔仙凡。

雁字一东

漠漠寒烟带晓风，毫芒屡变法难工。漫天密布如垂象，近海斜飞是戏鸿。乍有乍无劳送远，时来时去只书空。霜林过处题红叶，曾否传情出禁中？

二冬

寒沙野岸水淙淙，漫寄相思墨尚浓。避缴乱飞成变法，惊霜回影类悬锋。旅情摹尽三更月，闺恨题残五夜钟。络绎千行惟一语，瑶天云散不教封。

三江

斜风细雨过纱窗，野鸟家鸡态未降。远去振翰挥碧落，低飞残影写清江。换羊笔纵银涛涌，舞剑钗横翠钿双。遥见岚光浮霁色，好将鸟篆缀青幢。

四支

望望衡山音信迟，飞飞几处写暌离。平沙欲落银钩冷，淡月遥临玉篆奇。风急忽惊行断续，雨斜遥指墨淋漓。长空绢素应无尽，鸿宝瑶函寄所思。

五微

书过关河曙色微，望来几度拟轻挥。龙蛇草圣传心印，霜露迷离傍水飞。班管渐施毫欲瘦，薛笺才满墨添肥。秋江逝水无消息，红蓼黄芦处处违。

六鱼

临池濡染兴无余，马尾蚕头不定书。啄稻野田痕惨淡，衔芦江渚影萧疏。笼鹅道士休轻换，题凤幽人只漫歔。乍冷岂宜湘浦上？长安望断好音虚。

七虞

足因传帛久辞胡，遵渚斜飞历远途。阵阵同心成比翼，时时有意作连珠。晚笳惊起行生态，秋篴吹残侣身呼。一抹回翔烟水外，衡阳曾见此峰无？

八齐

挥洒秋林撅笔题，霜空接翼与云齐。千行雾下湘波淡，几点风前衡岳低。柳骨瘦时春水绉，兔毫肥处野云迷。白沙青草汀洲满，怪道寒枝不肯栖。

九佳

玄草青天映玉街，行行队队任呼侪。上林屡见群惊矢，泽国应怜羽似钗。塞北文章飞露布，风前变态度云厓。叮咛频寄寒温意，莫使春秋信息乖。

十灰

乡信人间去复回，含情脉脉两无猜。横空淡写分天巧，任意浓书带雨裁。万里风烟光玉板，一帘星斗画云隈。雕虫小技无痕迹，望断音书晚更催。

十一真

天南天北总书人，人合人离总未匀。史颉摹成秋水色，钟王刻就夕阳津。之玄点点乘风下，声韵凄凄动客嗔。最喜三韩新奏捷，羽书应报净胡尘。

十二文

界破青天色未分，银钩铁画写烟云。毛锥递弄如争巧，翰墨轻题迥不群。忽送遥声风外语，漫梳残翮水中文。还期此夜关山道，好遣遥缄处处闻。

十三元

浓云淡墨泼孤村，气挟风霜点塞门。势任欹斜俱有态，锋随偏正不留痕。瑶空飘送来禽远，衡岳低回退笔髠。锦袋漫天雕楮叶，毫端不尽意中言。

十四寒

拣尽寒汀栖不安，吴江秋冷印沙滩。题封漫逐星为使，布令方知鸟纪官。带月曲成三体变，披云直作八行看。此情寄远和风雨，笔底含愁墨未干。

十五删

沙净秋深冷玉关，钟情不尽有无间。碧纱笼掩苍烟细，白练裙拖彩笔闲。信腕狂书风力劲，纵毫直写水声潺。凌空万点清波映，无限幽情付小蛮。

十六先

秋来春去恍经年，心事迢迢寄远天。蓦起长空添墨晕，徐经野水试罗笺。挥成青冢明妃恨，染就黄麻汉使宣。若到关门须郑重，尚留断简致君前。

十七萧

声乱瑶琴与玉箫，长空彩笔写青霄。千行月浸芦花碎，几点星兼桂子飘。秋水乍鸣愁里听，缄书不尽梦中挑。楼头低度云山远，望断长虹影未消。

十八肴

傍水隈云结远巢，凌空笔阵影斜交。天青连臂传乡信，露冷挥毫咏乐郊。芦苇丛深藏朽拙，稻粱肥日愧惛怓。不才莫与才相轧，特向杨家说解嘲。

十九豪

接翼行行写郁陶，横烟片片拂霜毫。蝇头轻点湘江碧，燕尾斜交塞岭高。飞去只愁风扫篆，秋来谁信影明涛？西风一夜榆关外，械纩寒砧忆解袍。

二十歌

肃肃翻飞侣渐多，深芦荡里蘸清波。草成纨扇谁贻妇？写就《黄庭》不换鹅。那费彩笺文灿烂，岂同蕉叶影婆娑？独怜芳草江南信，绝塞征人奈尔何？

二十一麻

飘然此去远无家，嘹呖初惊梦笔花。才淡复浓迷远嶂，似高如下绕晴沙。迎风织锦添新句，带雨挥毫缀彩霞。鉴赏何人传秘诀？莫因行乱诮涂鸦。

二十二阳

汉篆秦碑认渺茫，何如蚓迹带斜阳？乘风挥洒行书体，照水潆洄急就章。一画逼真秋水澹，八分写出暮云狂。长天此去凭谁语？回首寒空笔韵长。

二十三庚

云笺飘下寄秋声，个里幽思写未明。队队联群章草暗，行行结阵米船横。文章天上和烟润，寒暖人间动客情。五德莫夸身已备，长安何事不于征？

二十四青

天高沙净响空亭，水涨平湖回振翎。失侣断行疑折笔，添肥着点欲囊萤。毫濛秋水成飞白，草暗春山不杀青。洒洒风前寒浸玉，千峰云锁散疏星。

二十五蒸

凉风玉露水将澄，南北征人那足凭？三步柳书催骤雨，八叉温体结寒冰。龙蛇欲断行犹续，蝌蚪将成点未胜。独是空闺思妇苦，榆关书托寄来曾？

二十六尤

遥看连点递高楼，写下深闺一段愁。仿佛回文花押秘，真成彩笔锦囊收。裁云剪水肠堪断，带雨拖烟梦未休。极目乡关何处是？知君能为作书邮。

二十七侵

点破鸿蒙过远岑，随风变态墨痕深。长门细写相如赋，绝塞遥传属国音。池水漫呵横玉箸，晓窗惊彻锁春阴。曲江得意争题塔，万里关山别后心。

二十八覃

少平沙净写澄潭，暮雨长途促锦函。烽火乍消书信杳，寒衣远寄梦魂安。牵人名利飞难述，过眼荣枯影自惭。举世网罗思避地，只愁江北似江南。

二十九盐

横飞潭影过寒崦，呵冻含毫浸指尖。鸟峙雄文星月烂，鸿裁任写雨风恬。乡心万里家何在？客思千重笔再添。塞外平沙烟漠漠，凄其斜日不钩帘。

三十咸

几阵横空带雨缄，征书漫写湿青衫。云中宫阙传金简，天上星河启玉函。迟早不辞飞鸟信，纤浓一任野云芟。人来人去谁青眼？林外千秋老翠岩。

烟集

杂著

文

锦秋庄记

庄名“锦秋”，以锦秋之湖名之也，湖名“锦秋”，以东坡之诗名之也。予邑东北十二里，有村曰“大寨”“小寨”，传为诸葛屯兵处。迤北又十里，湖岸有诸葛庄、诸葛庙，先生遗像俨然。土人谓公求浆地，当在步齐东门，作《梁父吟》时矣。湖虽跨高、博、吾邑三县，其实尺土勺水，皆吾邑征税地，以地最下，仰受泰山万壑洪流，下壅入海故道，因汇而成湖，周环百里，水天一色，幽人逸士多托迹焉。东坡入密时，游而乐之，爱其风景绝类江南，因赋诗云:“霜风收绿锦，万顷水云秋。海气朝成市，山光晚对楼。舟车通北阙，图画入南州。且食鲈鱼美，吾盟在白鸥。”又曰:“鲈虽小，不减松，但以鲈为豸，以蓴为镜，则风土使然，无足怪者。”湖北孝水西来，湖东时水南注，两河界，湖如带而合襟于吾锦秋庄，茫茫烟水，宛在一方，绝不溷车尘马迹。稍北，有鲁仲连墓，即古狄城旧址，先生逃隐地也。三公或以德，或以功，或以言，上下千百年，不期而皆爱乐于吾湖，此虽湖之厚幸哉，而为东齐名胜之区不爽也。

昔桓公战于乾时，而盟会诸侯，因名为会泊，今但旧址，而霸业雄图付之水滨矣。当春冰初解，或荷芰最盛时，偕二三兄弟，轻舟上下，南视长白、花、铁等山，隐隐浮水面，似不减杭之西湖。予生于斯，因卜筑于此，有船可游，有稻可耕，有莲可采，有鱼可食，不求人世，而此湖饶焉。至若鸟语花香，山青水白，风慧月快，则又四时之清福也。予何幸得而领略厌饫于其中，嗟嗟！予命最蹇，予行最拙，万事坎坷，步步拂抑，独于此湖，若有夙缘，而为吾之菟裘想，亦上天怜我劳人而优之也。因笔之而为《锦秋庄记》，其所得不亦奢乎！庄建三先生祠，少伸仰止之私，而吾庄、吾湖亦得附以不朽。

汪遗民社兄《西寺诗》引

予与遗民盖有神契焉，则自交马氏二良，获读《妙远》《竹吹》与《友声》诸集也。长安松社非不多士如云，惟众易淆，亦惟众始成，择即金日快射，奚能夺我中所素藏，千秋大业，期与引定，亦既指松而盟矣。令雒南，遗民方归江南，天幸得移曲阳，又一衣带而近，遂疾侦遗民所在，知侨寓金陵桃叶渡头，亟往迎，不啻锋车再遣矣。遗民亦惠然好我，涉江而来，止西寺中，予既简寂多暇，乃从杯酒唱和，时取印证，稍得酬予夙昔倾注之私。遗民以乘兴之致，乐于自适，未能久留，行时复以《西寺客怀诗》三十首授予。其间僧田寺畔、野市日中，与四民休息之情、一城荒陋之状，悉从俗事，谱之咏言，成向来此中所未有之举。因思古来胜迹多系□入题咏而显，向在雒中，过郑县亭子，只以“□□□断岳，连天清宫柳”句，至今南玼社诸子征诗其地，几遍寓中，西寺有此，当为异日一段佳话。况曲阳无他古迹，但传近地有漆园吏隐处，而予复以风尘俗吏，牒诉填怀，不能作逍遥自恣之言，幸遗民来，拥惠子五车之富，会心濠上之乐，出言相证，直指玄提，不令但作金华殿中语，籍非是，予有窅然自丧其我而已。因遗民索题引端，而为此数语以归之。

赞

瓢赞

箕山真趣，陋巷高风。一觞一咏，乐在其中。

龙蛋杯赞

为能为光，长发其祥。子孙保之，俾尔炽尔昌，俾尔寿尔臧。

又

男子之祥，邦家之光。我龙受之，酌以大斗，何用不臧。

诗余

一剪梅 题唐伯虎《美人图》

嫩软红香玉一枝。俏杀心儿，喜杀心儿。耳边私语印胭脂，乍见相思，不见相思。风流一霎怕人知，口里妆痴，心里妆痴。书来常是梦郎时，欲看新词，愁看新词。

花心动

残暑退去榴花卸，恰正新秋时节。独眠独起，乍凉乍热，无限凄清与谁共说？东望乡关烟水阔，斜阳外，暮蝉呜咽。梦回时，万种旧恨，都成新结。　心事凭谁诉说？看满院流萤，向人明灭。银河渐转，砧声新起，共笛韵一弄凄绝。无奈功名身外物，思绕高堂千里切。难言处，小楼南畔纱窗月。

怨王孙

重门自掩，合欢花褪。去年今日，泪雨成阵。断肠执手心头□，恨、恨、恨。　梦见欲言未启齿，醒来时，泪洒窗棂，只从古□。愁谁似此，要相见时，死、死、死。

长相思

红簇簇，绿簇簇，隔墙谁唱相思曲？愁人独自宿。　风飘飘，雨飘飘，几处鸡声入梦遥。醒来泪未消。

补遗

挽湧空禅师

打破虚无万念空，西归犹是旧时容。分明指示菩提□，不在语言文字中。

（康熙《新城县志·艺文志》）

附录

王象艮志

王象艮，字伯石，字思止，号定宇，之城长子也。少与从兄方伯象晋、从弟户部象斗、翰林象节、中丞象恒同读书家塾，才名相颉颃，诸兄弟皆成进士，而象艮独以明经终。起家南国子监典簿，知颍上、雒南二县，迁姚安府同知，罢归。崇祯十五年卒，年七十九。象艮嗜为诗，与弟训导象益、知县象明、从弟吏部象春相倡和。辟迂园于南郭，有绿雨楼、卷石亭、石甲馆、镜潭诸胜，又得湖滨鲁连陂居之，作祠以祀，题曰“鲁连遗清”，其风流好事如此。咏鲁连诗云：“孤城一飞矢，六国有心人”，又“青荧茅舍火，缥缈竹林烟”，“鱼藏芦底穴，雪压竹间庐”，“鸦鸣灯火暗，风急雪花明”，“萧条两岸柳，怊怅五更鸡”，人以为不减大历作者。有《迂园集》十二卷，李本宁为之序。处士徐夜撰传。

（康熙《新城县志·人物志》）

八叔祖伯石（象艮），仕为姚安府同知，著《迂园诗集》，诗名远出考功（王象春）下，然谨守唐人矩矱，不失尺寸，如《咏鲁仲连》云：“孤城一飞矢，六国有心人。”又“萧条两岸柳，怊怅五更鸡”，“鱼藏芦底穴，学压竹间庐”，“青荧茅舍火，缥缈竹林烟”，“南雁迎花早，东风带雪多”，“月明才十日，人病已经旬”，皆五言之选也。后人不振，予购其刻板藏之。

（王士禛《居易录》卷十四）

送恩止兄北上

休将一帙国门悬，上国名公半护前。词赋晚年才骏发，莺花四月亦鲜妍。吴侬若遇须收尽，燕玉追欢岂计钱？裂帛湖光山寺里，金元石桧是真禅。

（王象春《问山亭诗》）

送伯石兄北上

吹雨空林啼鸩骄，携将行卷过牛腰。西山待尔写生手，破浪先谁建赤标？三代遗音齐戛戛，九秋拟赋楚萧萧。长安有此白居易，次第新题上客蕉。

（王象春《问山亭诗》卷六）

便过伯石兄园

对此疑濠濮，因思营菟裘。小闲能独坐，祛暑即佳游。馈茗来童适，敲门吠犬幽。袖中诗草满，细向水边修。

（王象春《问山亭诗·辛亥草》）

又简伯石兄

何官肯换此春开？况是飘零远道还。兄弟尊前消垒块，风霜影里惜客颜。看花次第休轻掷，破产追游未可悭。松径竹居烟雨窟，从今严典置重关。

（王象春《问山亭诗·甲寅草》）

王象明集

王象明与《聊聊草》

王象明（1579～1649），初名象履，字用晦，又字合甫，号雨萝。王象艮季弟，行十八，万历四十三年（1615）贡生，任大宁知县，为人性格孤洁，一介不苟。早擅诗名，尤工书法，有《鹤隐集》《雨萝集》《山居集》，今皆不存，所存者惟《聊聊草》。

一

《聊聊草》为崇祯五年（1632）王象明避难长白山别墅时所作，主要内容是闲居之兴、山林四时景物变换、与友人的赠答、对战事的关注和反映。徐日升云“辟境离奇，俊削灵庾，畅所欲言，极所不能言”，[①]基本上反映出《聊聊草》的风格特点。

《聊聊草》中大部分诗歌作于王象明退居山林的时期，对长白山四时景物、阴晴变换表现细致，如《春山》《夏山》《秋山》《冬山》《春雨》《夏雨》《秋雨》《冬雨》《闲坐》等诗：春日万物复苏，生机勃勃，“野鸟飞飞上下去，山樵聒聒低昂幽”[②]（《春山》）；夏季大雨滂沱，云气弥漫，“雷声忽送雨千峰，覆岔番盆云气浓”（《夏雨》）；秋季萧飒苍凉，雨打梧桐，“秋来冉冉野云生，蕉叶桐枝滴水晶”（《秋雨》）；冬日白雪过后碧空如洗，“饥鼠窥天番碧瓦，道人和雪煮青泥”（《冬山》）——展现了长白山四季或和煦，或萧飒，或凄寒的风光和境界。

王象明遭逢战乱，避居长白山期间，又身有疾病，对他的创作有较大的影响，诗中多见“病”“愁”，并由此衍生出对功名、生命状态的思考。《新春雪霁》云：

> 新来柔草绿融融，白发留之伴病翁。鹯鸲有声欢日母，琅玕时飒堕春虫。倩藜行水看云处，试茗烹云待月中。利焰名锋俱贴伏，因而世事等苓通。

① （明）徐日升：《山居吟叙》，王象明《聊聊草》，北京大学图书馆藏明崇祯间刻本。

② 笔者注：此处及下文所引王象明诗皆出自《聊聊草》，北京大学图书馆藏明崇祯间刻本。

表达了怡情适性，宁静致远的心境。但是病痛给予王象明更多的是生命脆弱、时光易逝的体验，他的诗中往往病愁相伴，“病里对之如胜友，愁来喝下一枯僧”（《盆梅》），“久病耽愁与闷萦，闲云静锁绿窗生”（《不寐》），“江天日暮惜支离，病里忧怀百不宜”（《吊王补之》），王象明在《不寐》中对病中的状态、病痛的体验进行了真实的描写：

> 十指风麻万缕缠，愁肠反侧不成眠。血枯渐似霜前草，筋缩犹如月上弦。白发萧骚调鹤息，青山简点卧牛篇。玉炉香爇漏壶永，风送寒声雁唳天。（《不寐》其二）

前两句是对十指风麻、血枯筋缩的病中身体状态的描写，后两句是对自己孤寂萧骚的精神状态的描写，营造出冷寂凄清、孤独愁闷的氛围。由身体之痛延伸到精神上的苦闷。王象明在诗中还写生命的渺小、空幻，“身如焦螟意如嗤，遮莫缘中是我谁”（《无题》），“繁华不入蝴蝶梦，幻妄偏劳虾蟆更”（《不寐》其一），“浮生病发宁有几，春色何能朱镜颜？”（《山居》）这种病痛的体验使王象明的写景、抒怀之作有了清冷、幽峭的色彩。

王士禛《渔洋诗话》引王象明诗歌“足传”者，有“日日轻雷送雨声，小窗历乱竹枝横。水痕时落还时涨，枕上看山秋欲生”，“细雨新晴百草菲，含桃初染杏初肥。奚童竞扑柳花落，娇鸟时衔榆荚飞。水净欲浮蝌蚪字，苔深争迸箨龙衣。阑珊春色归何遽，帘外轻寒蜡屐稀”[①]。这些诗句均未见于《聊聊草》，而《聊聊草》中写景之作纯写自然山水灵秀幽峭的景致，偶尔流露出安逸闲适的情绪，但大部分时候受自身的病痛所影响，表现生命渺小、时光易逝的体验，在风格上没有《渔洋诗话》所引诗句的明快流丽，这既是王象明自身身体、心境的反映，也受到外部战事未休，纷乱黑暗的时局背景影响。

二

《聊聊草》创作于王象明避乱山居时期，诗中自然不乏对时局的关注，《济事》六首，写崇祯十二年（1639）清军侵入济南，如入无人之境，血流漂杵，哀鸿遍野：“兵燹弥天似蚁临，血魂磷火夜阴阴。海鸿寒戢哀于野，梁燕春归巢在林。胡马直倾威虎豹，将军深避按辰参。长安望断甘泉信，不谓丸

① （清）王士禛：《渔洋诗话》卷上，袁世硕主编《王士禛全集》，齐鲁书社 2007 年版，第 4759 页。

封竟陆沉。”（《其三》）王象明痛斥将官临阵退缩，致使百姓陷入水深火热，昔日军容整齐，威势赫赫，而一旦面临危难则藏头缩尾，“十万军容云外影，狗韬读罢缩头藏”（《其四》），对引清军入济南的孔有德部痛恨不已：

逆贼买窜反降夷，又赂三军顿六师。笳剧倒戈狐架虎，恩斯反噬母哺鸱。材官若个通三步，御史谁人号四其。扫荡无人亦已矣，咆哮士马更堪悲。

孔有德部崇祯四年（1631）发动“吴桥兵变”，反攻新城、登州、莱州，崇祯十二年（1639）又引清军南下，屠戮济南，两次战事，山东地区均遭受重创。王象明猛烈抨击其不报国恩，反降清军，助其气焰。又论诸将领“复受参貂，听其跳梁，不负朝廷豢养之恩，蟒玉之荣乎？欺君卖国，流毒中夏，而官兵淫惨，更甚天下，事尚可言哉！”在位者收受贿赂，任清军横行，欺君卖国，流毒更甚。这是王象明对明末黑暗的政治现实和即将崩溃的国家、社会的认识和反思，悲叹世道没落而又无可奈何。他病重时有《病中预辞世作》，写“虏功”“虏警”“虏遁”三个战事状态，表达自己欲上阵杀敌的志向，虽病痛缠身，不改忠心。

王象明这类作品是面对战事惨烈，时局混乱的现实而发出的激越之音，笔法纵横，情感跌宕起伏。王士禛曾云：“十八叔晦甫（象明）著《鹤隐》《雨萝》诸集，才不逮考功（象春），而欲驰骤从之，故时有衔蹶之患，未能成家。”[①] 将王象明与王象春进行比较，王象春才气奔轶，时有齐气，诗歌笔势纵横，跌宕多姿。王象明诗亦体现出造境奇特，纵横不羁的特点。徐日升所言“畅所欲言，极所不能言”[②]，就是指王象明诗的这种气势宏大的风格。他写景的诗从大处着眼，“空山落叶风凄凄，云暗云开水咽溪”（《冬山》），“天根泻汉鼍宫倒，山岫翔龙蚁穴封”（《夏雨》），写书斋生活、友人赠答亦以阔大纵横之势展开：“风生霞绮麈毛柄，雨沐天花狮子床”（《再怀元明》），“武库月函千万卷，婆罗云斗七重楼”（《沈雨若寄我秋心草，裁报为谢》），“煮石之方将海煮，量天有步可江量”（《赠李冶乡》），皆有跌宕纵横的气势。

此外，王象明还用“怪石”“枯瘿”“擎鳌”“琴川”“龙吟”“风涛”等意象与离奇的境界相结合，形成“俊削灵庚”的风格，《秋雨》云：

---

① （清）王士禛：《居易录》卷十四，袁世硕主编《王士禛全集》，齐鲁书社 2007 年版，第 3946 页。

② （明）徐日升：《山居吟叙》，王象明《聊聊草》，北京大学图书馆藏明崇祯间刻本。

秋来冉冉野云生，蕉叶桐枝滴水晶。菡萏欲残黄雀泪，芙蓉催老鲤鱼声。山迷不度潇湘雁，雷动惊飞汉武鲸。怪尔志和招不得，青蓑绿笠一舟轻。

颔联想象奇特，颈联境界阔大，气势飞动，营造出奇妙开阔的境界，很能反映王象明创作的风格与追求。

三

《聊聊草》一卷，目前存崇祯间刻本，藏北京大学图书馆。半页八行，行十八字，白口，四周单边，上单鱼尾，版心镌“兜玄集”。为王象明门人单民功、傅中华校，社友徐日升作序，并有王象明《兜玄集自序》。徐日升序云：“壬申春，辽贼之乱，余与合甫君游地阳丘之南。”[①] 壬申为崇祯五年（1632），王氏于前一年遭受“辛未之难”，避难于长白山。徐日升，字孟明，山东长山人，与王氏有姻亲之谊，交往甚笃，序中所言“辽贼之乱”，即“辛未之难”，因孔有德部多为辽东人，故称“辽贼”。其中《济事》其六又跋云：

孔贼昔年叛逆，据登攻莱，靡金钱者数十万。不即殄灭，诸将官受贿卖之而逃，今乃携虏内犯，南下千里，曾无一兵阻之，竟破济南，血流漂杵。[②]

崇祯四年（1631）至六年（1633）的辽兵叛乱，以孔有德率部海上降清结束，不久后引清军频频南下。崇祯十二年（1639），清军侵犯济南，屠戮百万，王象明跋文中所指即此事。故《聊聊草》所收诗作始于崇祯五年（1632），最晚至少至崇祯十二年（1639），共 75 首，皆为七言律诗。“聊聊”有聊以自娱，姑且听之之意，王象明自言其诗作非骚雅之音，“予之诗不足歌，不足咏，入耳而秽”，恐污世听，故名其集为“聊聊草”。

本书整理王象明诗作，以北京大学图书馆所藏明崇祯间刻本为底本，根据康熙《新城县志》等作补遗，并附相关传记资料，以供参考。

贺　琴

2023 年 3 月

---

① （明）徐日升：《山居吟叙》，王象明《聊聊草》，北京大学图书馆藏明崇祯间刻本。

② （明）王象明：《聊聊草》，北京大学图书馆藏明崇祯间刻本。

王象明集目录

聊聊草

聊聊草

山居吟叙

壬申春辽贼之乱，余与合甫诸君避地阳丘之南，昼日清寂，山鸟闲鸣，但行人北来，信稍平静，辄私祝太平可期，举酒问月，穿洞漱泉，揖老樵而求蹬级，若不知辽贼之驱，而纳诸此也。余笑谓合甫诸君:“贼虽离析我家园，然与我以山林泉石之观，塞翁失马，未必非福。”每有登眺，辄欲濡毫，而兴致所感，倏复败溃，固才情之不酣，亦愁缘之未断耳。合甫独于朝晖夕荫，领取殆尽，得诗成帙，弟授而读之，辟境离奇，俊削灵庚，畅所欲言，极所不能言，如钟钟然，如钟鼓然。昔太白在司空原，子美在夔，皆以避难吟讽，冠冕大唐。今者小蠢不日荡平，倘有编时事、采微言者，删定一家，以成实录，合甫此编可备风谣矣。弟偶黑甜而起，聊草数语，正如野草山花而簪西子之首，知其唐突多也。

社弟徐日升顿首具草

兜玄集自叙

耳中有国，其名兜玄，国之中人民城廓、禽鱼花木，别一天地。耳微窍耳，不几诞乎？蚊之睫，焦螟有巢；蜗之角，蛮触犹争，兵甲数万，逐北句五日而返。况耳之中空空洞洞，境界如许，渊不可测也。何与于诗而以名集？夫诗，声也，入耳而悦，可歌可咏，姑以娱之兜玄中，宁无耳食者。何与于予之诗？予之诗不足歌，不足咏，入耳而秽，顾比于禽鱼花木，别一天地，不几诞乎？否否。耳劳则名，骚曰耳聊，聊而未止，恶其聒耳也。蛙鸣聒聒，朗师止之；瓢声聒聒，巢父弃之，耳根清净，堪比蜩沸耶。然交趾有壶卢，置十二簧成韵，雨蛙两部鼓吹，又何以说？总之，耳不择听，籁从心生，聊适其适。兜玄有国，国复有耳，声声递聒，宁有穷期？聊聊不休，以当壶簧蛙鼓之聒，吾惧夫世之耳之厌之也。火齐类珠，碔砆混玉，天有籁，地、人亦有籁；雷有声，瓦缶亦有声；八音有奏，虫音鸟语亦有奏，《骚》《辨》有歌，《邪浒》《欸乃》亦有歌，吾又惧夫世之耳恶其乱之也。山谷所以信目不信耳，予作既无雕章，又乏缛采，恐世人掩聪塞窍，若龙之耳、儋之耳，嘈嘈罔闻，曾壶簧蛙鼓之不如也。初焉任其逸去，继而存之，存之不已，一再灾梨，为《聊聊草》云。聊草《蚓鸣三卜草》《秀野园瓢余草》《来鹤诗》，口业难消，耳障深重，枕大海之流不足洗世耳，顶梁王之忏不足悔口过，宁不为兜玄国禽鱼花木之辱，奈何！

王象明漫书

虏既遁去，病亦不死，怜此春新，彳亍强步，间一闲咏，消此病魔，虽不善推敲，稍近自然矣，姑存之。

春山

积雪残融百道流，树枝鼠耳发青柔。人行逐影蚓盘径，风过嘶声蝉噪秋。野鸟飞飞上下去，山樵聒聒低昂幽。寺中僧老击清磬，篆袅经翻斜日头。

夏山

历落山花不识名，新雏初试羽流声。千岩万岩日澹宕，东峰西峰云乱生。水转溅珠拂怪石，风来戛玉鸣枯瘿。扯攀百丈鸡脐蔓，直蹑崚嶒削壁砰。

秋山

气澄萧飒天与通，月澹蟾蜍虚映空。山岫云生忽披靡，仙家客至拨迷蒙。燕飞剪剪芙蓉雨，萤乱星星兰蕙风。露湿秋衫添海鹤，日霞丹螯冷江枫。

冬山

空山叶落风凄凄，云暗云开水咽溪。饥鼠窥天番碧瓦，道人和雪煮青泥。黛岑松影偃虬卧，玉篴梅花舞鹤迷。冰魄月轮孤且冷，闲消一局墨狻猊。

新春雪霁

新来柔草绿融融，白发留之伴病翁。鹳鹆有声欢日母，琅玕时飒堕春虫。倩藜行水看云处，试茗烹云待月中。利焰名锋俱贴伏，因而世事等苓通。

山居

芒动天狼照此间，胡奴饮马燕然山。画身已置石岩里，纪氏应从海鸟班。阊阖门前仍皎月，昆仑顶上耸烟鬟。浮生病废宁有几，春色何能朱镜颜？

寄怀张元明、柴雷门

却羡诗成御列风，有如晴岫撑青空。阶前锄月种瑶草，案上染云戏海鸿。清事自归张仲蔚，时名陡属应三红。女郎山下蒹葭冷，渭树江天一爨桐。

再怀元明

其人精舍美铺张，汉篆秦镌鸟羽翔。以拾瑶华时问月，又集薜荔秋为裳。风生霞绮麈毛柄，雨沐天花狮子床。吞吐云梦者八九，绣江波涌垌聊浪。

病中寄徐起卿景宁令前更名刘起，字伯羽

万叠山中领簿书，尽供吟眺永居诸。花封有锦才堪制，药饵无灵恼欲锄。千载虬髯能避地，一时螳臂敢当车。恰怜范叔名张禄，节气崚崚玉不如。

柳庵黄太史索予《来鹤诗》，因折节下及，有赋

玉堂品物自纱笼，敢尔班门荐技虫？金石文章两汉笔，烟霞骨气六朝风。燕台阅士能收骏，豫里封藩奉剪桐。调鼎无人虚左席，沙堤好筑禁城中。

盆梅

风袅梅魄妃子灵，幽香袅袅玉层层。月横雪霁胭脂冷，云霭窗明叆叇增。病里对之如胜友，愁来喝下一枯僧。江南春色应先到，蝶梦迷离恕未曾。

奉侯冯大参尔赓、冯给谏尔韬两词宗

水满慈湖玉结文，山川灵秘世于君。三吴照胆江初静，十载忧心草欲焚。骚赋维时难伯仲，才华异代傲机云。擎鳌炼石寻常事，朝野咸推稷契筋。

济事

跳梁奴马歼齐城，如入无人千里轻。补衮平章能裹甲，绣旗元帅惯呼庚。原中肝脑屠涂地，塞外貂参辇到营。且味清人河上句，谁怜鹊印答生平？

二

九重日日抚三韩，狼子野心鹰眼看。不以干戈酬覆载，甘于弓马事可寒。岳坟夜月分尸桧将皆卖国，曹氏之云自号瞒。堕损名城如拉朽，恨无焚草扰千官。

三

兵燹弥天似蚁临，血魂磷火夜阴阴。海鸿寒戢哀于野，梁燕春归巢在林。胡马直倾威虎豹，将军深避按辰参。长安望断甘泉信，不谓丸封竟陆沉。

四

曾无一组系名王，毳帐腥膻泺水傍。矢节藩王存社稷，建牙开府慕旗常。殉身纵有睢阳牧，对垒谁其赵伏羌？十万军容云外影，狗韬读罢缩头藏。

五

昴毕从秋灼灼明，此间苦虏复遭兵。虏氛凶煞声如犼，兵焰狂锋吞若鲸。藩□□□□□□[1]，元戎跃冶始南征。尸横狼藉鸱鸢饱，鬼哭魂游怨未平。

六

逆贼买窜反降夷，又赂三军顿六师。笳剧倒戈狐架虎，恩斯反噬母哺鸱。材官若个通三步，御史谁人号四其？扫荡无人亦已矣，咆哮士马更堪悲。

孔贼昔年叛逆，据登攻莱，靡金钱者数十万，不即殄灭，诸将官受赂卖之而逃。今乃携虏内犯，南下千里，曾无一兵阻之，竟破济南，血流漂杵，诸将复受参貂，听其跳梁，不负朝廷豢养之恩，蟒玉之荣乎？欺君卖国，流毒中夏，而官兵淫惨，更甚天下，事尚可言哉！

沈雨若寄我《秋心草》，裁报为谢

骚人书屋枕江流，寄我秋心字字愁。武库月函千万卷，婆罗云斗七重楼。雁栖岚影琴川冷，鹤梦香浮桃叶秋。鳌足欲擎词赋手，狂呼贯酒鹔鹴裘。

---

① 原文此处缺六字。

无题

身如鶗䴂意如嗤，遮莫缘中是我谁？步杖几层及仑者，寸鳞也去鼓之而。聊于古句收三以，且自闲庭味四虽。漏水咽流子夜永，起看月色果何其。

又

解果一庵邋遢名，中存庋阁夜翻经。恶池酗酱须摇至，句娄掺差扶服行。㶉鷘溪边朒朓月，鹧鸪枝上格磔声。何年身毒传僧碣？赑屃峄隗绣藓生。

白下僧

名山天下属僧刹，水绕秦淮绿一浔。燕子矶头芦叶渡，鸡鸣山上昙云深。诗敲萝月烟霞气，偈飒松风钟磬音。收拾太青梨枣字，竹枝夜夜伴龙吟。

傅远度为季木兄社友，得识高谊，欲卜居其处，有咏

六朝金粉未全销，季木同君风雅饶。诗句每酬牛首月，雨声时送燕矶潮。修期一代才华美，说命三章曲蘖调。云锁乌衣原我巷，敢寻旧垒羽翛翛。

淮上张紫霞远寄扇诗答谢

于时系艇河之渍，君至月明屋纳云。齐楚联封绣欲错，黄淮一线练初分。露筋庙古湖光冷，漂母祠阴鹤唳闻。多尔图南缄碧字，诗裁洛体写鹅群。

怀姚子云、刘瑞当社友

当世文章牛耳盟，云亭藜阁擅词名。湖分西子吴山晓，江到曹娥越水清。拾翠采琼天半雪，林梅苏柳树头莺。秋来八月雷门吼，潮射钱溏风雨声。

不寐

久病耽愁与闷萦，闲云静锁绿窗生。繁华不入蝴蝶梦，幻妄偏劳虾蟆更。九转辘床潮倒海，六通台镜月空楹。支离瘦骨鸡声度，帐卷流苏湘竹横。

又

十指风麻万缕缠，愁肠反侧不成眠。血枯渐似霜前草，筋缩犹如月上弦。白发萧骚调鹤息，青山简点卧牛篇。玉炉香爇漏壶永，风送寒声雁唳天。

春雨

果然春雨贵如油，不道江南颇似秋。云静无声能润物，庭幽有伴自鸣鸠。胭脂杏滴鲛人泪，袅袅棠娇妃子愁。新燕掠风欢试羽，烟岚绿缛野平收。

夏雨

雷声忽送雨千峰，覆瓮番盆云气浓。才过黄梅到三伏，偶飞石燕早初冬。天根泻汉鼍宫倒，山岫翔龙蚁穴封。朱鬣玄冠来海上，快风涛涌洗苍松。

秋雨

秋来冉冉野云生，蕉叶桐枝滴水晶。菡萏欲残黄雀泪，芙蓉催老鲤鱼声。山迷不度潇湘雁，雷动惊飞汉武鲸。怪尔志和招不得，青蓑绿笠一舟轻。

冬雨

十月风来十八姨，天街雨湿荐琼卮。旋过松叶辗龙髯，细洒梅枝绽虎蹄。泼面浓云为报雪，空庭黑雾复成丝。老农庆语三春稔，更卜江南肥茶旗。

奉候晋江李鹿巢宗师

去国悬车直若弦，文昌高并九嶷巅。山云杳隔四千里，杖履遥瞻二十年。春到濂溪心月霁，涛惊太白笔花鲜。万安桥锁风波海，身耸乔松伴鹤眠。

鹊声

檐鹊忽来送好音，半窗旭日覆松阴。新云绮毿呈鼌彩，远岫晴皴散晓林。春色已将天巧半，花朝惟许月华侵。乡愁果得平安字，柳荡榆舒慰客心。

唐宜之昔寓鹫峰寺有《旃檀佛纪》

门对江涛涌夏雯，珠玑字字扬灵芬。焚香译写《金刚咒》，招月重缄玉检文。犀到眼波思照海，花生笔阵欲参云。旃檀佛像飞来异，石碣摩挲诧始闻。

寄何非鸣

三年报政豫章成，翰院文章豸史名。帘卷冰壶同月冷，庭留琴鹤与风清。每怜夜雨愁心事，自隔江云泥友情。圣主平台频赐召，好将丝谷慰苍生。

吊王补之

江天日暮惜支离，病里忧怀百不宜。千古有文同琬琰，一时联句奏埙篪。言言药石生乎我，处处云山携者谁？竹籁松声空夜月，赤虬乘去到今疑。

赠嘉兴吴与之并及令器有王

门前秀水绕花村，旧是浣纱殢女魂。何处蕙兰抽草蒂吴傲？君家桂斧砍云根。临风持蟹堪酬酒，月夜含饴复弄孙。自是春来景色好，休言三径菊松存。

赠沈曙白，兼求选较门人课艺

案罗宝轴户常扃，松到窗前夜雨醒。桃李心花开烂熳，斑金笔浪扫雷霆。三春卧雪葵怜足，六月抟风鹍试翎。天外数峰青欲染，知君弄瑟鼓湘灵。

赠李冶卿

酒量诗才不世狂，青莲为字玉为堂。鹅黄蚁绿倾鱼尾，兔角龟毛付鸟章。煮石之方将海煮，量天有步可江量。六壬六甲多灵秘，露宿云餐水一方。

闲坐

勺水澄幽紫石潭，莫将蜀锦饲金蚕。不堪事到何须七，正好休时宜者三。松拂檐云来斗北，桐留山月可狐南。声声哯晥黄鹂啭，斗酒林间双臂柑。

病中袁聚五过舍

总似颠当闭户居，病中怜汝汝怜予。汝来水母劳虾助，予正蛩蛩藉距虚。檐外新云欢聚散，花间好鸟语踌躇。繁华春事休轻掷，仔细评章杯酒余。聚五病目，予正病足。

单仲甫邀山庄看绿梅花，同陈孔昭

新晴染黛浴螺光，万里春来玉蝶将。梅品之中果绿萼，更于谱内擅檀香。日华御苑文章气，月澹罗浮素女裳。剩有阴何酬胜事，病中领略也神王。

月令诗

鸡骨搘床，竹烧药灶，客有以月令命题者，长吉有《府试》之章，用修有《泰和》之曲，芜词俚句，不亦西子之颦，邯郸之步耶。

元旦

唯于次日卜晴晖，梅绽松明媚客衣。酌取屠苏属我后，散将蛱蝶匝枝飞。镜添白发愁先觉，云逗青山雁欲归。稚子阶前烧柏叶，也知新色到三微。

立春

一年胜事始于东，二十四番花信风。海气初飞翡翠羽，园林早动胭脂虫。柳舒残雪丝千缕，竹拂新云玉几丛。簌簌春盘添野荠，江梅破腊蕊珠融。

人日

从来人七怕阴寻，谷到鸡猫刻刻阴。天既弥漫封日月，我因懵董老身心。樽前梅落妆添额，胜里花寒巧耐金。此际题诗兼卧病，云山愁望故乡音。

上元

酬尔一杯柏露浆，千门列炬万星芒。风来太乙云祠火，露荡素娥月魄裳。锦绮罗传柑子嗅，临光宴撒荔支香。无人能破昆仑胆，却恨笙歌少妙章。

花朝

娇鸟啼声万木知，嫣红嫩绿满新枝。风来尚歉催花鼓，杯到能无扑蝶诗？柳绾春愁烟雨重，月当午梦野云痴。虾须帘外飞香暖，蜂拥莺猜叫窃脂。

社日

习习风来渐落梅，以殷春仲动三推。细君遗得上方肉，老耳堪倾此日醅。巢燕新修花下屋，听鹰早到柳间台。好祈新水浇翁母，试击村村社鼓催。

上巳

士女溪边祓不祥，赠将芍药野徜徉。禊修稽水兰亭上，祉迓龙桥蚕市傍。细雨丝丝穿燕羽，轻云片片露花房。名王饮马谁能组？敢借波心一剑芒。

清明

春送来禽寒食天，红销楚女瘗云烟。酒浇荒垅魂犹碧，泪洒长空血欲然。蝶梦乍惊花瓣落，莺愁不断雨丝牵。龙星有禁司烜氏，戴胜初飞柳正眠。

四月八

九龙吐水梵王家，灌顶香生佛浴霞。宗伯致祇修禬魅，浮图结夏会龙华。竹抽翡翠藩苔径，樱熟珊瑚障乌纱。日永庭幽欢稚子，雪飘柳外扑飞花。

立夏

新槐蒙冗乳鸦栖，荷叶初翻绿满溪。嫩竹千竿鸣紫燕，轻风百啭送黄鹂。松花带露烹茶鼎，蕉叶和烟漾酒旗。洒洒窗前夜雨歇，月明遮莫子规啼。

午日

玛瑙壶泻硃砂觥，鹳鹆舌尖鹦鹉声。镜铸江心堪祠雨，蟾搜日午可销兵。窗前蒲叶垂青带，槛外榴花簇绛英。腊属王侯天马出，新蜩清细晚凉生。

夏至

伏阴初动热云封，门对青山处处松。夏半药苗生半夏，冬忍霜蔓抽忍冬。月行赤道漏壶短，日永苍龙花景重。竹醉堪移千万个，疏风快雨梦窗舂。

六月六日

火龙热蟒云离披，协洽于时祀伏祠。书锡昔年留贶节，雨倾此际是濯枝。千寻山色松声落，一径竹风月影筛。枯腹何堪曝日下？黑甜一枕仿希夷。

立秋

才荐新凉暑便清，波澄夷则送三庚。梧桐露滴珍珠雨，芦荻秋鸣翡翠声。花簇蜂须香欲湿，风敲蝶粉腻无声。千山云剪天孙巧，染就螺光黛绣明。

七夕

萤火高低宕碧空，一天月色隔帘栊。黄姑细细悬麻雨，缑氏徐徐驾鹤风。鹊羽欢迎银汉渡，蛛丝巧送绣窗工。佳人秘有宜男蜡，衣怯青山削瘦容。

中秋

璃宇风高净泬寥，云开月到举杯邀。天上玉鸾时度曲，江中白马夜乘潮。珠胎吐晕晴光满，蟾魄流辉花影摇。客至钟陵游谳地，峰头跨虎访文萧。

秋社

一天风雨自西催，稻刈黄云野满堆。燕羽回翔辞垒去，山光历乱拂衣来。水澄月碧砧声急，露重花垂鹤梦猜。柳老花残日欲暮，寒江秋冷热心灰。

霜降

驷见霜华半夜飞，花情寥寂蝶来稀。云容白黑旋收雨，野态青黄促落晖。雁过数行江上月，山横千叠客间衣。丰钟鸣罢枫林染，盼杀闲窗鸜鹆妃。

重九

九日登高风雨赊，深红残绿染鼋霞。蒋生松下三三径，殷氏鹤林七七花。黄菊正肥酒旆杳，青山渐瘦雁行斜。茱萸囊怯芭蕉露，芦月云封室似蜗。

十月一

日在龙猇虹始收，上方初赐盘□裘。橙黄橘绿焦明雨，沙白山青鹈鸩秋。垅上寒衣几处泪，闺中征妇五更愁。小春此日花能艳，酒熟暖炉村会瓯。

冬至

荔挺初生广莫空，霜痕鹤步玉璁珑。阳回玄籥子之半，地转天根雷在中。竹影翠凝窗外色，山光青曳树头风。晷添绣线红于染，早绾春愁听雪鸿。

腊日

山井仙家漾碧泉，每当腊夕泛椒烟。荒村有腊迎猫虎，恨我无方绾岁年。香满梅花寒雁唳，霜栖松韵冻龙眠。农炊漫说穷愁事，仿白阴方祀灶前。

除夕

岁尽方知老不胜，寒窗简点总无凭。杯传柏叶家家酒，火爇沉香院院灯。宦况每羞龟纽镜，春衫先试鹤文绫。送穷自分无佳句，却定禅心会七能。

闰月

龙辔何迁来岁迟，岁功以闰乃成时。数回有度奇归扐，气动余灰琯剩吹。三五又添明月夜，七十二候好花期。暑重寒叠暗催老，秋水春山醉酒卮。

附病中预辞世作

启期三乐幸为人，清福清时度此身。寿数甫能周甲子，业缘无计避庚申。名山有约酬何日？华发虽侵觉倍春。世报国恩饶尔辈，但须玉洁不沾尘。

颇厌尘封即去来，再生好具风云才。风能挟虎文成变，云自乘龙世与媒。认取菩提原有性，炼修婴姹不凡胎。今番恨悔无及矣，笛里声声吹落梅。

四大本非不坏身，何须木液草皮津？桑田瞬息犹沧海，泉石何曾恋故人？南面之王曾足乐，西方有会自相亲。九原如起一相问，冢骨谁经百过春？

祖宗式谷贻之孙，地厚天高君父恩。世业图书三万卷，守雌道德五千言。田虽硗土堪伏腊，家有清风袭荏苏。我去漫漫原此世，月明孤冷自花村。

从此此身号最闲，鸟飞振羽倦知还。传家有箦华而皖，愧士无文狸复班。为爱芙蓉饶黛色，不须芝术驻朱颜。一声长啸归来晚，省得移章笑北山。

纷纷胡虏绕危城，羽檄兵集睡未醒。病里指挥如意舞，月前臂挽扑姑鸣。鹤惊淝水英英气，瑟鼓齐门与与声。蟒玉蟠花戏下将，蝥弧何处阵云横？虏攻

志在擒胡奈病何，震邻胡马渡清河。时劳肢脚多沉痼，世矢忠心未尽磨。蘸笔犹浓草露布，勒山余烈壮檀罗。奴虏南下千余里，愧煞将军枉荷戈。虏警

兵气销为清晏风，菟裘今得老其中。纵然秦国七朝哭，不及天山一箭功。魏生同玄一箭而虏遁。发变每从愁病扰，春深反觉乱离融。处堂燕雀添杯酒，诗就镂雕小技虫。虏遁

补遗

诗

阙题

细雨新晴百草菲，含桃初染杏初肥。奚童竞扑柳花落，娇鸟时衔榆荚飞。水净欲浮蝌蚪字，苔深争迸箨龙衣。阑珊春色归何遽，帘外轻寒蜡屐稀。

（《山左明诗钞》卷三十一）

阙题

日日轻雷送雨声，小窗历乱竹枝横。水痕时落还时涨，枕上看山秋欲生。

（《山左明诗钞》卷三十一）

游锦秋湖

水平舟稳趁时开，怯雨多将龙具来。岸上远山为客主，风前过雁与秋媒。厌携莲药留双蒂，乍馔鲈鱼验四腮。云意常遮多胜处，长年也解不相催。

（康熙《新城县志·艺文志》）

来鹤亭诗

天风澹宕鹤翩飞，华表千年今日归。定有江妃摇玉佩，还惊洛浦弄珠衣。声余焦尾云裳冷，孤并蟾蜍月魄稀。我自忘机谁具眼？知君不为稻粱肥。

（康熙《新城县志·艺文志》）

挽湧空禅师

面壁禅关十二年，一朝顿了大乘禅。犹嫌只履还多事，杖锡西飞觉性圆。

（康熙《新城县志·艺文志》）

文

重修文庙募缘疏

伏以揭日月而行中天，圣道光昭万世；饬宫墙而崇禋祀，钜典辉映百王；众谋即是神谋，文运有关世运，古今同轨，隆替由人。自夏、殷、周以迄今，惟在敦典庸礼，顾校序庠而思义，无非觉世牖民，近启一代之人文，远绍千年之正脉。欣逢泰道，大启文明，维我桓台，夙称材薮，民贫土瘠，不见异物。而迁户诵家弦，幸有同文可守，人学睹规模之壮丽，宛坐春风，秩祀习俎豆之威仪，俨登阙里。二百年名儒踵接，虽缘地气之灵数，十科甲第龙翔，良由圣心之享。历年既久，旧制渐颓，殿宇倾摧，丹青漫灭，灵神安所栖止？精气何以潜孚？目触心惊，事因时举，幸遇本县老父母、本学老宗师，望重斗枢，人归冰鉴，首重菁莪之化，大弘时甫之风，长育群材，培养士气，思起衰以济弱，先辈故而鼎新。但计制课工，既非一栋一榱之任，而呈材较力，又岂一手一足之能？加孤田间，信所不忍，取盈公帑，更复难支，惟萃众心，可成盛举。凡我庠士，上溯乡绅，人怀好义之心，共切维新之愿，事在不容缓，则年不必顺成，人之所乐为，则力自可齐一。维风起敝勤，率作以鼓群情，累寸积铢，捐金钱而襄众务。群工毕效，百废皆兴，将使自正殿及文昌，璇题日耀，由翼庑暨陛戟，杰构云飞。由路入门，其遵轨度，升堂入室，咸切就将，谁肯身弃门墙，会见化衍洙泗，奇袤顿复乎先进，文教大被于遐陬。挽世变之江河，作士人之忠孝。斯文丕振，欣际会于风云，圣化聿隆，庆光冲乎牛斗。羊角扶摇万里，重新礼乐，三千翚飞，赫奕三济，永壮山河。十二谨疏。

（康熙《新城县志·艺文志》）

附录

十八叔祖晦甫（象明）著《鹤隐》《雨萝》诸集，才不逮考功（王象春），而欲驰骤从之，故时有衔蹶之患，未能成家，今刻版仅有存者。

（王士禛《居易录》卷十四）

赠雨萝十八弟

孤瘦松枝咽冷泉，其人萧飒似秋弦。室中无物同时制，座上多朋是胜缘。诗腴兼收京洛体，墨魂偏纪永和年。南山有壑藏幽碣，非尔谁能踏古莲？

（王象春《问山亭诗》）

和十八弟来鹤诗

空亭长日坐无聊，热羽尘翰久寂寥。何事浮丘回飒驭，瞥然丁令问山樵。孤松漫当双珠树，三径犹如万里桥。共订岁寒餐白雪，青田春暖任扶摇。

（王象春《问山亭诗》卷七）

王与玟集

王与玟与《笼鹅馆集》

一

王与玟（1606～1642），初名与焕，字文玉，出于新城王氏，祖父王之猷为王重光第七子，万历五年（1577）进士，官浙江按察使、淮阳兵备道。父亲王象丰与王象艮、王象明为从兄弟，曾任直隶定州守备、山东临清都司、昌平游击，授安远将军。王与玟为王象丰仲子，行六，幼时过继给叔父王象春为嗣子，从之游宦邸。六七岁时王象春携之见莱阳宋继登，宋氏为其幼子向王象春乞名，王象春曰："畴夜吾尝梦神人以奇篆视余者，裹以五色云，其文曰'玟'，夫'玟'为文玉，两儿可同名字也。"遂改名与玟。

王与玟少年颖慧，深受王象春喜爱，期许甚高，然一生困于场屋，科举不利。天启七年（1627）乡试，颇得考官灵寿耿公赏识，欲置为解元，因其策语多指斥魏党而被监者黜落，此后意颇寥落，购奇书，纵猎自喜，旁及古法书、名画、敦彝、印章、酒枪、茶具之属，尤工行草，书法入李邕之室，尺牍有苏、黄之风。林棠谓其"名理则平叔避席，博物则公孙胶齿，谈经则匡鼎五鹿，解颐折角，至其笔端更饶临淄之棒，麻姑之爪"①，其性情佻达不羁，跌宕工滤，有魏晋之风，"乐游繁华之地，甘老温柔之乡"，名噪一时，诗笔才名颇为时人所称。王与玟又以气节为重，崇祯十五年（1642）清兵南下至新城，王与玟入慰老母，出倡族党，拒战城东，被执后慷慨殉难。

王与玟处于易代之际，英年早逝，又因著作毁于兵火，其一生行迹难以确考，从诗文来看，他一生活动的地方大致在京城、济南和新城。其入京当有求官之意，"敝裘垢尾走京尘，幸际同舟在比邻"，"嗟我兀然萧寺里，仗君一为指迷津"②（《长安步张季筏韵》）。他在京中纳妾李姬，情感颇笃，后因归乡生活贫窘又遇荒年，不得已忍情而止，李姬亦因病去世，王与玟为其作《悼亡诗》以寄哀痛。

王与玟一生科场失意，大部分时间在新城度过，与从兄王与壁、王与胤，弟王与阶、王与试，外甥徐夜等论诗倡和。《笼鹅馆集》中《题百斯兄东园》《侍

---

① （清）林棠：《笼鹅馆集序》，王与玟《笼鹅馆集》，国家图书馆藏稿本。

② 笔者注：此处及下文所引王与玟诗皆出自《笼鹅馆集》，国家图书馆藏稿本。

御兄惠园梅》《过寿胥弟园》《为寿胥弟纳湖女为侍儿诗》《鸲鸣第一曲和徐长公》等皆为王与玟与诸兄弟亲友的倡和之作。

王与玟与与徐夜交谊最深，徐夜三岁以后长期居外祖王象春家，王与玟年长徐夜八岁，舅甥之间常一起游览、论诗、倡和。二人同出王象春之堂奥，在诗歌创作上彼此欣赏。徐夜有诗云："问山亭已颓，替人犹未起。竖子尽英雄，欲变楚汉垒。吾辈守樊篱，斗间支柱耳。以舅为高轩，李贺仍未死。"(《王文玉六舅傍夕来露坐纵谈，是时始暑，因次其语成句》)他认为王象春之后，王与玟有李贺之才，入问山之室，在诗学上继承了王象春。

王与玟聪慧过人，才思敏捷，徐夜回忆幼时王与玟、王与阶相聚谈诗，王与玟诗成最捷，"至一韵得十数联，人方刻意求思，舅（王与玟）已投笔拍案"[①]，舅甥常联床夜话，率然戏语，相为笑乐。《笼鹅馆集》中有王与玟与徐夜尺牍16通，谈古论今，尤多论诗之语，二人往来谈笑，随意戏谑从中可见。其中一帖云："《问山亭诗》，今日始得一较，愚以为不必去取，留其权与选者耳，子柔意亦如是。"[②]子柔为王象春门人姜一蛟，曾校王象春《齐音》，王与玟与徐夜、姜一蛟曾同校《问山亭诗》，并保存其原貌，未作删减。徐夜有《春词》，王与玟谓"声调轻软，煞是当行，使如铁崖者见之，当深讶此伧，不殊与寒山石对语矣"[③]，他们切磋诗艺术，相互启发，王与玟云："时事形于梦想，梦想发为声歌，乃理之固然者。向未曾经历，妄驳唐诗中初、盛、晚，不过谬为剖别，以日前之事证之，始信古人立说，胸中定有酌见。"[④]在与徐夜论诗之帖中透露出自己的创作观和早期对唐诗的认识。王与玟颇看重徐夜的诗歌才华，尝有"对甥形秽之叹"，谓其出自"问山正派"，引以为知音。王与玟与徐夜在诗歌方面观念相投，在个人命运上，都有怀才不遇的感叹，对明末纷乱的社会政治都表现出深深的忧虑，他们都有着姜桂之性，节义不屈，明清易代，王与玟殉国难，徐夜入清后则坚志不仕。从个人性格、气质到诗歌观念，都是新城王氏家族氛围濡染的结果，尤其是受超逸不群、博学兀傲的家族前辈王象春影响最深。

---

① （清）徐夜：《笼鹅馆集序》，王与玟《笼鹅馆集》，国家图书馆藏稿本。

② （明）王与玟：《笼鹅馆集》，国家图书馆藏稿本。

③ （明）王与玟：《笼鹅馆集》，国家图书馆藏稿本。

④ （明）王与玟：《笼鹅馆集》，国家图书馆藏稿本。

二

王与玟诗承继家学，徐夜谓其“选旨大要，以凄激为宗，归极流艳，故其诗亦多肖之。其合处可蓦入问山之室，而失者或病其柔曼，未必尽然矣”①。“凄激为宗，归极流艳”实为两种风格，在《笼鹅馆集》中有明显的体现：前者凄冷诡激，有晚唐李贺一派之风；后者凄艳缠绵，近于李商隐。所谓“合者”，即其所学李贺之风，在这一点上继承了王象春，其失于柔曼之处则指爱情之作的柔婉纤靡，亦指王与玟好为艳体，时人以为其英雄气短，儿女情长，然而对于这一点，林棠、荣实颖、徐夜等人在序中都有所反驳，如林棠云：“以文玉之奇，不用以运筹折冲，取笏画地，甫磨盾作檄，辄赍志结缨，谁谓儿女情长，英雄气短哉！”②所为“英雄”与“儿女”实际上是王与玟诗歌中的两大主题，与前者相关的，是他对国事时局的痛心与悲悯，与后者相关的，是他与京城李姬的情感故事。

王与玟身处明末，社会政治的危机使他产生深重的忧虑。崇祯四年（1631），清军进攻辽东关外大凌河，登莱巡抚孙元化派孔有德部增援，孔有德率军在吴桥兵变，返回山东，攻陷临邑、商河、齐东，屠戮新城，第二年攻破登州，登莱地区陷入战乱，至崇祯六年（1633）孔有德率部航海降清，此为登莱之乱。在这场战乱中，新城王氏作为地方大族，受到极大创伤，王象复、王与夔父子，王象随等守城被俘，不屈而死，为王氏“辛未之难”。在此期间，王与玟忧时伤世，孔有德围攻登莱时，甚为担忧，恨不能上阵请缨，“久雨悬知蛙产灶，重围焉有鬼输粮”，“乞救纷纷羽檄忙，何人媚寇正当阳”，“欲请尚方嗟未得，愿从侠客借鱼肠”（《家继父因莱久围不解，作忧莱诗，敬步原韵》）。莱州之围持续四月之久，其间明廷有援军相继而至，“铁骑宵征甲士忙，旌旗生色胜河阳。元凶计日将涂鼓，朝食何烦更裹粮”（《闻王师继至，陈帅渡河，庸督不敢主抚矣，仍用前韵志喜》），颇为振奋。登莱之乱最终以孔有德攻陷二城，又弃城投清结束，这场战乱持续两年，有复杂的政治原因，乱后王与玟反思：“书生白面妄谈兵，叱咤风云议论轻。角觝纸牌成底事，清言夷甫误苍生。”书生误国，纸上谈兵，当有所指。又《辽督》一诗：“文字偶然存正议，督师竟尔负深冤。更无一个真豪士，慷慨排阍为一言。”针对袁崇焕被明廷治罪处死一事，对朝堂上

① （明）王与玟：《笼鹅馆集》，国家图书馆藏稿本。

② （明）王与玟：《笼鹅馆集》，国家图书馆藏稿本。

万马齐喑，无人敢为出一言，既愤懑又无奈。

王与玟有建安时人昂扬向上的人生理想，有建功立业的欲望，“今古称贤达，乃是卿与相”，然而“志士急荣名，壮年倍惆怅”，人至壮年，功名未成，惆怅不已。其《感怀诗十五韵》展示了自己从少年至壮年心态的变化：“忆昔年少时，意气何翩翩。走马垂杨陌，呼团酒楼前”，充满了青春昂扬的气息，是王与玟自身的真实写照。壮年以后困于科场，借酒浇愁，“章句苦不解，兀兀翻旧编”，“自怜豪兴灰，对酒时复然”，感叹时光流逝，壮志难酬。

正是因为这样的失意感悟，使得王与玟诗歌时常流露出感伤的情绪。他描写村居生活的诗歌并未表现出田园之趣、悠然之乐，而是在对乡村的描写中隐隐透露出压抑的心绪：

晒麦场边南陌头，热肠消尽到平畴。挂书牛角斜阳里，点点青山醒倦眸。

诗歌呈现出的是村居生活“热肠消尽”，心绪慵懒的状态，又如《村居杂感》：

情系游丝枉苦辛，年随逝水叹沉沦。潜窥后辈应相笑，虚诵陈言未致身。胜会犹耽花底艳，何人为拜马头尘。闲居热眼今方悟，梦幻浮荣恰是真。

这是对自己村居生活的感悟，因“未致身”，故无士大夫的闲逸之情，所感受到的是年华随流水而逝，功名浮荣如梦幻般遥不可及。在这样的感悟下，王与玟时而转向佛禅，“耽他胜概聊舒傲，偶尔忘机亦觉闲”，时而看尽荣华，“蚁争蝇笑总繇他，村隐山居计亦差。自信人生行乐耳，谁云吾道果非耶”。

面对科举失意，壮志难酬，王与玟的感悟是复杂的，总体上有孤独悲郁的意味。因此，他热衷于书法、金石之学，又沉醉于儿女情长，与李姬的生离死别亦成为其创作中重要的一环。王士禛云：“再从伯与玟好为艳体，少时有《悼亡诗》，句云：‘二十五年将就木，一千里路不通书。’”[①] 王士禛对王与玟的记载和评论仅为“好为艳体”一条，虽然忽视了与玟诗的其他方面，但是指出了其主要特征。王士禛所引《悼亡诗》，是王与玟为其爱姬

① （清）王士禛：《居易录》卷十四，袁世硕《王士禛全集》，齐鲁书社 2007 年版，第 3947 页。

李姬所写，这些作品寄寓了王与玟深挚的爱恋之情，并无对女性的赏玩心态，因而称之为“爱情诗”更为恰当。

据王潆所撰《墓志铭》，王与玟在京城时纳李姬，李姬为大家女，工笔札，读书通大义，王与玟原本约定待春初迎娶，然而因生活陷入困窘，又遇到丁歉之岁，生计艰难，不得已传信李姬，使其另择良人，而李姬卧病已久，境况凄惨，加之痛失爱子，不久病死。《笼鹅馆集》中王与玟为李姬写的诗20余首，展现了他与李姬在京城相恋、分离、死别的过程。如“携手步风露，笑待绿影欹”，“悲尔遣轻掷，东来何遽忽”，其中大多写别离之后王与玟的思念与李姬死后的悼亡苦痛。《忆长安李姬》云：

> 分钗执袂问何如？浅画峨眉耐静居。二十五年将就木，一千里路不通书。晓花簪髻娇容远，夜月倾杯饮兴疏。梦向画桥东畔去，依稀曲巷认门闾。

写自己年华易逝，而与李姬音信不通，思念之情深挚哀婉，王士禛评“用古至此，可谓入化”。王与玟不仅写分离的思念、痛苦，还有悔恨、愧疚甚至怨恨的情感体验。王与玟《生别离诗序》记载：

> 比使至，（李姬）则已卧病涉旬，钗钏衣裙尽付药肆，传语敬谢来命，但病势狼狈不堪，恐无人需此病妇也。及余仆见之，则拥衾侧卧，无复旧时容色矣。仆悯其意，探余囊数缗馈焉。归来具述愁惨之状，余为之泪湿襟裾。楚骚有言“悲莫悲兮生别离”，嗟乎！余独非人也哉！乃以贫窘遣兹仳离，惜白璧之暗投，红颜之薄命。

客观来说，这是一个始乱终弃的故事，李姬“敬谢来命，但病势狼狈不堪，恐无人需此病妇也”，未必不有怨恨之意。王与玟亦歉疚悔恨，谓：“余独非人也哉！”他想到李姬“冷余榻畔双鸳枕，典尽箱中簇蝶裙”（其二）的凄凉处境，在诗中强烈地表达了自己的悔恨：“悔不纵情花下死，匆匆何事竟东归”（其一），“糊口悲尔抛紫玉，负心我愧过黄衫”（其五）；又云“玉环珍重休轻弃，川使曾期再世缘”（其六），希望与李姬再续前缘。

李姬去世后，王与玟为作《悼亡诗》，云：

> 多情多恨向谁论？百想芳容百不存。余息顾花犹一笑，深悲握手总无言。遗珠失艳深藏箧，空榻对尘久闭门。徒倚楼头人不见，哀

蝉凄咽又黄昏。（其三）

黄泉碧落两茫茫，何处寻伊说断肠？欲倩小儿求梦草，定呼妙子到稠桑。环来再世知何日，袖借幽冥泪几行。袜軨金钿消息杳，白杨红粉总堪伤。（其五）

前一首写伊人已逝，芳容不再，从李姬日常生活的闺阁庭院，遗珠空榻写起，表达思念与沉痛，后一首用想象构筑了一个恍惚忧伤的情境，表达铭心之痛，王与玟与李姬先是生离，后又死别，悼亡诗中有悲伤、凄楚、悔恨、愧疚等各种情绪的体现，“已矣旧欢皆是梦，从前何事不成悲”，这种哀伤某种程度上上升到了对生命的哀叹。

王与玟的悼亡诗在情感上真挚而复杂，艺术成就上也较其他题材高，这也是时人评价其“好为艳体”的原因。他的这些诗内容和情感并不香艳，抛开了艳体诗对女性姿态、动作等消遣、娱乐性的描写，而专注于情，表达自己在爱情中种种复杂的情感，因而显得深挚哀婉，在艺术上取得了较高的成就。

王与玟诗宗晚唐，在意境、风格、情怀等方面都与晚唐诗人李贺相合，在这一点上也受到王象春的影响，王象春诗蹈险经奇，“似温、李一脉者”[①]，其好友李若讷谓殆类李贺，李白为天仙，李贺为鬼仙，而王象春能仙能鬼，可见王象春诗亦有李贺之风。所谓“入问山之室”，即王与玟与象春学习李贺的相似之处。如《幽州马客歌》：“购来龙种世惊看，摇曳金羁耸玉鞍。曹霸五花图未肖，周王八骏比应难。喷风乱下槲山叶，曳练俄翻瀚海澜。何事朝朝驱紫陌，不知天上客骖鸾。”诗中所写骏马神气昂然，直过曹霸之五花，周王之八骏，当为天上鸾鸟齐驱，却日日被驱使于紫陌，埋没尘世。骏马是王与玟的自我象征，是对自我的写照，他渴望一番事业，以华丽的藻饰，雄阔的描写来衬托自己的不凡，在精神气质上的确与李贺相似。

王与玟诗在意象方面有明显的摹拟李贺的痕迹，“青蛇凝绿簇双桐，照日艳生花朵红”（《过寿胥弟园》），“渺望苍苍烟莽稠，红殷翠凝藏娇愁。饥鸦杂杂叫啾啾，金姑声寂鬼姑游”（《六月雾》），“浮云障日重阁暗，冤鬼号风万井悲”（《再步忧莱诗后韵》），“饥鸦”“鬼姑”“冤鬼”等意象营造的是凄冷阴森的氛围，而“青蛇”“绿簇”“红殷”“翠凝”等意象则形成冷艳的诗歌色彩。

---

① （明）钟惺：《题问山亭诗》，王象春《问山亭诗》，《山东文献集成》第二辑第28册，山东大学出版社2007年版，第717页。

王与玟虽在个人情怀与诗歌意境上与李贺相似，但他摹拟李贺仅抓住意象上的离奇怪异，有时一味追求怪诞而堕入艰涩。在情感上缺乏李贺郁激不平的强烈的身世之感的表达，故不能得其神。

三

王与玟生平创作较多，高珩云其“平生绮语尚多，随手散逸，辄尽十一之存，又经兵燹，兹之残编短简，不隳长吉溷劫者”[①]。与王氏“与”字辈大多数成员一样，王与玟其人没于易代战火，其作亦在战火中焚毁几尽。目前所见《笼鹅馆集》为“与”字辈成员中除王与胤《陇首集》外惟一保存的诗文集，故有较高的文献价值，也展现了王与玟文学创作的面貌。《笼鹅馆集》的保存颇为不易，荣实颖序文中记录了其在易代兵火中寻访保存此集的过程。壬午之难前，王与玟将《笼鹅馆集》交托与荣实颖，其时似已有赴死之志，《笼鹅馆集》为其生平所作，故希望留存以见其人其迹。不久后王与玟果然殉节死难，荣实颖于崇祯十五年（1642）至黄庄别业搜集遗稿，战火纷飞之际藏稿于复壁中，崇祯十六年（1643）与王与阶诠次刊刻。

据荣实颖序可知《笼鹅馆集》明末曾有刻本，《王氏世谱》《新城县志》《济南府志》等均著录为四卷，然现存两种皆为二卷，为清抄本，且其中一种最末附有益都王潆所撰《墓志铭》，为刻本式样，与前文抄本不同，疑为原刻本中所录，故可推测明刻本已散佚。现存两种抄本皆藏于国家图书馆，第一种九行二十二字，有林棠、高珩、徐夜、荣实颖序，诸人序后有编目，有古近体诗、诗余、杂文、题跋、评书、笔记、尺牍等。正文首页题有“济南王文玉遗稿，同学荣实颖华淑编辑，甥元善长公鉴定、男王士䜩杜称录刊”，旁批“侄王士禛重订”，书中有大量王士禛旁注、批点及增删痕迹，可称为“批点本”；第二种九行二十六字，封面题有“己未得于津门，重装于乐寿官廨，亿年”，亿年为新城王氏后人，王士禧八世孙，扉页亦有其墨识云：“王与玟，号文玉，天启七年（1627）恩贡，有《笼鹅馆集》四卷、《桓台遗事》，此未刻本原稿”，王亿年认为此本为未刻本原稿，然根据书中所录诗文及批点，前一种中王士禛旁披欲删减的诗作在此本中皆已删去，字句亦据前一种批点改动，当为前一种修订后的版本，其中有王士禛、王祖昌批点，可称为“重订本”。

---

① （清）高珩：《笼鹅馆集序》，王与玟《笼鹅馆集》，国家图书馆藏稿本。

此次《笼鹅馆集》的整理，以前一种批点本为底本，以重订本为校本，并保留了两种抄本中的旁披、眉批等，以展示全貌。未收入《笼鹅馆集》的，作为补遗附于后，并收录了方志中的王与玟传记资料，以备参考。

贺　琴

2023年3月

王与玟集目录

笼鹅馆集

笼鹅馆集

笼鹅馆叙言[①]

文玉生而慧颖，如王子敬五岁有书意，见重于卫夫人。又如韦君年十一赋《铜雀台》绝句，为太白惊骇。名噪二东，几于卷沧撼岳，名理则平叔避席，博物则公孙胶齿，谈经则匡鼎五鹿，解颐折角，至其笔端，更饶临济之棒，麻姑之爪。索[②]会之不逢，动而多忤，每榜放，余辄思叩九阍，揽司命之袂，代问穷通焉。自是高楼怀怨，结眉表色；长门下泣，破粉成痕。寄牢骚不平于声律中，世见以为安仁之伤逝，王衍[③]之钟情，余以为渐离之击筑，处仲之碎唾壶耳。言其心所欲言，皆人所不能言，实人意中言也。宁必如秀铁面非法不言乎？假令危冠深褶，端坐庄咏，而拟《内则》之篇，摹《酒诰》之作，则《洛神》一赋当先阁笔于前人矣。冯当世常柬王平甫："并州歌舞妙丽，闭目不窥，日以谈禅为上"，平甫答以"若如所论，未达禅理，闭目不窥，又是一重公案"，文玉之为文玉者，正以此。以文玉之奇，不用以运筹折冲，取笏画地，甫磨盾作檄，辄赍志结缨，谁谓儿女情长，英雄气短哉！荣子华淑以诗集来余，秉烛讽诵，悽恻久之，恍如文玉在侧，"黄壤讵知我，白头徒念君。惟将老年泪，一洒故人文。"若当年白傅题序元京兆集也。

崇祯甲申春仲邹平林棠题于说山斋

① 原文有眉批：较元本煞矫健。重订本题作"笼鹅馆遗集序"。

② "索"，重订本作"奈"。

③ "王衍"，重订本作"浚冲"。

笼鹅馆叙[①]

《笼鹅馆集》者，桓台[②]王文玉氏之遗草也。文玉[③]以名家子，生负俊才，发覆额，声即噪起词坛上，又性善谐谑，微言中人，辄令平子绝倒。余十二三时，即耳中籍籍，知为乌衣翘楚矣。癸酉余从师历下，方构艺，而客来，剥啄甚急，乃避之芙蕖丛中。既去，始知为文玉，悔未倾倒也。壬午[④]晤于毕孟议邸中，妙绪纷来，麈尾几顿，时去锁闱二日许，诸君子方各下键揣摩，状如季子发箧，时而以入其玄中，辄客主忘疲，不复忆是槐花黄也。自是意中时时有文玉[⑤]。

余性憎人恶谑，常期借建勋玉磬驱之[⑥]，而于曼倩滑稽，则每欲俎豆之于睿圣庑下，不则或借稷下一席地，罗俊九泉，令笑陆哭唐，绝缨齐赘，抵掌一室，歌泣鼎沸，参差相长，亦足千秋不下，孙韩提师百万相当也。文玉[⑦]此中足领一队，意后此谈笑之欢当无涯矣[⑧]。乃是冬辄赋玉楼绝弦，一何速耶。或谓文玉[⑨]多冶游，故不克臻胡耇，竟其才之所至。是殆不然，士自大节当匆匆耳，至于逸情妍致，先贤不废也，青莲、紫薇诸君子，枕藉声歌，风流照耀，未闻薤露早唱，红颜子渊兰折，非有十二金钗青楼好梦为祟也。文玉[⑩]之命自啬也，才自丰[⑪]也，情致自翩翩，盖分路而驰，不相谋也，亦久矣。或又谓夜台寂寞，草玄人故，自可耳，文玉[⑫]则何以堪此？余笑应之曰：君所谓未知生焉知死者，非耶？夫阴

---

① 原文有眉批：删此序，以篇中纤处太多。

② “桓台”，重订本作“从舅”。

③ “文玉”，重订本作“舅”。

④ “壬午”后，重订本增入“岁始”二字。

⑤ “癸酉”至“文玉”共106字，原文旁批：删此序，以篇中纤处太多。重订本删去。

⑥ “常期借建勋玉磬驱之”，重订本删去。

⑦ “文玉”，重订本为“舅”。

⑧ “意后”至“涯矣”共11字，重订本删去。

⑨ “文玉”，重订本为“舅”。

⑩ “文玉”，重订本为“舅”。

⑪ “丰”，原文旁批：以避讳改“赢”字。

⑫ “文玉”，重订本为“舅”。

阳殊地，犹燕楚分疆，人鬼同情，是秦齐一嗜。沽酒难纪叟，新诗怕冥官，李太白一何痴，沈少君一何怯耶。夫酒魂无恙，仍当貂解泉台，词客有知，亦复须捻幽府。伊川、元晦，地下断不滑稽突梯，贡父、子瞻，冥中宁肯深衣高帽？性情自造化，游戏亦神通，处处都足逍遥游耳。极其变者言之，彼伯伦荷锸，常恐至于猝死，至于黄泉沉醉，又须防其回生。杜丽娘人间感梦以还魂，地下为情种，倘使地下怀春，又当以摄魄人间为奇事。回轮六道，何者为真？荡漾一灵，无之不适，想当如是无疑也。豪吟逸兴，谑语清谈，其有进于昔日几许？九原可问，文玉[①]当为启齿。把笔至此，渭阳之涕，亦复粲然，至其诗之清丽芊绵，读者自晓，平生绮语尚多，随手散逸辄尽，十一之存，又经兵燹，兹之吉光片羽，不堕长吉。溷劫者，则令弟陟公舅氏[②]裒辑之，孔怀之谊可念也哉！

崇祯甲申仲夏淄川甥高珩题于济邸灯下

① “文玉”，重订本为“舅”。

② “令弟陟公舅氏”，重订本作“良友贤甥”。

文玉舅遗集叙[①]

予从舅文玉风流滑稽，当世遂无其俦，求之古人，邯郸生叹为天人，单府君拟于游猎，庶几近之。而手腕齿牙间，又饶有奇快，足以相发。乐游繁华之地，甘老温柔之乡，悠游玩世者，三十七年，没而才名诗笔可以自保其余致，所谓千古之情至人矣[②]。荣君华淑，博雅之士，辄能于兵火流离之日，为细搜其遗文而精刻之，舅母至储钱三万，以卒此[③]功，此尤人身后之不可必得者。予深[④]有感于古今文字之缘，是亦先后人之心目，浅深相逗，而以为绝续者也。必目之所不及，则灵光有时而断[⑤]，前者已去，后者未来，吾甚悲矣。荒烟野草之迷人去住也，中必有人焉[⑥]。以其心目之所际接先后人之心目，而后听草寻烟之人，亦且望灯火而知栖息之地矣。

予外祖季木先生后于鳞继起济南，风雅一变，忠爱包裹，足迹骚人，谈诗者类能言之，恨时无七子，相与后先其间，十年以往，致使风烈寝衰，遂无复有能为问山之业者。自玄石[⑦]、文玉两舅起而耀其余辉，辟[⑧]其堂坫，而后[⑨]世之不能言者，以两舅之言[⑩]言之，且以两舅之[⑪]所为为之，瞻陵知岳，望海先澜，今且梯航于山巅[⑫]水涯者，胥是[⑬]矣。盖尝与两舅感叹于中，每杂录古今人诗，相与覆射，以中否多寡，日为笑乐，其气运升降，十不爽一，非但雅事要取增

---

① 原文有眉批：笔极骀荡，味极隽永，在近日作家中惟徐巨源可以抗行。重订本题作“序”。

② “所谓千古之情至人矣”，重订本删去。

③ “此”，重订本作“其”。

④ “深”，重订本作“独”。

⑤ “必目”至“而断”共13字，原文旁批：此句稍落钟、谭。重订本删去。

⑥ “吾甚悲矣，荒烟野草之迷人去住也”，重订本改为“则心目有时而断中则必有人焉”。

⑦ “玄石”，重订本作“琅嬛”。

⑧ “辟”，重订本作“修”。

⑨ “后”，重订本删去。

⑩ “言”上，重订本有“所”字。

⑪ “且以两舅之”，重订本删去。

⑫ “巅”，重订本作“坳”。

⑬ “者胥是”，重订本删去。

人意识[①]，时有限韵同作，共相形愧，视其速钝、工拙，以验其胸中之躁静，不三日，率复若此，即寒夜不辍。于时三人者，相聚一室，谈言无忌，或池草生于梦中，或风花追于步后，隘此山川，几不知天地之阔落也。文玉舅才独敏，诗成最捷，至一韵得十数联，人方刻意求思，舅已投笔拍案。酒后歌唐人流丽明快之作，引声亢朗，听者忘倦。殆谓诗取于音，而音则取于谐，唐人乐府正如宋人填曲，须衬字歌之，乃得其意[②]，旗亭女子岂必拘二十八字，效老儒呫哔哉？当时盖论之如此，以为独得之妙，颇自矜秘。窥其选旨大要，以凄激为宗，归极流[③]艳，故其诗亦多肖之。其合处可蓦入问山之室，而失者或病其柔曼，未必尽然矣。舅幼尝养于外祖，既以诗世其业，论者以为有谢弘微之风焉。予尝戏谓舅诗本色当家，足以名世，若律以大雅，汤惠休不免淫靡，晏叔原得非罪人乎？漫叟有云：歌儿舞女，动相喜爱，系之风雅，谁道是耶？舅笑举蔚宗所谓吾于音乐恨不精雅声，至于一绝处，亦复何异，讵知此相谑者[④]，即为世口实耶？

编成，予欲[⑤]稍有去留，而华淑方恨其少，但述此一段往事，题而归之，且语华淑，昔子瞻于刘贡父兄弟之死，恨世间不复见如此等人，使舅遇苏、黄时，当何如者？今此一帙，徒以供世人讽咏，是可叹也[⑥]。

崇祯甲申灯夕同里[⑦]甥徐元善拜书

① 原文眉批：似《世说》语。

② “殆谓”至“其意”共31字，原文眉批：非解人不哀此。

③ “流”，原文涂抹不清，据重订本补。

④ “讵知此相谑者”，“相”“者”重订本删去。

⑤ “欲”，重订本删去。

⑥ “使舅”至“叹也”共25字，原文眉批：尽而不尽，一唱三叹，诗文三昧在此。

⑦ “里”，原文涂抹不清，据重订本补。

笼鹅馆集序[1]

崇祯壬午秋，文玉操瑟齐门，恚叱抵里，每夕就余谈笑，率以三漏。十一月望后，拉宿西楼，看压新醅，挹寒清，把瓠递[2]，酩酊后[3]欢噱，谆以《笼鹅馆集》属余，余咄询之，时狼烽怒烈，城陴备守，欢噪终夜。诘朝，余趋归侨居，文玉驰使复挽来，凭垷拈髭，谓余曰："倘不获已，定不误此须眉，弟生平醉吟醒哦，一笺一翰，宁保无散逸，笔砚好友，征在今日！"拍歈易水，声度堞壕凄惋者。移时，噩耗突至，余策蹇别去，月朔城溃，文玉赍[4]志以死。六日，走哭于谟觞室，所谓《笼鹅馆》者，半为烟燎。明年癸未二月，摭稿于黄庄别业，望迹即收，未暇析辨，际范军屠掠，旋以稿匿窟内复室[5]。至五、六月间，始得遍搜遗作，而片羽寸腋，十落八九。至检之，霖浸蜗涎之余，及败楮残蹄，又钩觅数草。届冬斋居，火壁赤砾间，声迹阒然，而窗外魂叫，时隐跃耳畔，人不堪其摵落，余勉为诠缉，编成一帙，又录一副本，贮一小瓦罐中瘗地[6]，以防兵火。甲申三月乃发，露气蒸煴，已如蚘蚀[7]，字几磨灭，乃商之文玉[8]弟，以此编[9]付剞劂。盖文玉著作虽漫漶，此即不尽其生平，亦聊志其须眉耳。会帝业烟消，海内鼎沸，借勤剿名号为大憞者，复杀人若蝟科斗内，亦且往往多奇迹，以是风鹤惊心，草木愕目，旋镌旋窜，余惧势龌龊，频为催逼，蓂荚凡七凋，功方告竣，而匿窟[10]瘗地，宵昼惟兵火之是防者，今得释斯任也已。

悲夫！文玉拈髭相谓时，意在请缨以酬襦志，岂期半生侠骨，竟以齿剑，只存此舐墨吮毫之遗，寄之岑云水荡之间也乎？昙礞遗迹，拟欲勒之贞珉，以

---

① 重订本题作"序"。

② "挹寒清，把瓠递"，重订本删去。

③ "后"，重订本删去。

④ "赍"前，重订本有"竟"字。

⑤ "旋以稿匿窟内复室"，重订本删去"窟内"，"室"作"壁中"。

⑥ "又录一副本贮一小瓦罐中瘗地"，重订本作"又录副本瘗地"。

⑦ "乃发露气蒸煴已如蚘蚀"，重订本作"乃发之露气蒸煴"。

⑧ "文玉"，重订本作"令"。

⑨ "以此编"，重订本作"陟公稍次第"。

⑩ "窟"，重订本作"壁"。

永临池逸致，顾王网解纽，妖氛眯目，人人自危，鲸牙之难脱，吾恐有其人无其心，有其心无其时矣。嗟乎！文玉如可作也，其必痛悼斯言。刻成，偶次其事如此，时长公徐子方瞻乌止，因书以遗之，请毕之炎火，长公给梓人灾之木，款之曰“谟觞室”[①]。

死友[②]荣实颖序

① “请毕”至“觞室”共19字，重订本删去。

② “死友”，重订本作“同学友弟”。

笼鹅馆集编目

诗[①]
诗余
杂文
题跋
评书
诗话
笔记[②]
附志铭

① 重订本作“古近体诗”。

② 重订本“笔记”后有“赤牍”。

搜摭亦既周遍矣，终以未获全帙为憾，他如《援汴》《逍遥河上》之什，慷慨激烈，几同秦庭之血。《雨中秋海棠》《村夜听雨》《诮妓》诸诗，帘影替响。《鼋头铭》《花影铭》皆藻迥唐魏，艳俪梁晋[1]，又如跋余颖帖，妙入论书三昧，序余《五慨》古诗，悲逾郑图，痛溢贾泪，于戏！今固不能通冥而叩稿矣。然兹役也，庶不为长吉之中表耳，忍有投于溷中者哉！言念畴昔，殊为泫然。时甲子[2]岁次甲申六月实颍再识。

① “藻迥唐魏，艳俪梁晋”，重订本作“藻迥魏晋，艳俪梁陈”。

② “甲子”，重订本删去。

古近体诗

饮酒拟陶

天渺地阔，万化茫茫。古今未殊，孰区匽臧。民物杳动，烟扬风翔。静喻劳息，灵气均藏。圣狂咽语，运足其常。当户远想，坐我匡床。言观飞鸟，凭翼徜徉。契真玄游，要道无方。①

行路难

晓佩留夷，昧刈若蒿。秽娉任物，哲人安逃。仪图远之，爰策四骊。仰陟太行，路绝岚迷。返驾丹崖，揖若望洋。鼋鼍鼓颐，欲济无航。仙人王乔，赉以绿书。神掣飞云，倏臻帝墟。帝甫局蹐，翘颈长嗟。余问羌尔，曰怖鬼车。

感怀诗

日暮晚霞明，香烬余芬扬。物理贵宏多，讵可昧等量。今古称贤达，乃是卿与相。何有庸鄙夫，妄言齐得丧？志士急荣名，壮年倍惆怅。

述野

遁足步秋坰，岸帻行且咏。振啸如孙登，农夫怪而悚。讯仆此何为？答言文士咏。何不博高官，徒尔惊田陇？嗟予托足非，闻言动深省。②

夏夜

竹枝掩罗扇，华灯舒夕光。回身瞻云汉，星曜列苍茫。拊心忧暗结，兴阑夜未央。愿梦双蝴蝶，翩翩绕君傍。

---

① 王士禛评：与平原差近，与彭泽差远。

② 王士禛评：结体在阴、何之间。

四更苦不寐

四更苦不寐，悄然揽衣起。视夜步庭除，时去如逝水。三星缀暗牖，弱风度轻绮。惊乌断斜河，何由睹彼美？谁家幽闺梦，吹落重门里？无言以待曙，堕泪不能止。

七月望夜，自后湖采莲叶归，贮烛其内，绿影荧荧，与李姬持之，双步月下，夜深烛烬，液溢于髻，相视一笑，乃寝[①]。今夕独饮，颇思之，辄不寐也

引杯触昔事，惆怅孤情发。北渚采荷盖，贮灯照凉月。携手步风露，笑待绿影歇。暂舒深深衷，用骄热客谒。念我戒装归，菱鉴彩当没。膏沐矜鬒漆，孰看青青发？悲尔遘轻掷，东来何遽忽。我怀波涛涌，浩浩未云竭。

莫愁曲

侬去何用思？恐欢当真去。侬身暂时离，奉心留欢处。[②]

又

依稀似梦中，送欢江头路。分明时见欢，欢自未曾去。若欢已真去，那得欢频顾？

录[③]感怀诗十五韵

忆昔年少时，意气何翩翩。走马垂杨陌，呼传酒楼前。文弱安足道？短裆控劲弦。傲睨碣石宫，吐论惊四筵。襟次喜旷达，妄意凌云烟。每谓致身早，不乞贵人怜。岂图人事乖，笔墨相纠缠。章句苦不解，兀兀翻旧编。胡然发牢骚，翘首触青天。胡然而琐委，铢铢数米盐。自怜豪兴灰，对酒时复然。今夕临皓月，因之叹流年。壮志轩轩举，欲结浊世缘。假呆寄悲愤，菀腹可[④]能宣。

---

① “乃寝”，重订本删去。

② 王士禛评：“当真”二字近俚，语末五字，真乐府矣。

③ “录”，重订本删去。

④ “可”，重订本作“讵”。

将进酒

将进酒，悲且哀，欲饮不饮忧暗来。仰面慢停手内杯，斜光流照影徘徊。杂沓七十二，殷勤为君开。劝尽杯中酒，飞箭几度催，及今不乐胡为哉！

又

将进酒，口咄咄。春风度，桃李歇。筵未彻，壮气竭。三万六千付超忽，频看青镜醉红颜，不见蔓草萦白骨。[①]

城上锣伤生死之速也

城上锣，昏鸣晓倏绝。晓昏计不周，梦梦伏城阙。凝苏诧岌冠，莠污新冢血。荒原已久忆，乌容嗤掘阅。几家喧笑杂哽咽，鸣锣声里相差迭。

过寿胥弟园斋[②]

青蛇凝绿簇双桐，照日艳生花朵红。藻碍小[③]鳞偶掷水，枝摇憩[④]鸟群鸣风。畸人把卷此园里，倦客索茶来舍东。箕踞纵谈每薄暮，归驴趁月穿林丛。[⑤]

六月雾

浓雾湿空空润流，霏縠霭障匝平畴。渺望苍苍烟莽稠，红殷翠凝藏娇愁。饥鸦杂杂叫啾啾，金姑声寂鬼姑游。黄父何许愆弗求，鼍霾一点对九丘。郁仪倦照邃谷幽，蒸蒸灏气混难收，海水贴天荡轻沤。

---

① 王士禛评：近似太白。王祖昌评：古峭。

② “斋”，重订本删去。

③ “小”，重订本作“游”。

④ “憩”，重订本作“野”。

⑤ 王士禛评：天真烂漫，集中上乘。

灯下放言

安得长绳系白日，销却暗夜惟存朝？我将此议向天语，盘古如今未隔宵。天闻我语倘可可，呼吸通之岂不高？

送琴客叶羽遐归洞庭

予未听羽遐弹琴，沿例，书听羽遐弹琴诗，可[①]笑。予谓：正不必弹，若必侧耳静听，逐喙称好，亦公明仪为牛弹清角耳。羽遐行束装归矣，指尖弦外[②]，定秘有无音妙曲，宁同痴汉[③]向声闻索解哉？归囊其善，此峄卉而藏之，异日当为我奏，反潮之掺母，转为孤犊之鸣也。

寒潮夜荡筝笛浦，灵弦幽吹音激楚。浔阳琵琶诉凄苦，怨云停岫悲今古。繁杂呜轧阛阓语，昵昵俚奏眉双聚。重以落度愁穷旅，京尘荡天助虐暑。厌逢呵殿色消沮，挹君仙骨清如许。凉飔飒来月丽午，未弄青番呵白纻。指外霏霏灵气吐，新声翻尽广陵谱。河边鬼咽滋苔雨，君归龙藏前问禹。灵宝五符悠探取，商飙啸魅君莫鼓，金徽解变黑蛟舞。蜀丝峄卉囊重贮，风雷破壁将飞举。

七夕词

朝亦织，暮亦织，经年织未已。机杼扎扎几曾闲？妾绪如丝纷不理。花朝月夜等闲过，今夕何夕七夕矣。去年却回妾不悲，今年待渡妾争喜。暂时能来暂时去，今古香尘荡烟雾[④]。老女如今始解羞，纤弯怯向天河路。鼋鼍为梁乌鹊桥，明妆不渡心遥遥。驾云舆兮解金犊，我愿牛郎亲见招。

---

① “可”前，重订本有“大”字。

② “指尖弦外”，重订本作“指弦之外”。

③ “汉”，重订本作“人”。

④ 原文旁批：亦粗。

鸲鹆第一曲，和徐长公

檐前喽喽弄春声，以意揣似呼自名。谁令踰济肇气化？不殊高栖出谷莺。节候与尔关何事？唤得春逐侬思生。闲忆江南足丽华，杨柳烟浓藏晓鸦。[①]

过长公徐[②]甥，书其诗帙

护前吾不敢，心折是君诗。清溜初寻涧，新桐欲引枝。遥怀违俗指，吟梦足佳思。羡有知音在，钟期意更悲。

峪胜庵

随其意之所之，峰转溪穷，遂臻斯境，隔水见绀宇屹立，乐其林木之秀蔚，蹑石梁而登焉，憩余仆马，题以纪日月，无兹游尔。[③]

忽向西南笑，看山任马来。水敲石籁发，径逐人思开。倏尔见灵境，悠然登此台。尘劳暂请假[④]，旷适得余怀。[⑤]

秋暮

寥落高[⑥]天迥，苍茫秋野空。遥怀千里思，凝坐此亭中。收照山遮日，知寒树吼风。蓼花颜色好，霜意减深红。[⑦]

---

① 王士禛评：风情音调在字句之外，殊近乐府耳。

② “徐”，重订本删去。

③ 小序“随其”至“游尔”共 48 字，原文旁批：小序似可不存。重订本删去。“无兹游尔”，重订本作“无负兹游尔”。

④ “请假”，原文旁批：二字不雅驯。

⑤ 王士禛评：起句不衫不履之妙。

⑥ “高”，重订本作“暮”。

⑦ 王士禛评：老作。

戊寅腊月为长公甥书春帖讫，乃饮酒谈诗，忘其近节之冗，大醉归来，酣然纵睡，不知日浮窗矣。忽长公见投新咏，清思逸韵，极醒睡眼，即画被和之，恐仍是哰咤耳

书练肯珍者，羊欣岂是甥？阿谁无剩虑，我辈得余清。偶办春生户，醉看雪绕城。不因婪尾后，中座已心惊。

拟悼李夫人

一顾翻成半世悲，纵然怀梦也堪疑。病容蹙蹙羞遮被，幻影迟迟冷蔽帷。阴圹久孤应忆我，别宫初构却居谁？朱荣陨落难重得，倏忽西征辞去时。①

夜凉

炎威收尽露华清，入夜忽②凝襟袂轻。户透远飔摇烛影，檐移孤月度钟声。从花穿湿萤光暗，古木栖寒鸟梦惊。此夕如秋凉冷甚，为谈往事坐三更。

答苏阳长《感旧诗》

当时侠气本相投，为掩壶浆共尔忧。何物功名嗟久别？几行书信意难周。鸡窗对语思清夜，雁字缄情值素秋。因换星霜悲往事，应知风雨忆南楼。

再过山居

满涧寒花委碧流，空山落木已深秋。经旬积雨侵尘榻，入夜凝云冷石楼。岩岫有缘应不妒，樵苏逢旧喜相求。自怜逋客归城市，仆仆俗情③遽未休。④

① 王士禛评：即宛其死矣，他人入室之意。

② “忽”，原文旁批：易平声字，改“还”字何如？重订本作“还”。

③ “俗情”，原文旁批：“俗”字入声，应易平声字方合，重订本为“尘生”。

④ 王士禛评：大雅合作。王祖昌评：唐人风味。

家继父因莱久围不解，作《忧莱诗》，敬步原韵

乞救纷纷羽檄忙，何人媚寇正当阳？守陴枉中大[①]枝矢，充腹愁艰三日粮。望阙天边犹泣吁，顿师河上自徜徉。谁能不念东人苦？天为贪夫别铸肠。[②]

其二

茧丝是务一何忙，保障危城只晋阳。久雨悬知蛙产灶，重围焉有鬼输粮？金珠饱橐方饕餮，鼙鼓连天愈恍徉。欲请尚方嗟未得，愿从侠客借鱼肠。

再步《忧莱诗》后韵

尽道天高听最卑，反缘误听易为欺。浮云障日重阍暗，冤鬼号风万井悲。痴据柳营非虎豹，久巢薇省有鸮鸱。轻民黩货心何忍？搔首[③]狂呼一问之！

其二[④]

贼愈凭陵我愈卑，瞒君送款竟谁欺？着巾吕姥从来懦，赴鼎郦生自取嗤。割据狼河恣[⑤]怒虎，翱翔凤阙是饥鸱。乘轩滋寇犹长啸，三尺空悬安用之？

闻王师继至，陈帅渡河，庸督不敢主抚矣，仍用前韵志喜

铁骑宵征甲士忙，旌旗生色胜河阳。元凶计日将涂鼓，朝食何烦更裹粮？亟为仗旄平逆乱，肯容卧榻久徜徉？河西诏下惊明主，已觉贪痴易肺肠。

送徐小侪随任淮南，避孔贼之乱也[⑥]

风透貂裘宝马骄，壮游南国去程遥。漫余松菊荒三径，携去文章问六朝。琼苑莫辜花月约，蓬莱伫看燧烟消。悬知胜概登临处，忼慨怀人第几桥？

---

① “大”，重订本作“六”。

② 王士禛评：用雷万春将军事。

③ 原文为“搔守”，据重订本改为“搔首”。

④ 此首原文旁批：拟删。重订本删去

⑤ “恣”，原文旁批：易平声。

⑥ 重订本作“送徐小侪之淮南”。

乞梅

花信昨[①]宵过短墙，化工先为发寒芳。月临小牖浮疏影，风拂平桥拥暗香。树底正酣庾岭梦，枝头浓缀寿阳妆。侬家酒渴乏[②]清供，乞折新条寄草堂。[③]

居巢黄地师《先兆图》

四望山河势壮哉，郁葱佳域此中开。岩岩楼殿从天下，曲曲之玄[④]绕地来。卿相谩云难物色，英豪我已辨尘埃。喊[⑤]龙间气凭谁聚？尽是先生慧眼裁。

长安步张季筏韵

敝裘琐尾走京尘，幸际同舟在比邻。血迹谩陈天更远，忠魂谁吊海之滨？风寒易水时看剑，秋尽长安莫忆蓴。嗟我兀然萧寺里，仗君一为指迷津。

赋得卞和泣玉[⑥]

抱璞年年惜暗投，潜光神宝冷山陬。干霄时有白虹现，映壁常闻青气浮。三献空还嗟未遇，连城重价会应收。傅咸漫赋河清句，知己曾逢莫浪愁。

闲居步房海客先生韵

推起楼窗便见山，天风簌簌出松间。耽他胜概聊舒傲，偶尔忘机已觉闲。禅观炉香看起灭，酒坛觞政任增删。幽人剩享烟霞供，招隐频赓[⑦]未拟还。

---

① “昨”，重订本作“前”。

② “乏”，原文旁批：“乏”字拗。重订本作“思”。

③ 王士禛评：有朦胧萌折之致。

④ 重订本作“元”。

⑤ “喊”，原文旁批：“喊”字再查原刻，误。

⑥ “泣玉”，重订本删去。

⑦ “赓”，重订本作“歌”。

读《楞严》

直松曲棘亦如何？兔角龟毛未是讹。墙字凿空窥日月，琉璃笼眼见山河。缘知天际狂华幻，却怪人间六结多。一自迦陵惊梦醒，清修吾欲问婆罗。

无题①

怅望前期半是虚，拟将青鸟再传书。为言多病真痴绝，宁忍薄情不顾欤。坐尽浮帘香细细，伫看穿径步徐徐。鸳鸯谱上分明记，何夕移灯照绣袽？

其二

梦里犹闻悄唤郎，不堪重卧合欢床。寒宵对影悲银烛，深院同谁醉玉缸？翠袖搁余别泪渍，鸳衾留得剩膏香。非关漏冻催更缓，前夜何曾觉夜长？

其三

记得相逢李秀娘，厌它缯彩着霓裳。怀人低唱啼鸟曲，媚客轻垂堕马妆。赵女一时矜殢色，吴歈几拍换新腔。裁书寄远情如许，泺水汤汤流恨长。②

送袁粤西之任

君适苍梧我返乡，山川万里路何长。岱岚海雾枌榆社，瘴雨蛮烟薜荔墙。极目中原应北望，关情炎徼欲南翔。相逢虽有前期在，其奈于今天一方。

为寿胥弟纳湖女为侍儿诗

南国佳人遗世姿，西陵游侠少年儿。惊鸿宛若行芳陌，乘马班如到水湄。掷果几番怜冠玉，浣纱一顾绾情丝。鸳鸯今锁黄金屋，十五盈盈初嫁时。③

---

① 《无题》三首，原文旁批：拟删。重订本删去。

② 原文旁批：《生别离》诸作自是绝调，此种便可删去。

③ 王士禛评："乘马班如"，用《经》语，奇妙。结太就口。

忆长安李姬

分钗执袂问何如？浅画峨眉耐静居。二十五年将就木，一千里路不通书[①]。晓花簪髻娇容远，夜月倾杯饮兴疏。梦向画桥东畔去，依稀曲巷认门闾。

村游[②]

晒麦场边南陌头，热肠消尽到平畴。暂来一卧陈蕃榻，眺远时登王粲楼。鸿鹄漫怜千里志，触蛮休酿半生愁[③]。挂书牛角斜阳里，点点青山醒倦眸。

生别离诗

李姬之留长安也，约以春初迎取，迨过岁，罄悬复丁歉岁，不得已忍情止之，喻使他适。比使至，则已卧病涉旬，钗钏衣裙尽付药肆，传语敬谢来命，但病势狼狈不堪，恐无人需此病妇也。及余仆见之，则拥衾侧卧，无复旧时容色矣。仆悯其意，探余囊数缗馈焉[④]。归来具述愁惨之状[⑤]，余为之泪湿襟裾。楚骚有言"悲莫悲兮生别离"，嗟乎！余独非人也哉！乃以贫窘遘兹仳离，惜白璧之暗投，叹红颜之薄命，慨兴感剧，辄赋数章。

临风泪湿碧罗衣，已分今生见面稀。渺矣山河千里隔，因而云雨各天飞。深盟空自藏头帐，远梦还看到蕙帷。悔不纵情花下死，匆匆何事竟东归？

其二

隔林风惨日斜曛，沟水东西两下分。每夜青天悬缺月，至今巫峡渺残云。冷余榻畔双鸳枕，典尽箱中簇蝶裙。已是旧容焦悴甚，那堪贫病日纷纭？

其三

饮残泪酒味犹酣，惊悼生离意未甘。不见彩鸾飞去影，忍开青鸟寄来函。延津何日寻分剑？江汉斯人泣坠簪。白首早知成画饼，枉教宝髻插宜男。

---

① 王士禛评：用古至此，可谓入化。

② 重订本作"村居即事"。

③ "暂来"至"生愁"共28字，重订本删去。

④ "悯其"至"馈焉"共10字，重订本删去。

⑤ "愁惨之状"，重订本删去。

其四

沾袖香茸腻未干，宫墙柳暗已春残。痛肠强赋《钗头凤》，孤影犹疑镜里鸾。病酒减餐真欲死，看花对月几曾欢？乖离若当寻常事，木石无情总一般。

其五

闻说伤春耽寂寞，仅存病骨瘦岩岩。懒开妆箧蛛丝绕，怕听香闺燕语喃。糊口尔悲抛紫玉，负心我愧过黄衫。思随青草绵绵发，道是情芽未可芟。

其六

送远悲啼恨各天，封情忍思待今年①。春风妄意留深院，明月宁随过别船。牵梦鸳鸯犹并宿，怆怀桃李为谁妍？玉环珍重休轻弃，川时曾订再世缘②。

其七

马蹄芳草怨天涯，一夜愁思鬓欲华。离别忆攀归路柳，合欢休发去年花。纵然再下搔头玉，毕竟常持系臂纱。痛誓夜深垂泪说，最难忘处有些些。

其八

聚散关心百念轻，杨枝桃叶苦牵情。茕茕白兔东西顾，恰恰黄鹂四五声③。肠断画栏花半萎④，梦回荒墅月初生。经年离绪卿知否？书剑无回⑤到帝京。

其九

相怜相爱意无他，只恨囊空一语差。惟我蒹葭堪倚玉，如卿彩凤肯随鸦。青青如⑥护章台柳，缓缓还歌陌上花。几欲割情终不断，鱼山何日见飞车？

其十

死生隔矣⑦会无期，冀幸⑧重逢亦是痴。逝水候潮归旧壑，落英猜鸟上残枝。频来入梦言何迫？只恐寻春去已迟。薄劣儿郎今始悔，忍心还赋比红儿。

---

① 王士禛评：精语，唐人亦少。

② “川时曾订再世缘”，“时”，重订本为“使”，“订”，原文旁批：“订”字仄声。重订本作“期”。

③ 王士禛评：绝世工巧，令读者叹绝。

④ “萎”，原文旁批：“萎”字平声。重订本作“殪”。

⑤ “回”，重订本作“因”。

⑥ “如”，重订本作“好”。

⑦ “矣”，重订本作“此”。

⑧ “冀幸”，重订本作“犹冀”。

百斯兄招余饮酒，言有并头芍药，余坐中得句，云：“湘水英皇娇艳质，汉宫姊妹[1]竞新妆”，及取谛赏，则一茎滋脉，两面敷荣，周回顾视，仍一花焉，此盖合璧，较并头又奇矣，前联殊未肖也[2]。乃酌余杯，而复为诗焉[3]

几年雨露费栽培，并蒂同枝一簇开。面面迎风俱有态，团团向日总无猜。种成双璧凝红玉，结就连环护碧台。传语游蜂非隔叶，无劳飞去复飞来。

有客不见礼于旧交，无异重耳之过曹也

渡江北去竟安如？就陆新乘阮籍车。行迈闻歌园有棘，归来独叹食无鱼。青云诧说盟心久，白首方知识面初。镀了金汤应洗眼，晋陵令自答渠书。

吴次琦，博雅士也，搜奇问古，蓄旧拓陕帖甚富，余暇日尽得披览[4]

苔花蔓草藏灵秘，泐碣残碑几代存。曾见岣嵝埋厕底[5]，谁披之罘拨云根[6]？兰亭宝晋娱清兴，石鼓非周辨墨魂。赌字雠讹真韵事，笑翻金石有茶痕。

自长安别我立弘，倏忽经岁矣，济上重逢，共话畴昔，觉余怀之倍笃也[7]

平生不耐交多友，得友如君正足嘉。潦倒曾沽燕市酒，风流还问岵桥花。星霜过眼真如梦，云树兴怀每自嗟。一笑相看犹昔好，宁同对面隔天涯。

---

① “姊妹”，原文涂抹不清，据重订本补。

② “前联殊未肖也”，重订本删去。

③ “而复为诗焉”，重订本作“复为此诗”。

④ “览”后，重订本有“特为赋赠”4字。

⑤ “曾见岣嵝埋厕底”，原文批注：“岣嵝”音“苟陋”，“罘”字平声。重订本作“岣嵝曾闻埋厕底”。

⑥ “谁披之罘拨云根”，重订本作“之罘谁为拨云根”。

⑦ 重订本作“济上重逢立弘话旧”。

百斯兄以韵牌五十六字谱成《立春诗》，隽思丽藻，迨合之而愈妙，信兴嗣次韵，非复只千古事也，不量翦陋，效颦为之，唐人有云“独有凤凰池上客，《阳春》一曲和皆难”，若代余愧之矣

幌窗旭色灿红绡，大簇飞葭应候飘。滕六凝寒才作雪，勾芒涤冻已成涛。时当夏正将稊柳，俗乐尧年例颂椒。喜衍先春吹暖律，心花意草茁灵苗。

百斯兄《园居》韵①

一室清芬可自娱，宁须步障锦萦纡。旗枪初试香翻鼎，榾柮旋烧热拥炉。醉草不妨随笔画，抛书一任满床铺。耽闲常是深扃户，坐破十年面壁蒲。

答②

渐看东阁小梅舒，一雁飞还雪霁初。几度谈经违绛帐，何期清问到无居。喜倾掌上金盘露，频诵云中锦带书。知己有人宁恨少，虞翻孤愤已全除。

惆怅诗③

不堪秋叶逐秋风，凄断柴门夕照中。行露漫传言的的，为云亲见影忽忽。雕鞍游冶心犹热，金屋藏娇事已空。共载五湖能遂否？忍将含泪入吴宫。

杂感④

贫游主父欲何归？怅望朱门未启扉。巨杵投来心自壮，胡琴碎后愿仍违。摊书日日愁空老，抱膝年年叹不飞。敝箧偶开增旧恨，缁尘犹在客时衣。

---

① 重订本作“题百斯兄东园”。

② 重订本作“答寄临淄耿旋翁师”。

③ 此诗原本无题，重订本作“惆怅诗”。

④ 重订本作“感兴”。

赠人[①]

风流张绪美翩翩，绝世冠裳正少年。却羡伟人□御厩，何殊良马入天闲。按图不假曹生画，击楫应追祖逖鞭。嗟我老儒悲伏枥，黄金台畔泪潸然。

痴龙馆

蚁争蝇笑总繇他，村隐山居计亦差。自信人生行乐耳，谁云吾道果非耶？妄言姑听千般鬼，狂草涂成几个鸦？世局纷纷从不省，近来呆样更添些。[②]

涌空禅师，故关东诸将也，从军[③]辽水，走马渔阳，忽一念回向，遂免胄披缁，住锡于吾新之南郭，闭关趺坐十二年矣。一夕西归，端坐示异，远近奔赴，悲泪顶礼，余谓袭诸祖坐化之迹，犹属钝汉生活，广额屠儿，立地证果，直是顿悟罗汉，全恃其崛强之性，未肯遽仆耳。敬合掌，恭敬制为骊歌奉饯[④]，以宠其行，试执巴剌加器杂呗赞梵唱和之，不犹铮铮然金戈铁马之声也哉[⑤]

谁曾跃马复横戈？怒目金刚恐是他。一喝对锋犹恨钝，十年面壁未云多。旋闻妙法抛浮世，剩有雄心驱众魔。幡盖才临挥手去，想[⑥]因征战向修罗。[⑦]

---

① 此首原文旁批：拟删。重订本删去。原本无题，据旁批补。

② 王士禛评：似袁石公。

③ “从军”，原文涂抹不清，据重订本补。

④ “奉饯”，重订本为“祖道”。

⑤ 《新城县志·艺文志》题为“挽湧空禅师”。

⑥ “想”，《新城县志·艺文志》为“定”。

⑦ 王士禛评：与刘节之绝句可并传禅，所得不为少矣。

自题谟觞书室

自窥青纴赤文还，便醉红妆翠袖间。通德每宵谈秘事，清娱随处品名山[1]。抽编亲发琅嬛笈，供馔时调玉女鬟。僻信方回仙诀好，痴缘慧业恰相关。

徜徉村园，忽闻燕客黄维梅至，黄固数年前同游太学，熟识其貌，未与之一揖者也，赋赠二诗[2]

倏然不踏市廛尘，小立村园正岸巾。忽报燕中屠狗客，来寻齐国饭牛人。休言雌伏雄飞事，且乐云栖雾隐身。数载梦思今始惬，相期意气在千春。[3]

其二

有客遥从海上来，欣然一笑口为开。曾闻秀句惊文苑，何意新交共酒杯。我自谈天夸碣石，君尝吊古傍金台。寸心斜日相逢处，慷慨悲歌未易裁。

余妾李氏，京师人，事余七年，婉娩无过，且为余生子，端嶷韶秀，已迨三周，讵意掌珠委地，奁镜潜辉，三月之内子母继夭，嗟夫！余独何辜，遘斯惨毒，业竭情礼，选地以瘗钗矣。悲哀之余，歌以当哭，成悼亡诗数首，于其母兄之行，书以遗之，冀异日相逢，触物怆怀，言念畴昔耳[4]

潘岳何心赋《悼亡》？忍看珠翠委空床。更深每忆挑灯语，晓起虚疑对镜妆。传恨穷泉应寄泪，返魂聚窟已无香。夜来偶过谟觞室，酒兴书声事渺茫。

其二

抛书罢酒叹销磨，惨值离鸾恨更多。云散月沉疑梦耳，鸟啼花落奈情何？伤心忍去埋红粉，别泪徒余染绿罗。几夜哭卿卿忆否？扣棺听我缀哀歌。

---

① 原文旁批：世安得如你享用。

② 重订本作“黄维梅自都门过访赋赠”。

③ 王士禛评：陆放翁。王祖昌评：笔力挺拔。

④ 重订本作“悼亡诗，为李姬作”。

其三

多情多恨向谁论？百想芳容百不存。余息顾花犹一笑[①]，深悲握手总无言。遗珠失艳深藏箧，空榻封尘久闭门。徒倚楼头人不见，哀蝉凄咽又黄昏。

其四

魂兮何日可重来？送远归风竟不回。一自真真携子去，更无七七唤花开。忆描锦字拈彤管，忍赋华篇续《玉台》。旧日衣裳零落尽，层楹虚敞暮生哀。

其五

黄泉碧落两茫茫，何处寻伊说断肠？欲倩小儿求梦草，定呼妙子到稠桑。环来再世知何日？袖藉幽冥泪几行。鞣軨金钿消息杳，白杨红粉总堪伤。[②]

雨村灯坐偶忆所怀之作[③]

绵绵长恨杳无期，怨尽生离又死离。已矣旧欢皆是梦，从前何事不成悲？年非锦瑟弦中思，望断金钗舆后遗。灯照孤怀情倍切，深秋风雨闭门时。

玄石[④]兄读余伤逝诗，谓余惓惓李妾[⑤]自始及终皆假耳。此而假，是杨雄无《剧秦美新》之事，西汉且并无子云矣，意殆广我也。庄叟曰：我独何能不概然？徐而察其且无生、无形、无气，并其人无之繄，独假乎？因本庄意，自广书，付一笑

抛残香粉卧重泉，我独何能不概然？视等电光争久暂，偏于露水大牵缠。读书便可消长恨，礼佛专求断爱缘。试向累累荒冢看，几人媸丑几人妍？

① 王士禛评：好好。

② 王士禛评：属对之巧，疑有鬼工。

③ 重订本作“雨坐偶怀”。

④ “玄石”，重订本作“琅嬛”。

⑤ “妾”，重订本作“姬”。

村居杂感

情系游丝枉苦辛，年随逝水叹沉沦。潜窥后辈应相笑，虚诵陈眼[①]未致身。胜会犹耽花底艳，何人为拜马头尘？闲居热言[②]今方悟，梦幻浮荣恰是真。

辽愤[③]

壬午松、锦以绝援叠陷，而中枢方倡款议也。

榆关东望动长嗟，松锦屠残事已遐。夙将游魂号塞月，名臣渫血染荒沙。筹边帷幄曾无愧，款虏金缯正议加。斗穴深堂终不悟，诸公谁肯鉴前车？

幽州马客歌

购来龙种世惊看，摇曳金羁耸玉鞍。曹霸五花图未肖，周王八骏比应难。喷风乱下槲[④]山叶，曳练俄翻瀚海澜。何事朝朝驱紫陌？不知天上客骖鸾。[⑤]

晚眺

闲眺启楼窗，炊烟萦远树。归鸦噪城头，背日斜飞去。

惜春

每遇花朝惜落晖，恐将春色伴花飞。暗催九十随流水，狮子如何拉得归？

垂杨斜绾碧流苏，化作长绳系逝驹。落絮未飞春未去，且乘酒所戏罗敷。

百年分得九千春，梭掷流年易弃人。迟日玉戈挥不住，悄然春在落花尘。[⑥]

紫骝偏跨戛金鞲，笑逐东风陌上游。未饮醍醐花扑面，悲来不唱古《梁州》。

---

① “眼”，重订本作“言”。

② “言”，重订本作“眼”。

③ 此首原文旁批：删。重订本删去。

④ “槲”，原文旁批：易平声。

⑤ 王士禛评：《幽州马客歌》本是横吹曲，此以七律行之乎？

⑥ “垂杨”“百年”二首，原文旁批：二首拟删。重订本删去。

南陌繁花娇白昼，闲庭小草静黄昏。萧疏残景余三日，怕见春归长闭门。[1]
杜宇休催逆旅人，慢留烟景唱《阳春》。红颜老去花无主，桃李飘为陌上尘。

蜜渍牡丹

可怜魏紫与姚黄，委弃香泥卸艳妆。败色不堪留顾盼，苦心和蜜奉君尝。[2]

墙角丁香

何缘生向短墙隈？零乱春风带笑开。每为括香封豆蔻，惜春御史几曾来？

山中思

云谁为侣白山阿？带结辛夷佩女萝。独处幽篁伤岁晏，华予公子竟如何？
北山休用更张罗，不卧文衾卧绿莎。暮暮那堪岩下宿？林稍初魄怨修蛾。

题[3]

窸窣寒风草欲枯，萧然匹马走长途。主人频过浑相识，为问黄粱热[4]也无？

辽人之避地东土者，无日不蠢蠢思动，乃孙抚首倡复辽地须辽人之说，后多徙辽人于登、莱，竟酿孔、李之乱，揖盗入室，谁为厉阶？二东之祸，实自此始[5]

书生白面妄谈兵，叱咤风云议论轻。角抵纸牌成底事？清言夷甫误苍生。

---

① 王士禛评：唐宋名家何以至此？

② 王士禛评：妙。

③ 重订本作“题店壁”。

④ “热”，重订本作“熟”。

⑤ 重订本作“登莱乱后感成”。

赵飞燕

祸水盈盈入苑墙，远条馆里斗新妆。曩[①]时射鸟今何处？隔院踏[②]歌赤凤凰。

成[③]帝

妄意求仙笑武皇，温柔乡胜白云乡。归风送远愁仙去，自起缨裾唤侍郎。

宋高宗

渡江诧说府君祠，和议[④]全凭秦太师。二圣竟归金□□[⑤]，千金还买玉孩儿。[⑥]

秋郊

红枣垂垂半压墙，草虫声里豆花香。西风尽日催秋急[⑦]，雁叫寒云下野塘。[⑧]

步方函兄《春游》

桥下涓涓咽细流，沙边隐隐狎群鸥。春阳游冶浑忘醉，笑指垂杨认画楼。

---

① “曩”，重订本作“当”。

② “踏”，原文旁批：“踏”字亦拗。重订本为“争”。

③ 重订本作“汉成帝”。

④ “议”，原文涂抹不清，据重订本补。

⑤ 二字原文涂抹不清。

⑥ 从伯文玉讳与玟，号能诗。尝有咏宋高宗一绝云：“千金空买玉孩儿。”不得其解。读《西湖志余》，高宗尝宴大臣，见张循王俊持扇，有玉孩儿扇坠，上识是旧物，昔往四明，误坠于水者。问俊所从得，对曰：“臣从清河坊铺家买得之。”询铺家，云得之提篮人。复询之，乃从候潮门外陈宅厨娘处得之。询之厨娘，云破黄花鱼腹中所得也。上大悦，铺家、提篮人补校尉，厨娘封孺人。（王士禛《香祖笔记》卷三）

⑦ “急”，原文涂抹不清，据重订本补。

⑧ 王士禛评：与《问山集》中“一年三度坐牛车”同妙。

读[①]宣城妓史风事，偶有所悟，漫书之

百万缠头奈若痴，照春屏写九迷诗。料应别有消魂处，试问傍人定未知。

锦城妓[②]

何曾接语更相思，灼灼流眸舞《柘枝》。酒散河东人竟去，软绡裹泪染胭脂。

别姬

沙洲匹马正关关，惊散狂风一霎间。此去莫栖湘竹杪，恐教重染泪痕班。

其二[③]

强持杯酒恋余晖，相看无言泪洒衣。行矣不堪回首望，燕台缥缈断云飞。

其三

预约临岐闭目行，只如好梦飒然惊。总然真个合欢梦，醒后思量亦惨情。

喻情诗[④]

莫遣恩情逐晓风，回头微笑玉颜红。佳人绝世难重得，生不相从死亦从。

戏赠友人宠婢

道傍老柳一条条，夜夜东风乱舞腰。何事移栽荒苑里？月明霜冷过长宵。

画杏花寄旋翁师

栽培群卉总芳新，雨露天工亦自均。不信但看桃李外，是他仙杏早知春。

① “读”，重订本作“阅”。

② 此首原文旁批：拟删。重订本删去。

③ 其二、其三两首原文旁批：拟删。重订本删去。

④ 此首重订本删去。

其二[①]

尽道广[②]平铁石肠，移情谁意有清芳？应知鼎鼐天厨味，不为孤山处士香。

野寺壁上题句，不知何人作[③]，大似晚唐，惜末后不叶[④]，因为补成之

不是桃源路亦迷，好山多在夕阳西。浮花流水无消息，诉尽春风杜宇啼。[⑤]

题笼鹅馆竹

新结茅斋近少城，清流映带更多情。幽怀似怪王维少，柳浪何如竹浪清？

灯下述怀

朝朝怅望武陵溪，到得溪边路转迷。自悔不如归去好，枝头听取鹧鸪啼。

其二

风透纱窗日又西，佳期未遂转凄凄。几回拟作游仙梦，杨柳藏乌却乱啼。

戏寄姜子柔[⑥]

年年忆尔犹童稚，忽地走来臃肿翁。别后梦多谁竟是？幻成两个在心中。

辽督

文字偶然存正议，督师竟尔负深冤。更无一个真豪士，慷慨排阍为一言。

① 此首原文旁批：此题其三集存。所查此题其三，续入之。重订本题目为“侍御兄惠园梅”。

② “广”，原文旁批：易平。

③ “作”，重订本删去。

④ “惜末后不叶”，重订本删去。

⑤ 王士禛评：果妙。令人意消。

⑥ 此首原文旁批：拟删。戏剧语，似可不存。重订本删去。

和选采女诗[1]

限田行否未曾真，白送田园处处贫。极目碧霄千万顷，玉皇却送与何人？[2]

尝新笋

为竿何意钓魴鲤，结实虚夸引凤鸾。自笑野人还玉食，夜来饱啖碧琅玕。[3]

① 原文旁批：是此题否？

② 王士禛评：可入东坡诗案。

③ 王士禛评："料得清贫馋太守，渭川千亩在胸中"风味相似。

诗余

南柯子

白马摇金勒，红颜照玉卮。愁肠柳色乱如丝。魂断风流张绪少年时。　怕唱蘼芜曲，新填芍药词。休从别后说相思，一霎裙拖掩过瘦腰儿。

又

十载心相许，今宵得近伊。匆匆如梦自惊疑。略记枕边私语昵人时。　缱绻容多态，欢娱意似痴。寒衾共拥惜分离，一任满窗曙色起来迟。

渔家傲[①]·和方函兄韵

月在云中何日堕？卷帘无语看花落。受尽欢娱成 寂寞[②]。阿谁错？如今病酒耽愁卧。　携手闲房人袅娜，只存绣履尖儿那。肠断昵人拥[③]膝坐，当初莫，韶[④]光忍竟匆匆过。

鹧鸪天·和先甲弟韵寄毕仲友[⑤]

宋玉多情漫赋秋，凄凉销尽旧风流。关山此际悲难越，风月当时肯暂愁。深夜语，醉时眸。几宵携手月当楼？渡河曾说经年约，一水盈盈望未休。

如梦令[⑥]

良夜薄云叆叇，闲步小阑干外。恰遇那人儿，醉眼斜看相爱。休赖，休赖，

---

① 原题为“又”，据重订本改。

② 原文旁批：“落”“寞”字入声，与“堕”“卧”等字似不相叶。

③ 原文旁批：易平。

④ “韶”，原文涂抹不清，据重订本补。

⑤ “甲”，重订本作“莱澳”。“友”，原文涂涂抹不清，据重订本补。

⑥ 原文旁批：南唐后主已有“划袜下香阶”之语，此正无嫌。

手上指痕犹在。

又

宝炬华堂高举，却早歌残金缕。蹑足谩相挑，尽把相思付与。眉语，眉语，一霎情深几许？

又

曾向桃源问渡，正值花开满树。洞口却回舟，惆怅五陵归路。奇遇，奇遇，道是看花隔雾。

菩萨蛮

昨宵帘外莺声歇，多应过了花时节。晓起挹芳丛，红英香露浓。　春光将次去，料也留难住。休负赏花天，朝朝花下眠。[①]

浣溪沙

斜溜秋波款皱眉，知伊心许已多时。人前不语强支持。　好梦几番曾入梦，佳期有约尚难期。茶慵饭懒是情痴。[②]

浪淘沙

经济南废宫，因忆[③]某妃弹琵琶，为虏□劝酒事，凄然伤之，联缀成词，感盛衰之相殊，识骄奢之易败，请观天道，终梦梦耶。[④]

宫树发新花，往事全差。败基颓殿锁烟霞，惆怅御沟呜咽水，流尽繁华。虏[⑤]骑乱如麻，当日辞家。玉颜珠泪泣黄[⑥]沙，故国梦回多少恨，一曲琵琶。[⑦]

---

① 王士禛评：极是当行，字字当家。

② 王士禛评：太索。

③ “回忆”。原文旁批：感忆。

④ 原文删自“回忆”至“梦耶”共41字，旁批：小字旁注题下。重订本作“经济南废宫感忆“。

⑤ “虏”，重订本作“铁”。

⑥ “黄”，原文涂抹不清，据重订本补。

⑦ 王士禛评：似靖康汴京乱后语。

杂文

痴龙馆铭

有晋茂先称博识，羊须三珠宛在室。摘而食之寿无极，仙人九馆此其一。

几铭

可以啖肥胾，尝旨酒。无倾盂覆斗，饮斯食，慎尔口。

其二

畴欤幼而不逊，畴欤矜而不争。道弗越几席而得之，人人亲其亲，长其长，而天下平。

其三

我有我有，但安坐饮酒。视圉竖兮，亦弁其首，颜则孔厚。

其四

考钟伐鼓，珍错陈娱，我兄弟，匪它人，今日之乐过千春。

金星砚铭

斋有善砚出淄水，大有黄金藏在里。未炼九转医贪癖，贪墨涎，垂涎不已。

其二

悦世目者黄金耳，研墨露一星焉，见之辄辗然喜。

小端砚制极小，止可施之闺阁，备描鞋[①]草绣之用，戏铭之

黛螺偶染，绣笔同拈。思凝山翠，巧落琼纤。并头想卉，比翼描鹣。艳生裙钗，花簇履尖。沾芬敷采，常傍香奁。心如石兮匪转，贞千载兮何嫌？[②]

---

① “描鞋”，重订本删去。

② 王士禛评：似《古镜铭》“当眉写翠，对脸传红。”

小端砚铭

无嗤此，此即墨侯之子。

又

研利用无，大过谦吉。[1]

又

嘻，紫端紫端，此其一端，嘻。

又

渺哉！式咄咄逼，宝之倩草，夜郎敕。[2]

荣华淑酒瓢铭

高隐何事挂岩傍？贤哉箪食名益彰。军持可以挹酒浆，花时小饮成醉狂。金罍玉斝焜耀光，酿味岂能增自芳？是瓢也，终身用之亦足以藏。

小凉床铭

坦右军之腹，堆杨子之书。视罗帏兮绣帷[3]，自佳[4]俗之全殊。

又

宵清就月，亇热当风。美兹小榻，轻便为功。

天台六十罗汉[5]

舍卫五百人，天台无一半。生灭知几岁？试问阿罗汉。

① 王士禛评：亦妙。

② 王士禛评：以嬉笑为文章，此才人之致也。

③ 帷，重订本作“帐”。

④ “佳”，原涂抹不清，据重订本补。

⑤ 重订本作“天台三十六罗汉赞”。

判黑猫食金鱼状

触鼎而获美誉，传佳话于词林；守仓自有专司，勤报功于蜡祭。盖虽服威示猛，尤箴以暴济贪。今黑猫立身阘茸，全无捕鼠之才；秉性奸馋，思噬化龙之种。睹金鳞之游泳，圉圉怡情；恃铁爪之凶顽，眈眈注视。未届祭鱼之候，辄同暴獭之行，既旷厥官，难逃于清议，明正其罪，用著于爰书，允宜投彼狻猊，俾之食其肠胃。

戏拟贺翰林升户部钱法启

某官形符造化，道洽阴阳。秋月步蟾宫，早已青钱矜中选；春风题雁塔，曾经洪冶善陶镕。仪型如锡如圭，品望式金式玉。久栖冷署，叹金马之陆沉；忽拜羶官，擅铜山之富贵。盖肠胃文章映日，望若朝霞；斯金银宝色干宵，识贪夜气。睹四字而喜腾眉上，全异于三坟二酉之藏；获一文则谨秘帐中，更胜于八索九丘之奥。木天馆里，忽惊榆荚冬飞，瀛海洲中，立见宝源泉涌。百炉齐点药，恐和癖之难医；举院竞拈香，惟鲁神之敬祀。伏愿学成富有，人羡才多，未靳少时，遽臻崔烈三公之贵；博稽群籍，宏通太公九府之文。充橐有三十炉，自是注繇阴府，缠腰且百万贯，何妨直上扬州。纪事者，史欤？有意纪铸钱之清数。理财者，人也，无暇理制诰之浮词。虽曾振采凤毛，侍丹宸而摛宝翰，更喜高骞蚨翼，排紫闼而入金门。

词引

余也闲坐小窗，有怀如许，偶思往事，积臆难消，聊借儿女之私情，陶泻英雄之壮气。柔肠几断，填晓风残月之词，侠骨半销，删乱石惊涛之句。仍其旧谱，杂以新声，舒一夜之悲吟，洗五更之俗套。私忆《霓裳》之拍，镜影初临，才翻红豆之奇，梁尘暗落。送媚佳人十二，争抽玳瑁之簪；惊奇词客三千，欲碎珊瑚之树。愿偕同调，满酌诗觞，付与知音。轻敲歌扇，庶使情通碧玉，牵杨柳之丝丝，何妨声逗红牙？落桃花之片片。我将唱矣，子试听之。①

① “我将唱矣，子试听之”，重订本删去。

志歪鱼

莱友王君求馈我珍品，厥名“歪鱼”，莱海所产也。味汇[①]鲥鱼，软美而无骨，此乃好鱼，何反名曰[②]“歪”耶？虽然无骨者名曰好，则有骨者必名为歪，夫以有骨者为歪，则世之软美无骨者，号为正人也，久矣。[③]

① “汇”，重订本作“类”。

② “曰”，重订本删去。

③ 王士禛评：滑稽，亦正语。

题跋

戏画绿竹题赠吴琢之

徼外有丹竹，柯叶皆赤，普陀有紫竹，则叶碧而干紫，世眼乍见坡公朱竹，相顾叹诧，不识宇宙间实有此一种，非作异骇俗也。未闻世有黑竹，而图竹影者洒墨遍缣，素视为固然，何耶？偶为琢之写此，虽未能肖似，而于竹之色或庶几矣。《诗》云：“绿竹猗猗”，则又其明征也。

书《芜城竹枝词》后

今天下风俗奢而淫荡，而敝有一訾笑颓俗者，反相率窃窃，骇为怪事矣。寰中之为《芜城》者尚多也，讽一以寓规戒，相谑而赠芍药者，或少动其愧恶欤。

评书

评董思白书二则[①]

董玄宰书《关王[②]庙碑》，全临李北海，《云麾将军碑》稍用褚、米，以鼓笔锐，成名骄语，魏晋以下，举所不屑，岂遂如此？大言欺人耳，灯下偶评[③]。

又

玄宰初成名时，全学李北海，亦稍带褚河南，觉笔势耸拔可观。然杂以南宫恶习，殊未慊人意。迨后镌[④]《戏鸿》诸帖，秀美圆劲，吾无间然，然亦不过活脱鲜于耳，遂自谓为造山阴之奥，英雄欺人哉！

自评书

即董玄宰家船亦应借，而况王文玉家马乎？小之哉！如此写字，宽严疏密，毕得之矣。写字须存名家想于胸中，方不至临池窘手。悬笔大有力量，更得中锋一以助之方妙，盖取其布行如意耳。邢子愿只是此法，已是当世无敌，而况生其后？其法更有倍焉者乎。无论真、草，先定章法，章法佳则微眚片瑕，弗能为累之矣。偶作此中，颇有佳笔[⑤]，识之。[⑥]

又

字中姿态锋芒，俱从力量中自然化出，非可有意安排，如造物赋形，不知其所以然而然。余作字十年，今始悟之，恨为资力所限，未能实践斯言耳。辛未五月识。

---

① 原文无标题，据重订本增入。

② “王”，重订本删去。

③ “灯下偶评”，重订本删去。

④ “后镌”，重订本删去。

⑤ “笔”，重订本作“处”。

⑥ 王士禛评：诗文法亦尽此。

评章草

章草《出师颂》后，惟南唐徐铉为近古，《月仪》已杂俗气，矧其降焉者乎。汤邻初不知妄作，尤可恨也。饮少许酒，观徐铉书罢，偶为华淑录唐诗，因识之。

诗话

马粪

《南史》载王僧虔居建康马粪巷，子弟皆质实谦和，时人称“马粪诸王为长者”。苏东坡曰：粪之秽也，以比胡广、赵戎，则粪有时而不幸，一经僧虔，便为佳号，人可不知乎？戊辰客居京师，逆旅室隘人众，乃避居马厩中，饫嗅越君臣石室余息，时有称“驴槽山人”者，戏谓吾“马粪居士”足以相敌，共抚掌大笑，不知马粪自吾家旧事也。刹那间十四年矣，吾兄是其同寓人也[①]。小[②]诗呈王[③]质实，时称“马粪风流，竞说乌衣”，琅琊世谱如此，二者吾谁与归？[④]

牌韵

雪谯与玄石[⑤]兄、长公甥拈韵牌，得牌字，举牌事，止得一二耳。昔人有征栗事至四五十则者，岂皆经笥书厨耶？村居偶暇，录韵府牌字六则，因笑当日拈韵牌，非牌字乎。眼前事尚尔懵然，何怪旧事？口占诗：吟涩思枯句未谐，雪筵征事困诗怀。繇米牌料人难纪，当日曾忘拈韵牌。

惆怅花

惆怅花如菊而小，色如茄，花黄心，茎叶如石竹，丛生荒垧河畔，至深秋摇摇风雨中，娟然自媚而已。壬午秋，余与华淑往石桥询诸牧竖，得此名，或

---

① “吾兄是其同寓人也”，重订本删去。

② “小”上，重订本有“偶拈”二字。

③ “呈王”，重订本删去。

④ 王士禛评：乌衣诸郎坐处，则不及马粪远矣。

⑤ “玄石”，重订本作“琅嬛”。

又名“杠子条”，此则较恶，不及前名之近雅[①]，即[②]于马上得句：“春风不到合欢树，秋雨偏滋惆怅花”，盖余正在伤逝之际也。[③]

荞麦花

“霜草苍苍虫切切，村南村北行人绝。独出门前望野田，月明荞麦花如雪。”此乐天《村夜》诗也。余亡姬最爱荞麦花，余拟作数章，以寄悲悼之意。顷晤长公甥，亟称此花繁艳，恨无人标赏，独一见于王元之“荞麦花开白雪香”之句。余曰：陆放翁诗已屡见矣。今晨在黄庄看菊，以白诗佐饮，得此快然，古人感情赋物，讵出后人后哉！[④]

朱蓬畊诗句[⑤]

朱蓬畊投诗，有“衰颜借酒一时红”之句，与华淑览之，竞叹其佳。偶读苏、白二公诗，白云：“醉貌如霜叶，虽红不是春”，苏云：“一笑那知是酒红”，乃知蓬畊非出杜撰，益叹余与华淑及斌弟[⑥]之赏其佳者，向之不寤寐于古也。书遗华淑，以为劝学之助。

“重”字去声[⑦]

今人用“重”字，皆作平声，读“生涯心事已蹉跎，旧路依然此重过”，“重”字作去声。

---

① “或名”至“近雅”共17字，重订本删去。

② “即”，重订本作“偶”。

③ 王士禛评：长公小品如是，妙在风味。

④ 王士禛评：温尉已有“满庭荞麦花”之句矣。

⑤ 原文无题目，据重订本增入。

⑥ “及斌弟”，重订本删去。

⑦ 此则原文旁批：“重”字去声者多，似可去。重订本删去。

笔记

《月令》出于《周书》

《周书》七十二篇，《月令》其第五十三篇也，汉儒蔡邕辨之详矣。小儒偶见《吕览》《鸿烈》剽引之，遂谓出于阳翟、《淮南》，自矜淹贯，殊可笑骇。如人偶着一绫罗衣，遂谓其家开苏杭机坊，那是有理？

异书

《潜潭巴》《演孔图》《合谶图》《河图》《秘征篇》皆谶纬书也，汉儒董仲舒、京房、刘向、蔡邕皆详于灾异，引经外杂引诸书，今则并其篇名，亦不知为何物矣，岂积书家尽遗此数本耶？因叹古来异书，人未寓目者何限。

两张华皆博物

东汉之季，有议郎张华，与蔡邕同以博奥著。晋有[1]张华，字茂先，著《博物志》，今人称博稽，止知有茂先耳。

---

① "有"，重订本删去。

尺牍[①]

小札与徐甥长公诸帖[②]

《问山亭诗》，今日始得一较，愚以为不必去取，留其权与选者耳，子柔意亦如是。内“秋拥寒江催世事，雨随黄叶点离情”，乃送生[③]北归，宿燕子矶舟中作，何集中止此二语？《长相思》等词“郎在闻鸡偎脸，映月凝眸之前”，又不知何以存此遗彼？惜俱已忘之矣。

狂生有言：世间都是不明不白事。我以一联尽之：“醉来黑漆屏风上，草写卢仝《月蚀》诗”，甥若效卢，生当效狂生草写矣，一笑。

昔人读《大业遗记》[④]，中有“笑动上林中，除却司晨鸟”，于义未顺，后忽悟乃“笑勅上林中”，喜极，遂尔眉肉飞舞。今日误书，后自有解，人反添一快事也[⑤]，屡劳改政，即生亦自厌其烦矣[⑥]。

率然戏语，相为笑乐，岂是评诗？评诗须诗人伧，焉知然？以伧为赏鉴家者，其诗定佳，此别有说，非如白家妪，止求解耳，可字遂谓推敲已当乎，抑谬俞耶。仆尝有对甥形秽之叹[⑦]，何必定姓卫名玠？见赠诗中四语，居之不疑，起句则企而未至者，容勉为以实斯言，呵呵，得佳章甚悦，尚俟口之。

用柏油照读，事、诗俱绝奇绝韵，初见时叹赏不已[⑧]。古人极没要紧，偶然所为之事，一经拈出，遂传为佳话者，多此类也。前有以膏沐斗业子者，辄大加诃责，今思之，亦甚伧矣，再谈一笑。

七夕佳哉，况当雨过，能踏泥来，联床话夜，乃见旷怀，小诗呈教，向深笑七夕即用牛女事，如今不免随俗矣，呵呵。甥如欲人间渡河则已，若淡绝欲念，

---

① 王士禛评：赤牍俱有逸致，专家可传。

② 重订本作“与徐长公诸帖”。

③ “生”，重订本作“仆”。

④ 重订本作《大业拾遗记》。

⑤ “也”，重订本作“耳”。

⑥ “屡劳”至“烦矣”共12字，重订本删去。

⑦ 原作“难”，据重订本改。

⑧ “初见时叹赏不已”，重订本删去。

须来与老僧共榻也。

簿书纷冗，迎送杂沓，意富平县户兼知蓝桥驿驿丞，未必若是烦劳也。此际乃得食[①]粥一碗，即于敲箸时，信手将来诗妄评讫，不识有当否？向时含糊，今且竟定唐、明、近三格矣，眼未必明，胆则大耳。拙作那便似唐？意谬以为唐者，誉之耳。想玉石杂陈，时一见，即定为问山正派，故为不辨，以相推重，是否？适见佳卷，谬载妄评。蝇驰千里，实骥之能附之者，不极荣幸哉[②]！

风度稍殊，果举止偶尔安闲，抑甥意然耶？同赏佳句甚多，俟面诵目，尚可观风角鸟占。

《柳枝》《竹枝》诸什，吴趋南弄久矣擅场，讽甥《春词》，声调轻软，煞是当[③]行，使如铁崖者见之，当深讶此伧，不殊与寒山石对语矣。雅服之，岂阿好耶？

偶然小集，便尔清欢，岂不远胜张筵设席，吹笙击鼓者哉！花酒笔墨，俱足千古，真非夸也。西楼一梦，因想三年前必无此想，必无此梦，必无"梦妖"之句。时势形于梦想，梦想发为声歌，乃理之固然者。向未曾经历，妄驳唐诗中初、盛、晚，不过谬为剖别。以目前之事证之，始信古人立说，胸中定有酌见，后人遵其说于勿衰，厥有繇也。"十年"二语，览之凄然，长短句动宕摇曳，佳佳然。毕竟是诗余中佳语，即立一诗余名，此亦奇致也。甥思若涌泉，服服羡羡[④]。

王可偕手扎五通，词翰俱美，敬奉为甥清玩，名士精神相晤，当借生作镜子耳。[⑤]

佳什意到韵生，兴会超忽，方诸古美，未可专名，非一流之业之可几也。击几微吟，羡妬不已，生不过各相谭偶过草元[⑥]亭耳，"高轩"之目，岂敢当？

儿子上学，摹仿须用影子，思楷法未有及甥者，敬备格式，求大书唐律诗一首，明好日即开笔雾，结烟霏，龙跃虎跳自此始矣，万希速成[⑦]。羲、献家儿来做高徒，大为君家季海吐气也，呵呵[⑧]，孩子[⑨]墨二笏润笔。

---

① "食"，重订本作"噉"。

② "适见"至"幸哉"共 24 字，重订本删去。

③ "当"，原文涂抹不清，据重订本补。

④ "甥思若涌泉，服服羡羡"，重订本删去。

⑤ 王士禛评：佳话。

⑥ "元"，原文涂抹不清，据重订本补。

⑦ "万希速成"，重订本删去。

⑧ "呵呵"，重订本删去。

⑨ "孩子"，重订本删去。

夜来谈大快，岁终得此乐年，乃可称满耳。诗中“世上年皆满满字”，大佳，与“巷中情思满满字”，等无差别，只恐腊月是生日者，不肯心服，奈何？一笑。

便道过东庄，拟与甥借草纵谈，消迩来尘坌气。值甥偶踏市尘，与华淑周览系河书院旧址，甚恨当盛时不杖屐来游也。他生未卜，是我平时讽咏无端伤心语，不意竟实体之，独拈此句，淫液感叹之，获予心矣。昨立志不坚，复向济南一出，趣味无些子，烦劳有万端。济上时时与岱云谈，以甥高尚，相形为恶，不克遂劝驾之意，把臂胥浼，输长公一筹矣。仍不亮欲其妄冀鹿鸣耶。

甥扎至时，乃方舍鞍耳，何有阍者妄对之疑？闲云野水，徘徊瞻眺，令人之意也消。想主人雅致，留此当晤对耳。絮絮婆谈，恐未必敌，斯领略如何？俟菊开，须同曳尾泥中，那有云泥之隔？近且养望禁足，无烦茅容理庖务也。“枝上柳绵不忍歌”，向忆之未收，“得意缘泣他生意”充之，当仍是拙句。简旧编消夜，中有败纸，书“赠长公”题，并诗二句，对之久想，如前世，似是酒兴高时拈此题，少醒，仍尔服善，便气馁而止矣。因即引满数觞，放[①]胆足成此段光景，则深惜不令吾甥闻耳。再生之身，又得弄柔翰遥语，极自幸。

明王文玉墓志铭[②]

吾友季木，以文节重海内，不竟所设施而没，没而诗文之业，一归之犹子文玉，不啻冰之与水，青之与蓝也。去岁，虏祸下桓城[③]，文玉骂虏[④]以死，呜呼！文章节义，世难兼赡之，文玉固所谓含笑而死，何憾？第才如文玉，不令珥，不律铭燕然片石[⑤]，而猥乘陴捍贼[⑥]，使之非命以殒，闾丘之虐，谁实为之悲乎？吾读先甲[⑦]所为状，泪涕纵横，何忍以老病辞？乃力疾为之志其墓，志曰：

文玉讳与玟，别号铁岚，大将军象丰之仲子也。王自善人伍生赠尚书公麟，麟生太仆公重光，重光生按察公之猷，为文玉大父，世代隆贵有显迹，具载家乘中。母曰张淑人，城陷伏节，别有志。兄曰与慧，即当孔贼[⑧]难，犯死出将军柩，

---

① “放”，原文涂抹不清，据重订本补。

② 此文重订本未载。

③ “虏祸下桓城”，原文旁批：桓城被兵。

④ “虏”，原文旁批：敌。下文同。

⑤ “铭燕然片石”，原文旁批：作郊庙歌章。

⑥ “贼”，原文旁批：敌。下文同。

⑦ “先甲”，原文旁批：陟公。

⑧ “孔贼”，原文旁批：辛未。

所称“雪潭王孝子”，吾亡弟衮为之传者也。弟与新，字先甲，[1]与文玉齐名，次与斌、与满，并死于兵[2]。文玉初名与焕，六、七岁时，季木携见宋先之，先之时亦有小儿在侧，向季木乞名，季木蹶然曰：“畴夜吾尝梦神人以奇篆视余者，裹以五色云，其文曰‘玟’，夫‘玟’为文玉，两儿可同名字也。”于是文玉始更称与玟云。

王累叶盛科名，号名族，然地为制举业、骿经术，柴季木始言诗，更治古文辞。季木早未宜子也，爱文玉颖，辄乞之兄子之，遂从之宦邸，纵览江山，所至多长者游，旦日披诵，少间则俌以吟咏锵然，未十龄，而所为诗文之属，牛腰束矣。季木每向客稚言：“吾琅邪一派得此儿，始觉奕奕。”其见赏如此。文玉故恂恂清令，望若处女子，然性恌傹不可羁高自负，以为毋足当者。尤不乐拘曲士，遇则姗侮交至，竢其作色，则复磬折前谢，主臣更为公一语解嘲，其人又未尝不輾然失笑，卒意消去也。与人谈，机锋百出，老宿每为之绌，文玉乃自为设难以发之。以是，里老儒娄避走，无能为之师者。将军课子姓，颇严急，其操文玉尤切，季木辄广之，谓：“此非所教佳子弟，吾家乏尺寸者邪？师者不避，避者不师也。”于是宣有徐先生来从季木游，徐先生者，名家子，磊落善为文，高蹇人也，见文玉，大喜，尽教以《属辞》之册，其条疏宕不苛苦，下至《世本》稗官诸细璅，并入丹铅，而又以其暇，歌咢诙谚，趋诸生酒，我更语汝古今奇丽事。文玉资既下十行，复得伉逸自如，无所鞎拂，所为文瀁涌荡融，一往莫穷，而业大就。督学梅先生得所为诗文，大惊曰：“杜家宗武，手腕未断邪？”

甲子秋试，不及额，时闱棘已严骇者，尚数十百人，环立不退，有弹指泣者，文玉突出众前，长揖：“劳诸公良苦久立，惧尊蹠痛且休矣。”因曼声出谐语，诸生堵墙立，皆绝倒。一日传说藉藉，无不知有才人王文玉者。宋子文玉寻举于乡，文玉顾颣絇稟诸生间矣。更益跌宕工谑，浪视往有，加九宾之谯，单尊之聚，发言命辞，杂以俚猥，无往不极其致，使人胡卢面伏坠，玄机在席，颠倒宾客，未足仿焉。当其萧暇，则携诸昆季饮城南小园中，竹肉竞奏，分题作赋，并辏名理，居有晋魏人风，一时文雅之誉噪甚，期旦夕隽去。丁卯主者灵寿耿公得其文，大击节。尉荐之解矣。监者覆阅，见所为策，多侵中贵人甚痛，时党焰方猘，触立糜，大骇，亟掩卷咄咄：“主者误我，误我，场中借使尽无卷，何敢解狂生？”耿公抗争不获，放榜后则急索文玉，厚搤奖，定交鬘咨，直笔不置。归见季木，言被落状，季木更喜笑：“小子作事故不凡，一第何与人事？使伊优捩眼，胆落良快。”亡何，党败死，主者率以佞媚褫，文玉策人乃争传写之，

① “新”，原文旁批：阶；先甲，原文旁批：陟公。

② “于兵”，原文涂抹，据重订本补。

纸为贵。寻贡入北雍，祭酒马胜千先生深爱异之。然文玉困场屋久，意忽忽不自聊，益购奇书，闭邸舍，纵猎自喜，旁及法书、名画、敦彝、盉斝、印章、酒枪、茶具之类，一一能指所从来，当其耆，即废朝食，质所着衣不顾也。同时慕文玉交欢者，多海内名人，而东莱王子房、卢龙黄维梅、沧州朱念岩为最密。子房精神可映数人谈者，当之立北，独与文玉辄弃服，舌为挢。又子房家贫，迨成进士，所资于文玉为多，其重然诺，轻家人产，盖往往然也。其客燕，纳李姬，姬，大家女，工笔扎，读书通大义，文玉嬖之。会有事未即偕归，心殊念姬，赋《生别离》诗十章，音节感人，好事竞属和盈卷轴。俄又纳刘氏女，山雪皑皑，李不无中自伤，俄复失爱子，竟痛绝死，文玉更为《悼亡诗》如干首，遍题楄柎，凄冷怆怨，闻者悲之。宋文玉之居掖垣，荐司寇及所知苏宪副阳长之在都也，皆念文玉落魄，欲为之俚，微詹，文玉陶士行古何人也，文玉佯不解，瞠视："君识柴桑老子不？"两君竟不敢言而罢。

文玉于文不规规秦汉，而风骨烂漫，别有神理。其为诗喜宗晚唐，然不立专门。刘长卿、李商隐、李嘉祐、许浑数家之外，间取宋、金，如山阴陆游、定襄元好问，乃其诗凄艳，穷极变化诸家，佳者似之，流易者率不能掸其奥也。楷书初师颜鲁公，更去而哲李北海之腴。草书可与渠家洞庭争胜。其与人论书法，精深有奇解，孙过庭、米海岳而后，一人而已。

文玉性至孝，其恒在门㢣无跤步，季木既举子与仁，时将军已老，即请归奉将军，故复为将军子。将军旧困于佟卜年，文玉千里走要人，泣请卒归将军。其事母夫人，务为色养，三十年熙熙如一日，奉兄教诸弟，千古自命，一门之内，见师友焉。方虏荒桓城，引弦万骑，皆紫蒙锐，虏四面呼噪，城中屋瓦皆振，哭声若沸埤者，咸无人色，独文玉不也。入慰母夫人，出倡族党，悉命拒战东隅，瑕虏肉袒蚁附，竞出文玉后，文玉犹巷战苦久，众死尽，乃被执。虏搜牢，将过家，见母夫人踞井上，文玉遥呼："儿无状，祸吾母。"母曰："儿无多言，死耳，下见先将军，甘如饴。"遽投井中。虏[①]牵文玉去，同执者见文玉目光如炬，发尽树，大骂不绝口，遂与弟斌同被害。

文玉生盖三十有七年而死，生为万历三十四年九月七日，死于崇祯十五年十二月一日。配沈氏，邑人同[②]知沈公庭英女。子二，士骥，聘户部主事淄川毕公自寅男太学生际彦女，士骏，未聘。女一，未字。李姬所生子曾聘予儿遵坦女，俱早殇。今以十[③]月廿五日葬于长山孝水之南将军墓右。

---

① "虏"，原文旁批：遂。

② "同"上，原文旁批增入"河间府"。

③ "十"上，原文旁批增入"癸未"。

王子曰：呜呼！士生斯世，何不幸哉！刳心诗文之道，亡精沉魄二三十年，苦矣！即不获补藻火米粉之朏，老而啸咏泉壑自娱，乐以毕其命亦易易，而奈何见杀于贼！即东人士死去岁之祸，固不下数十万，渠独吾文玉？地文玉之人、之诗、之文，兹数十万人者，不一二见焉，乌可与国殇同日也。吾少与季木特好，吾儿遵坦复与文玉善，称莫逆，诗筒邮无虚日，其相过，每颦促虑乱，未尝忘，以故文玉近诗亦多忧生愤事之感，然何图一旦及此也。文玉清纤，如不胜衣，乃其凭城抗战[①]，慷慨就义，乃烈烈如此，假令得早奋为世用，文人称娖武备，王建、元结之业，何足建哉！是为铭。

铭曰：贵何必儋珪爵，以索组而铅漆绶，差为喻于彀；年何必登耆艾，以风雅始而节义终，庶几跖于翁；名何必镌球镛，以同志些而学人诔，亦足以不惑。呜呼！噫嘻！是为殉难文人王文玉之隧。

北海王潆撰

① “战”，原文涂抹，据旁批补。

附录

王与玟志

王与玟，字文玉，象丰子，少养于季父考功象春。早慧，以诗世其家学，尤工行草，尺牍有苏、黄之风。初六、七岁时，考功携见莱阳宋先之继登，先之亦见其幼子，乞名考功，曰："吾夜梦神人以奇篆示予，其文曰'玟'，'玟'为文玉，两儿皆名'玟'，字文玉，其可也。"宋后登进士，仕至工部侍郎。天启丁卯乡试，考官灵寿耿某得与玟文，大奇之，将置解首，监临覆阅，见其策语多侵魏阉，骇甚，乙之，耿力争不可。考功闻之，曰："小子作事故不凡，一第何与人事？"然自此数困场屋。会宋文玉居掖垣，欲为之地，与玟力谢却之。掖人王中丞汉子房，负才气，好谈兵，人亡敢当者，独与与玟言辄弁服。诗宗晚唐，自李商隐、许浑、刘沧数家外，间取裁于宋陆游、金元好问。书初师颜鲁公，更入李邕之室。好蓄古法书、名画、敦彝、盉鬲、酒枪、茶具之属，一一能指其所从来，人以为米芾、薛尚功之流也。壬午慷慨殉难以死，年三十七，有《笼鹅馆集》四卷。子士骥，康熙甲辰进士，内阁中书舍人。太仆少卿王潆撰传节文。

（《新城县志·人物志》）

再从伯与玟，字文玉，甲辰进士，中书舍人，从兄士骥之父也。好为艳体，少时有《悼亡诗》，句云："二十五年将就木，一千里路不通书。""欲唤小儿求梦草，定呼妙子到稠桑。""茕茕白兔东西顾，恰恰黄鹂四五声。""通德每宵谈秘事，清娱随处品名山。"皆工。有《笼鹅馆集》行齐鲁间。

（王士禛《居易录》卷十四）

九月八日文玉舅斋看菊，随同过鄉嬛舅菊圃

清秋有客逐芳丛，吹遍林塘落木风。十里色连枫叶外，一园香在雁声中。天教闰月花开早，霜点重阳试叶红。日压城头还上马，明朝晴雨付篱东。

（徐夜《徐诗》卷二）

闰正月十五日再集文玉舅斋

只应今夕作元宵，冷落花灯独酒瓢。此夜月添前月缺，当年春是早春饶。遗香尚忆传柑颗，好事重寻祭柳条。三十日头相间隔，后来歌舞在花朝。

（徐夜《徐诗》卷二）

王文玉六舅傍夕来露坐纵谈，是时始暑，因次其语成句

问山亭已颓，替人犹未起。竖子尽英雄，欲变楚汉垒。吾辈守樊篱，斗间支柱耳。以舅为高轩，李贺仍未死。近时邢董画千缗，后生摹肖失其真。江都学拙会稽绝，君家斯事盖有神。称诗之道亦如此，贵能凿骨开鲜新。我将火尽万蠹纸，重磨碑碣锄荆榛。等闲照见古人面，当前手口难重申。文章孽作世路劫，流离涂炭良有因。笔补造化吾岂敢，致君尧舜人所嗔。生前身后数行事，谈来两者何津津。凉风动地月流屋，恨无斗酒相浇陈，肠中隐块如车轮。因风问月呼古人，颜公杜老真忠臣。

（徐夜《徐诗》卷二）

汤饼诗为六舅燕姬生子

燕姬偏能解梦兰，国香飘作呢情端。应怜奇丽寻春早，未惜繁红结子残。雨钵罗花成妙果，种宜男草即天欢。微瑕不肯生全璧，留待明珠入夜看。

（徐夜《徐诗》卷二）